Michael Kleeberg

Das amerikanische Hospital

Roman

PENGUIN VERLAG

Verlagsgruppe Random House FSC® N001967

PENGUIN und das Penguin Logo sind Markenzeichen
von Penguin Books Limited und werden
hier unter Lizenz benutzt.

2. Auflage 2019
Copyright © 2010 by Deutsche Verlags-Anstalt
in der Verlagsgruppe Random House GmbH,
Neumarkter Straße 28, 81673 München
Umschlag: any.way, Hamburg nach einem Entwurf
von glanegger.com Büro für Buch und Grafik
Umschlagmotiv: Konrad Wothe / LOOK-foto
Satz: DVA/Brigitte Müller
Druck und Bindung: GGP Media GmbH, Pößneck
Printed in Germany
ISBN 978-3-328-10084-3
www.penguin-verlag.de

 Dieses Buch ist auch als E-Book erhältlich.

Für P und P

Ich hab ein glühend Messer in meiner Brust.
O weh! O weh! Das schneid't so tief.
GUSTAV MAHLER

You hear the bell, you come out fighting.
PHILIP ROTH

Dahin
dahin

Wann immer ich an meine Jahre in Paris zurückdenke, schiebt sich dieses janusköpfige Wort, das zugleich die Trauer um einen unwiederbringlichen Verlust und die Sehnsucht nach einer unerreichbaren Ferne bezeichnet, vor meine Erinnerungen und verhindert, dass ich in sie eintauchen, in ihnen umhergehen kann. Dieses Dahin umgibt sie wie ein feiner Schleier aus Melancholie, und versuche ich ihn zu lüften, versetzt er mir einen Schmerz, der mich loslassen lässt.

Dabei ist es kein stechender, kein bohrender, eher, wenn es so etwas gibt, ein sanfter Schmerz, und ich sage mir dann, das, was ich für einen Schleier halte, ist in Wahrheit ein Wundhäutchen, und risse ich es fort, begänne die Blutung wieder und wäre vielleicht nicht mehr zu stillen.

Will ich beschreiben, wie dieses Dahin für mich klingt in seinem Doppelklang, dann fallen mir ein Gedicht und ein Chanson ein. Das Gedicht *Meeresbrise* von Mallarmé ist ein einziger weher, sehnlicher Aufschrei, ins Weite hinauszugelangen, fortzukommen, davonzukommen: *Fliehen! Dahin! Fliehen!*

Und in Georges Brassens' Lied von den Jungverliebten, deren Zuflucht vor der Welt und ihrer Moral die Parkbänke sind, auf denen sie sich küssen, muss das Paar nach dem Ende des Rausches, wenn der Alltag eingekehrt ist, voller Nostalgie erkennen, dass die Zeit, in der es träumend und voller Zukunftshoffnung auf seiner Parkbank allen bürgerlichen Konventionen eine Nase drehte, dass die Zeit, in der es ungeduldig glaubte, das Eigentliche komme erst noch, selbst das Eigentliche, das beste Teil, der schönste Augenblick seiner Liebe gewesen ist, und der ist dahin, und alles Weitere ist nur noch Abstieg.

Dem Neuankömmling scheint sich die Stadt zu öffnen – sie ist sein in all ihrer Faszination, er muss nur zugreifen. Aber um ein etwas abgegriffenes Bild zu gebrauchen: Sie öffnet sich ihm nur so, wie eine Frau auf dem gynäkologischen Stuhl sich dem Arzt öffnet; die Macht über ihren Körper ist rein funktional, bleibt äußerlich.

Geht man irgendwann wieder fort, schließt der Sesam sich nahtlos, als habe er sich nie aufgetan, und man hat das Recht verwirkt, ihn noch einmal zu finden. Aber wer es versucht hat, wird zweifelnd vor der geschlossenen Wand stehen: Ist er der Stadt entkommen, oder ist er ihrer verwiesen worden? Denn die Seele von Paris, um deren Aufmerksamkeit, um deren Gunst man gebuhlt hat, ist erbarmungslos. Diese Metropole ist zu groß und zu alt für einen einzelnen Menschen.

Das Leben in Paris ist ein Zeugen und Sterben unter dem saturnisch schweren, gleichmütigen Blick der alten Stadt. Man muss die Tragödie, die sie für einen bereithält, bis zur Neige durchleben. Wer sich ihr opfert, wer zum Humus wird, auf dem sie wächst, nur der darf sagen, sie gehöre ihm und er ihr. Wer ihr entkommt oder ihrer verwiesen wird wie ich, der nun schon lange wieder in

Deutschland lebt, dem bleibt für den Rest seines Lebens nur das schwermütige Dahin.

Darum darf ich, will ich mich nach Paris zurückversetzen, nicht an mich denken, sondern muss mich an andere Menschen von damals erinnern. Zum Beispiel an Hélène.

Sie war dreißig, als sie den Amerikaner zum ersten Mal sah. Das war im Herbst 1991, und es geschah im amerikanischen Hospital von Paris, das in Neuilly am Boulevard Victor Hugo liegt.

Sie wartete in dem Raum gleich hinter der Rezeption, der wie die amerikanische Phantasie von einem Londoner Club in Holz und mit genoppten Ledersofas eingerichtet war. Davor, an den beigen, mit weißen Holzleisten in Rahmen und Kassetten unterteilten Wänden, hingen Ölgemälde der Gönner und Spender des Krankenhauses. Über der Tür war eine bronzene Dankestafel für die Starr Foundation mit eingearbeiteter Stutzuhr angebracht, daneben hing ein Foto aus den zwanziger Jahren, auf dem ein Automobil durch das schneebedeckte und von kahlen Bäumen gerahmte Portal des American Hospital rollt.

Sie war ein wenig zu früh dran. Aus der rückwärtigen Terrassentür konnte sie in den weitläufigen Garten hinausblicken, bis zu den hinter Platanen halb verborgenen Nebengebäuden, nach vorn durch die geöffnete Tür war das typische Klinikgewimmel zu sehen, das am Empfang des American Hospital of Paris eher an die Rezeption eines Grand Hotels erinnerte.

Schwarze Diplomaten im dreiteiligen Anzug eskortierten bunt gekleidete Frauen zum Empfangstresen, Golf-Araber in langen Gewändern und mit Aktenkoffern telefonierten oder rauchten draußen vor der Glastür, weißgekleidete Ärzte und Pfleger mit Stethoskop in der Brusttasche über dem Namensschild huschten vorüber, ihre gesenkten Augen verrieten die Furcht davor, angesprochen und aufgehalten zu werden. Junge weibliche Krankenhausangestellte, die wie Messe-Hostessen aussahen, stöckelten stakkato den Korridor entlang. Nasebohrende Kinder auf Besuch betrachteten die historischen Schwarzweißfotos aus der Zeit des Ersten Weltkriegs, auf denen Rotkreuzschwestern mit Häubchen und Invaliden an Krücken zuversichtlich lächelnd vor Krankenwagen mit hölzernen Radspeichen posierten, im Hintergrund der zweiflüglige Bau, der heute noch das Zentrum des Krankenhauses bildet, damals aber das einzige Gebäude gewesen war.

Hélène muss im Türrahmen des Clubraums gestanden haben, als vor ihr im Korridor ein Mann zusammenbrach. Er stürzte zu Boden und zitterte unkontrolliert. Sie hatte ihn weder kommen sehen noch sonst wahrgenommen, aber nun lag er direkt vor ihren Füßen, auf der Seite, zusammengekrümmt, die Hände zu Fäusten geballt und krampfartig zuckend, als durchliefen ihn elektrische Schocks.

Die Vorübergehenden drehten den Kopf nach der Szene oder wandten ihn auch ab, aber Hélène kniete sich ohne zu zögern neben den Mann, umfasste seinen Oberkörper von hinten mit den Armen und versuchte ihn umzudrehen oder festzuhalten oder aufzurichten, sie wusste selbst nicht was. Das Ohr nah an seinem Kopf mit dem kurzen braunen Haar hörte sie ihn etwas murmeln. Horror, war das Einzige, was sie verstand. Sobald der Mann, dessen Gesicht sie noch immer nicht gesehen hatte, ihren Körper spürte, löste seine rechte Hand sich von dem Krawattenknoten, an dem sie gerissen hatte, griff nach hinten über die Schulter und klammerte sich an sie. Das heißt, er umfasste mit schmerzhaftem Griff ihren Oberarm, als halte er sich im Fallen an einem Ast oder Vorsprung fest oder wolle seine Hand mit Gewalt dazu bringen, mit dem unkontrollierten Zittern aufzuhören.

Mit aufsteigender Panik, denn sie vermutete einen Infarkt oder einen epileptischen Anfall und wusste nicht, was sie tun sollte, das Einzige, was ihr einfiel, war, dass man Epileptikern ein Stück Holz in den Mund steckt, damit sie sich nicht die Zunge durchbeißen, versuchte sie, den Oberkörper des Mannes ein wenig hochzuziehen. Der Mann war schwer, aber es gelang halbwegs, und als sein Hinterkopf an ihrer Brust ruhte, konnte sie auch sein Gesicht sehen und dass er keinen Schaum vor dem Mund hatte, das Gesicht war wächsern und schweißnass, aber nicht verzerrt, doch starrte der Mann so insistierend zu Boden, dass sie selbst unwillkürlich dort nach irgendetwas Schrecklichem Ausschau hielt, einem Blutfleck etwa. Aber da war nichts. Während die rechte Hand des Mannes noch immer schraubstockfest um ihren Oberarm geschlossen war, hatte die linke sich gelöst und zuckte unkontrolliert hin und her, und dann passierte es. Er bekam Hélènes Kleid zu fassen und klammerte sich so heftig daran, dass sie hören konnte, wie die Seitennaht riss in Höhe der Taille. Dann wurde sie erlöst.

Zwei Weißgekleidete, ein junger Pfleger und eine Schwester, knieten sich neben sie, der Mann griff dem

Hilflosen unter die Achseln und hob ihn behutsam hoch, die Frau half ihm, indem sie die Hand des Mannes von Hélènes Oberarm löste und auf ihn einredete. Hélène, ein wenig unter Schock, verstand nichts von den Worten, richtete sich auf zittrigen Beinen auf und strich das Kleid glatt. Dann sah sie den Blick des Fremden, der auf sie gerichtet war. Er war von so bodenloser Traurigkeit, dass sich das aufmunternde Lächeln, das sich schon halb auf ihrem Gesicht gebildet hatte, wieder auflöste. Dieser Blick war so schwermütig, dass sie später nicht einmal hätte sagen können, ob er überhaupt etwas wahrnahm oder ins Leere ging, ob er ihr galt oder durch sie hindurchfiel wie durch ein Sieb. Dieser Blick verhinderte auch, dass Hélène, als sie kurz darauf den Aufzug betrat, um in den vierten Stock hinaufzufahren, einschätzen konnte, wie alt der Mensch gewesen sein mochte. Während sie die Seitennaht des geblümten Kleids inspizierte, die von der Höhe des Büstenhalters bis zum Gürtel aufgerissen war, sah sie die Augen vor sich und verspürte ein solches Mitleid, dass sie darüber völlig die üblichen Krankenhausüberlegungen vergaß, mit denen die Menschen, die hier einander im Vorübergehen mustern, versuchen, den anderen nach Gesichtsausdruck und Körperhaltung in Mitarbeiter, Besucher, leichte und schwere und unheilbare Fälle zu klassifizieren, in »Schlimmer dran als ich« oder »Weniger schlimm dran als ich«.

Es war die Art anonymen Mitleids, die einem den Magen verkrampft und uns im Anblick alter, zum Betteln verurteilter Menschen, weinender Kinder oder misshandelter Hunde anfällt. Der Blick des Mannes, nur der Blick, nicht das Gesicht, nicht der dazugehörige Körper, hatte sich in ihre Augen gebrannt, als hätte sie zu lange in die grelle Sonne gesehen. Sie hörte noch das tonlose I'm terribly sorry, das er in ihre Richtung gesprochen hatte, bevor man ihn den Korridor hinuntergeleitete, wobei der Pfleger – unnötigerweise, wie es schien – die Hand unter seinen Ellbogen schob. Er drehte sich noch zweimal nach ihr um, bevor er hinter einer Flügeltür verschwand.

*

Es war kurz nach Hélènes dreißigstem Geburtstag im Frühsommer des Jahres gewesen, dass sie und ihr Mann den Entschluss fassten, ärztliche Hilfe zur Herbeiführung einer Schwangerschaft in Anspruch zu nehmen.

Die Entscheidung für ein Kind war zugleich die Entscheidung für eine künstliche Befruchtung, denn Hélène wusste, dass sie infolge einer Salpingitis, die sie als Siebzehnjährige durchgemacht hatte, steril war. Sie hatte in den darauffolgenden Jahren, manchmal erleichtert, manchmal enttäuscht, festgestellt, dass sie nicht schwanger wurde, und dann die Diagnose gestellt bekommen, dass aufgrund von Komplikationen jener alten Entzündung ihre Eileiter verklebt waren.

Im Anfang ihrer Beziehung zu ihrem zukünftigen Ehemann, vor allem im ersten Jahr, in dem die Erregung proportional war zur Unsicherheit – darüber wie ernst man selbst, wie ernst der andere es meinte, wie weit man ihm, wie weit man sich vertrauen konnte –, war diese Sterilität eine willkommene Sache, denn sie machte (nach wenigen und inkonsequenten, der grassierenden Aids-Angst geschuldeten Versuchen mit Kondomen) jede Form lusthemmender oder beschwerlicher Verhütung unnötig.

Als sie sich einer des anderen sicher waren und, vorerst noch jeder für sich, gemeinsame Zukunftsbilder zu entwerfen begannen, glaubte ihr zukünftiger Ehemann insgeheim, den »Fluch«, das »Problem«, mit Willenskraft, mit Glück, mit wohlwollender Hilfe von oben auf dem natürlichen Weg bannen und überwinden zu können. Zu diesem Zeitpunkt planten sie zwar kein Kind, hätten eine Schwangerschaft aber, wäre es dazu gekommen, beide begrüßt. Doch die Natur ließ sich weder zwingen noch bestechen noch überlisten. Da heirateten sie.

Auf ihren sonntäglichen Spaziergängen in den Buttes-Chaumont brachte er das Thema auf. Meistens fuhren sie mit der Metro bis République, gingen den Uferweg am Canal Saint-Martin hinauf von Schleuse zu Schleuse, bogen an der futuristischen, weißen Suppenschüssel der KP-Zentrale in die Avenue Mathurin Moreau und erreichten von dort bergauf den Westeingang des Parks.

Sie schlenderten den Höhenweg entlang, vorüber an der halb von Rhododendron zugewucherten Bank der alten Armenier und der benachbarten der alten Aschkenasen. Sie überquerten die im Volksmund scherzhaft so genannte Selbstmörderbrücke, passierten den Vesta-Tempel und blickten von der Hängebrücke direkt auf den Guignol, das verwitterte Kasperletheater am Seeufer hinab. Die Töchter bürgerlicher Familien, hochaufgeschossene Elfjährige in marineblauen Kleidern, deren dünne Fohlenbeine in weißen Kniestrümpfen steckten, warteten geduldig und sittsam auf die nächste Vorstellung. Rannte eine von ihnen einem Ball nach, vollführte ihr Pferdeschwanz auf dem Rücken wilde Pendelschläge. Auf Bänken im Schatten der Trauerbuchen vor dem Sandkasten saßen junge Mütter, ihre altertümlichen, hochbauenden Kinderwagen mit Speichenrädern neben sich abgestellt, und lasen.

Am Spätnachmittag, zurück in ihrer Wohnung, liebten Hélène und ihr Mann sich nach diesen Spaziergängen oft, bereiteten dann in der Küche gemeinsam das Abendessen zu und hörten dabei Musik.

Hélènes Frauenärztin riet ihr, es entweder im Hôpital Antoine-Béclère in Clamart oder im Hôpital Américain in Neuilly zu versuchen. Die beiden französischen Pioniere der künstlichen Befruchtung, die vor einigen Jahren das erste französische Retortenbaby zur Welt gebracht hatten, arbeiteten der eine im einen, der andere im anderen dieser beiden Krankenhäuser.

Hélènes Mann war sofort für das amerikanische Hospital, aus einem Bauchgefühl heraus, wie er selbst zugab. Der Name flößte Vertrauen ein, stand für Effizienz und Selbstvertrauen und den letzten Stand der Technik. Die Klinik galt als Institution, zugleich war sie auch als Reiche-Leute-Krankenhaus bekannt, was Hélènes Mann eher als Vorteil auffasste, da bekanntermaßen wohlhabende Menschen in besseren Krankenhäusern eine bessere Behandlung bekommen als arme in schlechten. Er hatte eine private Zusatzversicherung, die dafür aufkommen würde.

Clamart kannte er nicht. Auch war Clamart mit der Metro von ihrer Wohnung im 11. Arrondissement aus schlecht zu erreichen. Also verabredeten sie einen Termin mit dem Chefarzt der Fivète des amerikanischen Hospitals, einem Doktor Le Goff. Der bretonische Name schien Hélène ein gutes Omen, ihre Familie mütterlicherseits stammte aus der Bretagne, wo sie in ihrer Kindheit im Haus ihrer Großmutter unbeschwerte Ferien verbracht hatte.

Doktor Aimé Le Goff war ein schlanker, fast hagerer Fünfziger mit einer spitz zulaufenden Adlernase, sanften Augen hinter einer goldgerahmten Brille, gescheiteltem, glattem grauem Haar und einer ruhigen, leisen, aber festen Stimme.

An der weißen Wand hinter seinem aufgeräumten Schreibtisch hingen mehrere vergrößerte und gerahmte Fotos, die ihn sowie eine Frau und zwei Mädchen in gelbem Ölzeug an Bord einer schräg im Wind liegenden Yacht auf einem stahlgrauen Ozean zeigten.

Er hörte ihnen zu, und die Augen hinter der Goldrandbrille und die Mundwinkel lächelten in einer Mischung aus seinen Erfahrungen geschuldeter Ironie und verständnisvollem Mitgefühl. Sie fanden ihn sympathisch und vertrauenerweckend. Er sei, sagte Hélènes Mann nach dem Gespräch, die Art von Arzt, dem man sich bedingungslos anvertraute. Er trug einen weißen Arztkittel, nicht zugeknöpft, sodass darunter Hemd und Krawatte zu sehen waren.

Auch die Räume der Fivète, wie die reproduktionsmedizinische Station im vierten Stock (dem dritten vom Eingang im Hochparterre aus gerechnet) hieß, waren vertrauenerweckend, hell und freundlich eingerichtet. Die Wände waren in einem weißen Holzrahmenwerk gehalten, in dessen Zwischenräume hellgrauer, von feinen, diagonalen rosa Streifen durchzogener Teppich geklebt war. Dieselbe Farbkombination von Hellgrau und Rosa fand sich in den umlaufenden Friesen wieder, die den Deckenabschluss bildeten. Es gab viele Grünpflanzen, die meisten in große Bottiche gepflanzt, einige als Hydrokulturen. Die wartenden Paare waren junge, wenn auch nicht mehr ganz junge Menschen wie sie auch, gesund und gepflegt aussehend, manche unterhielten sich dezent, andere hielten einander still die Hand. Sie bildeten eine bunte Mischung quer über die Kontinente hin, es waren erstaunlich viele Nichteuropäer dabei. Die Sekretärin Le Goffs, die sich als Anne-Laure vorstellte, ein blaues Kostüm und eine Perlenhalskette trug, war freundlich und heiter und schien administrative Probleme nicht zu kennen. Das Ganze machte einen ebenso unbürokratischen wie zuversichtlich stimmenden Eindruck.

Dennoch waren sie zunächst erschlagen von der Menge an Informationen, der Komplexität der Abläufe und den unüberschaubar zahlreichen medizinischen Untersuchungen, die ihnen bevorstanden. Eines war ihnen bald klar, und Hélènes Mann sprach es aus: Der Rhythmus der bevorstehenden Besuche im amerikanischen Hospital war mit einer Vollzeitbeschäftigung Hélènes kaum zu vereinbaren.

Hélène war gelernte Innenarchitektin. Sie hatte ein BTS in Innenarchitektur an einer Pariser Schule erworben und ein CAP als Polstermöbelrestauratorin an der dem Versailler Schloss angegliederten Fachschule. Sie arbeitete in einem Möbelgeschäft im Faubourg Saint-Antoine, der alten Möbeltischlerstraße, hundert Meter von der Bastille gelegen, als Beraterin, was eine euphemistische Bezeichnung für Verkäuferin war.

Es brauchte keine langen Gespräche, um zu dem Schluss zu kommen, den ungeliebten Job zu kündigen.

Die Krise hatte es lange schon unmöglich gemacht, als freie Innenarchitektin Aufträge zu bekommen, im Grunde genommen hatte Hélène in ihrem eigentlichen Beruf immer nur schwarz arbeiten können. Die Jobs (der derzeitige war der dritte) in Möbelgeschäften waren notwendig gewesen, solange Hélène alleine gelebt hatte, sie waren es jetzt finanziell nicht mehr, und letztendlich, zu dieser Überzeugung kamen sie rasch, würde Hélène von zu Hause aus mehr Gelegenheit haben, eine für sie befriedigende Arbeit tun zu können, fürs eigene Heim oder für Bekannte und dann später auch für Fremde, die durchs Hörensagen auf sie aufmerksam geworden wären.

Auch würden Hélènes ewige Überstunden ein Ende haben, es war in diesen Möbelgeschäften aufgrund schlechter Arbeitsorganisation und moralischen Gruppendrucks unmöglich, pünktlich Feierabend zu machen, und fast ebenso unmöglich, hinterher die obligatorische Aufforderung zum Pot auszuschlagen, dem Umtrunk nach der Arbeit, zu dem die Belegschaft sich geschlossen in eines der nahegelegenen Cafés verfügte, sodass Hélène kaum einen Abend einmal vor zwanzig Uhr zu Hause war.

Der Geschäftsführer des Möbelhauses, ein Herr Bensoussan, tat, als Hélène ihm ihre Absicht bekanntgab, was er in anderthalb Jahren nie getan hatte: Er bot ihr eine Gehaltserhöhung an, da er, wie er sagte, auf ihren Geschmack bei der Auswahl und Zusammenstellung von Stoffen, Farben und Mustern für Polstermöbel und Accessoires nicht verzichten könne.

Die verblüffte und auch geschmeichelte Hélène erbat sich einen Tag Bedenkzeit, aber am Abend rechnete ihr

Mann mit ihr noch einmal durch, wie oft sie das Krankenhaus würde aufsuchen müssen und wie sehr während der Behandlung ein gewisses ruhiges Gleichmaß der Lebensführung gefordert war, und so kündigte sie zum Jahresende.

Die drei Monate nach dem ersten Besuch bei Le Goff waren mit Tätigkeit gefüllt: Sie mussten beide diversen Beratungen zuhören und medizinische Untersuchungen über sich ergehen lassen, Aids- und Hepatitis-Tests, Blutbilder, Hormonanalysen, Spermiogramm, Immunobead-Test, Hysterosalpingographie, mussten Fragebögen ausfüllen, das Dossier für die Privatversicherung zusammenstellen und zur Genehmigung einreichen und sich anhand mehrerer Broschüren und Bücher in die technischen und ethischen Aspekte der medizinisch assistierten Prokreation und ihrer Alternativen einlesen.

Ein obligatorischer Termin im amerikanischen Hospital brachte sie mit einer Psychologin zusammen, der sie erzählten, warum sie diesen Weg beschreiten wollten, anstatt entweder auf Kinder zu verzichten oder es mit einer Adoption zu versuchen, wovon allerdings selbst ihre Gesprächspartnerin ihnen aufgrund der administrativen Schwierigkeiten, um nicht zu sagen Schikanen abriet.

Im November des Jahres war es so weit, dass Hélène zum ersten Mal mit der Stimulation beginnen konnte. Nach einer Woche hatte sie einen Kontrolltermin in der Fivète, und das war genau der Tag, an dem sie, weil sie etwas zu früh gekommen war, unten im Empfangsbereich wartete und jener Mann vor ihren Augen zusammenbrach.

Das zweite Mal, dass sie ihm begegnete, war etwa vier Wochen später, Anfang Dezember. Es war der Tag der Follikelpunktion. Am Vormittag hatte Le Goff ihr unter leichter Sedierung das Ultraschallgerät mit der Hohlnadel eingeführt und die Follikel abgesaugt. Der Arzt hatte dafür plädiert, dass Hélène, obwohl es medizinisch nicht unabdinglich war, den Rest des Tages sowie die Nacht im Krankenhaus verbrachte, natürlich ohne zu strikter Bettruhe verpflichtet zu sein, aber doch mit der Auflage, sich zu schonen und sich möglichst wenig zu bewegen.

Ihr Mann war in der Gewissheit, sie in guten Händen zurückzulassen, zur Arbeit gefahren, und Hélène, die keine Lust hatte, alleine im Zimmer zu hocken – schließlich bin ich ja nicht krank, im Gegenteil, sagte sie der Stationsschwester –, saß in der hellen, weiträumigen und zur Hälfte mit leise plaudernden Menschen gefüllten Cafeteria des Krankenhauses vor dem modernen Anbau und blickte ab und zu von ihrem Buch auf, hinaus in den winterlich kahlen Garten.

*

Er war es, der sie entdeckte. Er hatte ebenfalls in einem Buch gelesen oder besser: geblättert, es immer wieder aufgeschlagen, es umgedreht vor sich hingelegt, um sich geblickt, es wieder aufgenommen, es wieder hingelegt. Schließlich geriet sie in den Fokus seines irrenden Blicks, lesend, konzentriert, in sich ruhend. Eine Tasse Kaffee stand vor ihr auf dem Tisch, daneben eine Schachtel Zigaretten, ein Plastikfeuerzeug darauf. Von Zeit zu Zeit rutschte ihr eine Haarspitze in den Mundwinkel, und sie nahm sie gedankenverloren zwischen die Lippen wie einen Grashalm.

Er schlug sein Buch zu, nahm es in die linke Hand, stand auf, ging zu ihrem Tisch hinüber und machte eine Verbeugung. Sie blickte auf, zwischen ihre erstaunt hochgezogenen Brauen grub sich eine kleine fragende Längsfalte. Er trug einen blauen, einreihigen Anzug, ein weißes Hemd, eine schwarze Krawatte. Das braune Haar war kurz geschnitten.

Entschuldigen Sie, sagte er im Stehen. Sie werden sich nicht erinnern. Sie haben mir –, er stockte. Sie waren sehr freundlich. Er blickte zu Boden. Sie haben sich um mich gekümmert, als ich –.

Aber natürlich! Jetzt lächelte sie im Wiedererkennen das Lächeln, das sie sich seinerzeit versagt hatte. Setzen Sie sich doch. Geht es Ihnen wieder gut?

Er legte zuerst das Buch ab, bevor er dankte und Platz nahm. So fiel ihr Blick darauf. Oh! Elizabeth Bishop!, rief sie.

Sagen Sie nicht, Sie kennen Elizabeth Bishop.

The art of losing isn't hard to master, zitierte sie, und sie schwiegen beide kurz. Hilfesuchend irrte sein Blick über den Tisch, dann las er, beinahe vorwurfsvoll: Aragon. Das sind ja auch Gedichte! *La Diane Française* ...

Er ließ die Worte wie eine Frage in der Luft hängen.

Es sind Gedichte, die er während der Besatzung geschrieben hat, erklärte Hélène.

Sie musterten einander. Zwei Leser von Lyrik in der Cafeteria eines Krankenhauses.

Dann schien ein Ruck durch ihn zu gehen. Entschuldigen Sie, darf ich mich vorstellen? Mein Name ist David Cote. Hélène stellte sich auch vor und reichte ihm die Hand.

Und woher kennen Sie Elizabeth Bishop?, fragte sie dann, denn sie hatte das Gefühl, wenn sie sich mit Warten und Zuhören begnügte, würde die Unterhaltung schnell versiegen.

Oh, ich habe sie sogar einmal persönlich kennengelernt, sagte der Mann. Ich komme aus demselben Ort wie sie, Worcester, Massachusetts. Und Sie sind Pariserin?

Hélène nickte amüsiert, weil Ausländer immer so viel Emphase in diese Bemerkung legen.

Leben Sie auch hier?, fragte sie.

Ja, ich arbeite in der Gegend. Und hier bin ich für einen Check-up. Eine Art Generalüberholung. Sie haben es ja selbst mitbekommen, ich – wirklich, vielen Dank nochmal, dass Sie sich um mich gekümmert haben ...

Aber das war doch selbstverständlich, protestierte Hélène. Im Übrigen habe ich gar nichts getan. Ich war viel zu erschrocken...

Sie haben sich um mich gekümmert. Das ist schon sehr viel, sagte er mit steifem Ernst.

Sie schwieg ein wenig verlegen, fragte dann: Sind denn die Probleme – ich meine, sind die Ärzte dahintergekommen, haben sie's im Griff?

Er winkte ab. Nicht der Rede wert. Aber Sie wissen doch: Wen Ärzte einmal in der Mangel haben...

Sie lächelte. Kann aber auch sein Gutes haben.

Er blickte auf die Tischkante und sagte: Aber Sie sehen überhaupt nicht – ich meine, Sie *sind* doch nicht krank, oder? Verzeihen Sie, ich bin so ungeschickt im Fragen.

Nein, Gott sei Dank. Krank bin ich nicht. Ich komme wegen einer Schwangerschaft hierher.

Er warf einen unwillkürlich indiskreten Blick auf ihren Körper.

Nein, ich bin nicht schwanger, sagte sie leichthin. Genau deswegen bin ich ja hier. *Noch* nicht.

Er versuchte ein Lächeln, aber Hélène fiel wieder in jene Bodenlosigkeit in seinen Augen wie beim ersten Mal. Er saß plötzlich steif am Tisch, und auf seiner Stirn bildeten sich Schweißperlen. Er hielt sich mit beiden Händen an der Tischkante fest, wie um das Gleichgewicht zu wahren. Hélène war auf dem Sprung. Möchten Sie ein Glas Wasser?

Er schüttelte den Kopf. Schon gut. Danke. Entschuldigen Sie, ich führe mich lächerlich auf. Entschuldigen Sie.

Als Hélène sah, dass er die Tischkante wieder losließ, stand sie auf. Ich hole Ihnen ein Wasser. Nein, keinen Widerspruch. Bleiben Sie sitzen. Im Weggehen drehte sie sich um. Mit oder ohne Kohlensäure?

Mit, bitte, rief er ihr zu.

Als sie mit dem Perrier zurückkam, sah er sie aufmerksam an. Bitte erzählen Sie mir, woher Sie Elizabeth Bishop kennen. So bekannt ist sie ja nicht.

Gut, antwortete Hélène. Und dann erzählen Sie mir, wie es kommt, dass Sie sie persönlich kannten.

Abgemacht, sagte der Amerikaner. Und dann klären Sie mich über Aragon auf. Den kenne ich nämlich nur dem Namen nach.

Ich lese gerne Gedichte, begann sie tastend. Gedichte überhaupt. Ich suche... was suche ich in ihnen? Ich suche nach Sätzen, nach Bildern, die mich wie ein Pfeil im Sprung erlegen...

Sie sah ihn zweifelnd an, im Bewusstsein, dass diese Dinge im Grunde nicht zu formulieren sind. Er blickte auf sein Glas.

Ich lese gerne Gedichte von Frauen, weil sie meistens einen anderen Blick auf die Welt haben als Männer und andere Dinge in den Vordergrund stellen. Ich habe von jemandem, der sie übersetzt hat, die von Elizabeth Bishop zu lesen bekommen...

Sie sah ihn kurz an, aber er blickte noch immer auf sein Glas.

Sie sind anders als alle französische Lyrik, die ich kenne. Unpathetisch, beiläufig. Sie erzählt, sie beschreibt, ganz ruhig, ganz exakt, voller Vertrauen... Sie unterbrach sich kurz, dann traute sie sich zu sagen: Sie schreibt so mutig ... oder gelassen ... oder vielleicht tapfer über Verlust und Trauer.

Sie schwieg betreten, da begann er zu sprechen, die Augen immer noch auf das Glas gerichtet, in dem mittlerweile keine Bläschen mehr aufstiegen.

Ich habe sie kennengelernt, als sie wieder in Boston lebte. Worcester hat sie ja nie recht geliebt, war dort nicht glücklich. Nicht so wie in Key West oder Brasilien. Ich war noch auf der Highschool und habe gelesen und gerudert. Und dann bin ich nach Cambridge gefahren, wo sie, wenn er nicht da war, Robert Lowells Klasse übernahm, und habe mich da reingeschmuggelt. War auch auf einer ihrer Lesungen und habe sie auch angesprochen ... Und in dem Jahr, in dem ich dann aufs College kam, in Boston, da ist sie gestorben ... Da bin ich rudern gegangen, auf unserem See, dem Lake Quinsigamond. Da war mein Verein. Doppelzweier bin ich gerudert. Haben Sie mal eine Ruderregatta gesehen?

Hélène schüttelte den Kopf, aber er sah es nicht.

Es ist – wie Wildenten, die auf dem See landen. Das Wirrwirr der Flügel und das Zischen, wenn sie übers Wasser gleiten, die Hälse hoch und weit nach vorn. So hört sich ein Skullboot in vollem Tempo an, so sieht es aus. Ich bin Doppelzweier gerudert, weil ich das Gekrähe des Steuermanns nicht mag. Nur du und der andere. In einer Bewegung verbunden durch eine unsichtbare Kuppelstange. Der leicht brackige Geruch des Sees. Das Geräusch, mit dem die Mulde im Wasser, das Luftloch, das dein Blatt gerissen hat, sich beim Abscheren wieder schließt. Dort ist das Wasser einen Moment lang vollkommen glatt, wie glasiert. Und dann der hell- und dunkelgrüne Streifen der Bäume am Ufer, der vorübergleitet, dahinter die Häuser, weiß, und weit fort ein leises Auf- und Abrauschen, die rufenden und lachenden Menschen am Ufer – was wollte ich jetzt eigentlich sagen?

Hélène lachte. Eigentlich wollten Sie über Elizabeth Bishop sprechen, aber vielleicht haben Sie das ja schon getan ...

Ja, als ich aufs College kam, wiederholte der Amerika- ner, da starb sie. Damals kannte sie noch kaum jemand. Sie liegt in Worcester begraben. Ob sie das gewollt hat? Waren Sie schon einmal in Massachusetts?

Hélène schüttelte den Kopf. Ich war überhaupt noch nie in Amerika.

St. John's hieß meine Schule. Oder heißt sie noch. In Shrewsbury am anderen Seeufer. War Aragon nicht Kommunist?, fragte er unvermittelt, auf Hélènes Buch deutend.

Sie nickte. Ja, und sogar Stalinist. Hurra Ural und sol- che Sachen. Ein ziemlich trübes Kapitel. Die typische Geschichte des intellektuellen Außenseiters, der sich nach Bindung sehnt und sich, kaum hat er sie gefun- den, gleich zum unversöhnlichen Gralshüter und Siegel- bewahrer und Türsteher der Coterie aufschwingt. Einer- seits. Andererseits hat er die schönsten Verse geschrieben, die ich kenne. Ich mag dieses Buch hier besonders gerne wegen der Brocéliande-Gedichte.

Brocéliande? Eine Frau?, fragte der Amerikaner.

Hélène lachte. Nein. Ein Wald. Die Frau hieß Elsa. Ein Wald in der Bretagne. Ein sagenumwobener Wald. Es ist nicht mehr viel davon übrig. Angeblich das Reich Mer- lins, des Magiers aus der Artus-Sage. Dort hat er sich in die Fee Viviane verliebt und wurde von ihr für immer an diesen Ort gebannt, in einen Teich, einen Baum... Die Romantiker suchen heute noch nach der Stelle. Angeblich ist es La source de Barenton, eine Quelle... Gewiss, verglichen mit Bishop ist viel Pathos in den Gedichten, aber es gibt eben auch Konstellationen, die Pathos gebieten, finden Sie nicht? *Augustnacht* heißt das Gedicht, das ich meine: *O l'épaisse toison d'étoiles sur nos têtes.* Hm, wie soll man das übersetzen? O dichtes Sternen-Vlies über unseren Köpfen vielleicht? *Ce soir d'août le ciel d'aînesse échoit aux mains d'audace.* Das Erstgeburtsrecht auf den Himmel fällt an den Waghalsigen? Ich weiß nicht. Jedenfalls, wer eine Augustnacht in der Bretagne erlebt hat, den langsam kreisenden Sternenreigen, der versteht, was er beschwört. Nein, verstehen tut man's nicht, man spürt es unter der Haut...

Er bestand darauf, ihr noch einen Kaffee zu holen. Sie verstand, dass er damit, ohne sie darum bitten zu müssen, das Gespräch verlängern und verhindern wollte, dass sie aufbrach. Sie hatte gar nicht vor, auf ihr Zimmer zu gehen.

Als er wieder saß, sagte sie: Aber selbst die eindeutigeren Widerstandsgedichte sind wunderbar. *Rose und Reseda* klingt wie ein Trauermarsch. Wie alle französischen Kommunisten ist er im Grunde seines Herzens ja ein Patriot und ein hoffnungsloser Romantiker gewesen. Diese Gedichte waren seine Art zu kämpfen. Glauben Sie, dass man mit Gedichten kämpfen kann?

Er öffnete den Mund, sagte aber nichts, befeuchtete sich die Lippen, schloss sie wieder, räusperte sich und zuckte schließlich die Achseln. Ich weiß nicht.

Nach einer kurzen Pause schloss er an: Aber Sie sprechen schön über Gedichte. Besser als ich. Und die Franzosen kenne ich nicht so gut.

Verzeihen Sie, wenn ich frage, sagte Hélène. Aber man trifft nicht so häufig Männer, die Gedichte lesen –.

Ich habe das studiert, unterbrach er sie. Aber ich mag Poesie schon von Hause aus. Schließlich ist Worcester, ist ganz Massachusetts ein Nest von Poeten. Vielleicht die Landschaft. Oder die Historie. Aber der Virus geht sozusagen um, man steckt sich da leicht an. Wozu würden Sie mir denn aus der hiesigen Literatur raten? Oder anders gefragt, wer ist Ihr liebster Schriftsteller?

Hélène überlegte. Vielleicht am Ende kein Lyriker. Ich glaube, wenn ich wählen müsste, dann würde ich Colette wählen.

Colette? War das nicht so eine etwas verruchte und frivole Autorin? Entschuldigen Sie meine Unbildung.

Konnte sie wohl auch sein. Vor allem aber war sie sinnlich. Sinnlich wie die Landschaft oder wie eine reife Frucht oder eine blühende Blume. Lesen Sie einmal die Erinnerungsbücher, *La maison de Claudine*. Darin beschreibt sie das Haus ihrer Kindheit. *Où sont les enfants?* heißt das erste Kapitel. Die Mutter ruft das in den Garten hinaus, wie man nach Katzen ruft, wenn das Milchschälchen gefüllt ist. Um sie reinzuholen, um ihre Stimmen zu hören, damit sie weiß, wo sie stecken, und beruhigt sein kann. *Où sont les enfants?* Wo sind die Ki-hin-der? Sie müssen das singen. Es bricht mir jedes Mal das Herz. Die rosigen Stoffblümchen des Weißdorns, violetter Flieder in einer Steingutvase auf der Fensterbank. Rotweinflecke auf einem Holztisch im Garten, der Wind im Laub, ein knarrendes Scharnier des Gartentors, der abblätternde blaue Lack, Lichtflecke auf einem weißen Tischtuch unter der Kastanie, die süße Langeweile eines diesigen Sommersonntags nach der Messe in den Wiesen ... Ja, ich glaube, das ist meine Welt. Wenn Sie sich in Frankreich einfühlen wollen, lesen Sie das. Natürlich ist es das alte, tiefe, provinzielle Frankreich. Aber außerhalb von Paris lebt es durchaus noch ... Wäre Proust eine Frau gewesen, ich glaube, er hätte so geschrieben ...

Ich habe einmal als Junge ein Jahr hier gelebt, sagte der Amerikaner. Ich erinnere mich dunkel.

Und welchen Lyriker aus Ihrem neuenglischen »Nest« sollte ich entdecken?, fragte sie. Bishop war nämlich mehr oder weniger ein Zufallstreffer. Ich bin nicht so belesen.

Emily Dickinson werden Sie kennen, natürlich. *Wild Nights*, das ist ja schon Allgemeingut geworden. Aber kennen Sie auch *»Hope« is the thing with feathers – That perches in the soul ...?* Und Frost? Der ist zwar nur zuge-wandert, aber vielleicht der neuenglischste von allen. *The way a crow shook down on me the dust of snow from a hemlock tree, has given my heart a change of mood and saved some part of a day I had rued* ... Emerson und Thoreau natürlich, die großen Alten aus Concord. Lowell versteht sich, wenn man von Bishop redet. Stanley Kunitz, der ist bei Ihnen bestimmt nicht bekannt. *The year of the cloud, when my marriage failed ...* Oh, und natürlich E. E. Cummings ...

Er unterbrach sich und schien nachzudenken. Dann zitierte er tonlos, als überfliege er eine Zeitungsmel-dung: *... bravely of course my father used – to become hoarse talking about how it was – a privilege and if only he – could*

32

meanwhile my – self et cetera ... Das kommt von weit her ...
Es ist Frühling und der bocksfüßige Ballonverkäufer
pfeift fern und weh ...

Sie ließen den merkwürdigen Vers nachklingen, dann
sagte Hélène: Sie wissen, dass er vermutlich hier war,
Cummings?

Der Amerikaner sah sie an.

Alle amerikanischen Dichter, die im Ersten Weltkrieg
Ambulanz-Fahrer waren, sind hier vorbeigekommen
oder vom amerikanischen Hospital aus losgeschickt und
eingesetzt worden. Cummings, Dos Passos, Hemingway.
Damals gab es nur das Hauptgebäude. Sie haben doch
vorn sicher die alten Fotos gesehen.

Woher wissen Sie das?

Das hat mir mein Mann erzählt. Er hat sich ein bisschen mit der Geschichte des Krankenhauses beschäftigt,
seit wir hier sind ...

Der Amerikaner trank den Rest seines Wassers aus.
Sie sagten, Sie seien hier, um ein Kind zu bekommen.
Unterbrechen Sie mich, wenn ich indiskret bin.

Nein, es ist ja kein Geheimnis und keine Schande,
sagte Hélène lachend. Wir versuchen eine künstliche
Befruchtung, eine In-vitro-Befruchtung. Ich kann anders
kein Kind bekommen. Sie sind hier darauf spezialisiert.
Es ist vermutlich nicht sehr sexy als Methode, um Kinder
zu machen, aber –, sie zögerte kurz und sagte dann auf
Englisch: But there you are ...

Wie lange werden Sie denn bleiben?, fragte der Amerikaner. Ich würde mich sehr gerne weiter mit Ihnen
unterhalten ... Wissen Sie, als ich diesen kleinen Anfall
hatte ... Es hat mir sehr viel bedeutet, dass Sie sich da

um mich gekümmert haben. Es war in dem Moment sehr ... hilfreich.

Hélène sah ihn ernst an und nickte. Nun, eigentlich bin ich nur übermorgen noch einmal hier, wenn alles gut geht.

Sie trank ihren Kaffee leer und fügte hinzu: Und dann natürlich noch einmal in neun Monaten.

Der Amerikaner blickte hinaus in den Garten, wo die Sonne, die eben zwischen den Wolken hindurchgekommen war, den Reif auf den kahlen ziselierten Zweigen einer Magnolie zum Glitzern brachte.

Ich muss zu meiner Untersuchung, sagte er und fügte im Aufstehen hinzu: Ich wünsche Ihnen alles Gute. Er reichte ihr die Hand. Ich danke Ihnen, für diesen Nachmittag und überhaupt. Alles Gute.

Ihnen auch alles Gute, sagte Hélène, die ebenfalls aufgestanden war. Sie blickten einander an.

Dann gingen sie, jeder aus einer anderen Tür der Cafeteria, davon, der Amerikaner an der Kasse vorbei in den Neubau, Hélène aus der Glastür in den Garten.

Und so hatten sie einander bei diesem ersten Gespräch über Poesie und Lektüren gegenseitig angelogen, auch wenn es jeweils nur die harmlose Art von Lüge war, die aus der Unvollständigkeit von Informationen entsteht, die, in Gänze ausgesprochen, zu kompliziert oder missverständlich wären oder unerfreulich. Er, was seine Arbeit betraf, sie, was ihre Bekanntschaft mit den Gedichten Elizabeth Bishops anging.

*

Bei der ersten Konsultation hatte Dr. Le Goff ihnen eine Schwangerschafts-Wahrscheinlichkeit von zwanzig bis fünfundzwanzig Prozent pro Embryo-Transfer in Aussicht gestellt und hinzugefügt, dass von diesen zwanzig Prozent wiederum zwanzig Prozent die Schwangerschaft verlieren. Das geschah Hélène.

Zunächst war alles den bestmöglichen Gang gegangen: In den freigespülten Follikeln waren geeignete Eizellen gefunden, sodann im Nährmedium mit den gewaschenen Spermien zusammengebracht worden, und am nächsten Morgen wurde nachgeprüft, wie viele befruchtet waren. Es waren zwei gewesen. Das hatte Le Goff Hélène und ihrem Mann mitteilen lassen, bevor sie nach Hause fuhr, ebenso wie die amüsierte Bemerkung der MTA, ihr sei beim Swim-up aufgefallen, dass ihr Mann mit einem regelrechten sperme de course, einem »Rennsperma«, gesegnet sei. Da die befruchteten Eier sich am zweiten Tag zu Vierzellern entwickelt hatten, fand am frühen Abend der Transfer statt. Die beiden befruchteten Zellklumpen wurden Hélène mit dem Katheter eingesetzt, was nur wenige Sekunden dauerte. Le Goff sagte: Bitte einmal husten. Und dann: Bitte noch einmal husten. Dann war es geschehen.

Am zweiten und am vierten Tag nach der Punktion setzte ihr Mann Hélène noch je eine intramuskuläre Injektion Predalon, dann begann die Wartezeit.

Vierzehn Tage nach der Entnahme fand der erste Schwangerschaftstest aus dem Blut statt, und da der positiv war, folgte ein zweiter, um den HCG-Anstieg zu messen. Der HCG-Pegel verdoppelte sich innerhalb von achtundvierzig Stunden von einhundertfünfzig auf dreihundert i.u., sodass Hélène nach zwei weiteren Wochen zur ersten Ultraschalluntersuchung bestellt wurde, bei der Dr. Le Goff, wie erhofft, die Fruchthöhle und den Embryo erkennen konnte, beides allerdings auf dem wolkigen grauen Ultraschallbild unsichtbar für die Augen des Ehepaars.

Le Goff nickte und sagte lächelnd, so weit laufe alles nach Plan und dass spätestens vier Wochen nach dem Schwangerschaftstest eine Herzreaktion erkennbar sein müsse.

Zu diesem Termin fuhr Hélène schweigsam, und als nicht einmal die Scherze ihres Mannes über sein Rennsperma sie aufheitern konnten, und er sie fragte, was mit ihr sei, antwortete sie, dass etwas sich anders anfühle und sie nicht sicher sei, ob die Schwangerschaft noch bestehe.

Diese Befürchtungen wurden von Le Goff bestätigt, der eine missed abortion diagnostizierte. Die Frucht war abgestorben, aber im Bauch geblieben, sodass eine Curettage, eine Ausschabung, notwendig war, um die Gefahr unkontrollierter Blutungen, eines Blutsturzes zu vermeiden.

Da der Eingriff unter Vollnarkose ausgeführt werden musste, blieb Hélène über Nacht im Krankenhaus.

Das Ganze war Ende Januar passiert, im Juli hatten sie den nächsten Termin mit Le Goff, um den Zeitplan für einen zweiten Versuch aufzustellen und sich die Rezepte für Decapeptyl und Predalon ausstellen zu lassen.

Es war Pech gewesen, aber kein Grund zu Defätismus, eine verlorene Schlacht, aber kein verlorener Krieg. Im Grunde hatte man nicht erwarten können, dass es bereits das erste Mal klappte, und bei Licht besehen, war die Bilanz eigentlich eher positiv: Sie bekamen funktionstüchtige Eizellen, sie hatten Rennsperma zur Hand, die Befruchtung funktionierte, die Entwicklung in der Gebärmutter ging voran – zumindest am Anfang. Das sei Grund zur Hoffnung, meinte Le Goff, nun stelle sich die Frage, warum die Frucht sich ab einem bestimmten Punkt nicht weiterentwickle. Dafür könne es verschiedene Gründe geben, die werde man eingrenzen, die entscheidenden herausfinden und versuchen, Gegenmaßnahmen zu treffen. Ob Hélène es denn noch einmal versuchen wolle, sie wolle es doch versuchen, oder? Ob er denn davon abrate? Dafür bestehe kein Grund.

Die Curettage war entsetzlich.

Als Hélène an diesem heißen Hochsommertag an der Endhaltestelle Pont de Levallois aus dem weißgekachelten Metroschacht stieg und durch die engen kleinbürgerlichen Sträßchen ging, wurde ihr bewusst, dass seit ihrem ersten Besuch hier bereits ein ganzes Jahr vergangen war.

Die von den weißen Fassaden abstrahlende Hitze staute sich in der Straßenschlucht, bis sie den grün und nobel prangenden, von mächtigen Platanen und Kastanien gesäumten Ortseingang von Neuilly erreichte, den breiten, von zwei ehemaligen Wächterhäuschen gefassten Boulevard du Château, wo in den Geruch staubiger Hitze sich der aus den umfriedeten Grundstücken wehende, frische und kühle Duft nach nasser Erde mischte, der von gesprengtem Rasen und gewässerten Blumenrabatten kam, sodass der Eindruck entstand, in dem großbürgerlichen komme im Vergleich zu dem kleinbürgerlichen Vorort sogar eine andere, ergiebigere Art von Sauerstoff zum Einsatz.

Hélène passierte die Grenze mit der Selbstverständlichkeit einer Pendlerin. Ohne dass sie es bemerkten, hatten die Krankenhausbesuche begonnen, ihr Leben zu strukturieren, lebten sie im Takt von Down-Regulierung, Stimulation, Auslösung, Follikelpunktion, Transfer, Wartezeit, Enttäuschung, Erholung und Neubeginn.

Mit einem Anflug von Panik sagte sie sich, dass ein Jahr ihres Lebens so vergangen war, in dem sie nur einen einzigen, erfolglosen Versuch hatte machen können, ein Kind zu bekommen.

Hélène bemühte sich, ihren Gedanken eine andere Richtung zu geben, sich über den schönen Tag zu freuen, an die bevorstehende Urlaubsreise zu denken, an die im Sonnenlicht auf der Fensterbank sich räkelnden, putzenden, niesenden Katzen, dennoch verstärkte sich mit jedem Schritt der Druck im Magen, etwas wie Lampenfieber, wie Prüfungsangst. Dann bog sie in den Boulevard Victor Hugo ein, betrat einige Hundert Meter weiter das Krankenhausareal durch den alten, auch auf den Schwarzweißfotos aus dem Ersten Weltkrieg gezeigten, weinumrankten Torbogen, stieg die Rampe entlang des linken Seitenflügels hinauf und betrat das Gebäude durch die gläserne Drehtür unter dem glänzenden Aluminium-Schriftzug.

Sie ging am Empfangstresen vorbei in Richtung Aufzug, da drehte sich ein dort stehender Uniformierter zu ihr um.

Die beiden Ausrufe erklangen gleichzeitig: Sie sind Soldat! – Sie sind wieder hier!

In ihrer Stimme mischte sich blanke Verblüffung, so als stelle sich jemand, den man für eine Frau gehalten hat, plötzlich als Mann heraus, mit empörtem Vorwurf, als sei die Uniform der Beweis, dass alles, was der Amerikaner ihr erzählt hatte, ja dass er selbst eine Lüge, eine Täuschung war.

Sein Ausruf begann als reine Freude, riss dann abrupt ab und hallte nach einem kurzen Blick auf ihren vollkommen flachen Bauch unter dem geblümten Sommerkleid als fast flehende Frage nach.

Er trug eine grüne Class-A-Uniform, die aus einem hochgeschlossenen Jackett mit vier Aufsetztaschen, goldenen Knöpfen und mehreren Reihen kleiner farbiger Aufnäher in Brusthöhe sowie zwei silbernen Streifen auf den Schulterstücken bestand, einer schwarzen Krawatte, einem langärmligen, blassgrünen Hemd, einer Hose mit schwarzen Streifen und schwarzen polierten Schuhen. Das grüne, wie ein krakeliges Herz aussehende, orangefarben eingefasste Symbol in einem roten Kreis, das er auf den Schultern trug, war, was Hélène nicht wissen konnte, ein Taroblatt, das Erkennungszeichen der 38. motorisierten Infanteriedivision, das rote Stoffrechteck mit dem blauen Längsstrich in der Mitte und einem kleinen emaillierten V, das sich auf der linken Brustseite inmitten der anderen flaggenartigen Streifen befand, war, ebenso unentzifferbar für sie, ein Bronze Star mit Valor

Device, und die beiden silbernen Streifen wiesen ihn als Captain aus.

Er fasste sich als Erster und fragte mit einer Stimme, von der er hoffte, dass sie erwartungsfreudig klang: Ist es schon da?

Nein.

Hat es nicht geklappt?

Nein.

Verzeihen Sie, habe ich etwas Falsches gesagt?

Nein, sagte Hélène, aber ich habe nicht viel Zeit.

Sind Sie mir böse wegen irgendetwas?

Nein.

Sie sind mir böse wegen der Uniform. Weil ich Ihnen nicht gesagt habe, dass ich Soldat bin.

Sie sind ja nicht verpflichtet, mir Ihre Lebensgeschichte zu erzählen.

Sie mögen keine Soldaten.

Nein.

Darf ich Sie trotzdem auf einen Kaffee einladen?

Ich fürchte, ich habe wirklich keine Zeit.

Sie mögen Soldaten nur in Gedichten, stimmt's? *Und ihr rotes Blut fließt, selbe Farbe, selbes Leuchten, bei dem, der an den Himmel wie bei dem, der nicht an den Himmel glaubte. Es fließt und fließt und vereint sich mit der Erde, die es geliebt hat, damit im nächsten Jahr eine Muskateller-Traube aus ihr wachse…* Habe ich's ungefähr richtig zitiert?

Ziemlich genau, sagte Hélène entwaffnet.

Sie kommen mir nicht aus, ohne meine Einladung anzunehmen, sagte er.

Dann in einer halben Stunde in der Cafeteria, antwortete sie.

Es stimmt schon, begann er, als sie sich ihm gegenüber-gesetzt hatte, ich hätte Ihnen gleich sagen sollen, dass ich Soldat bin.

Ja.

Man sollte das immer sofort sagen. So wie Aussätzige früher eine Pestklingel getragen haben. Damit die anständigen Menschen einen weiten Bogen schlagen konnten.

Tut mir leid, wenn ich kurz angebunden war, sagte sie. Aber ich mag es nicht, angelogen zu werden, auch wenn das zu einer interessanten Unterhaltung geführt hat. Warum haben Sie mir erzählt, Sie hätten Literatur studiert, wenn Sie Soldat sind?

Er sah sie ungläubig an. Aber ich *habe* Literatur studiert.

So, so, neben dem Gewehrputzen?

Ich meine es ernst, sagte er. Sie kennen sich offenbar nicht aus. Es gibt an zahlreichen unserer Colleges, auch am Boston College, wo ich war, ein sogenanntes ROTC-Programm, bei dem man sich neben seinem Studium, ganz gleich welchem, zum Offizier ausbilden lassen kann.

So schnell wollte Hélène nicht zugeben, dass sie voreilig gewesen war. Wie darf man sich das vorstellen?, fragte sie spöttisch. Vormittags Naturlyrik und nachmittags Scheibenschießen?

Was haben Sie gegen Soldaten?

Ich habe nichts gegen Soldaten, aber alles gegen Krieg. Und vielleicht auch gegen das, was er aus den Soldaten macht. Und ohne Soldaten kein Krieg.

Ohne Soldaten auch kein Frieden, sagte er.

Das wäre zu diskutieren. Sie sah ihn mit gerunzelter Stirn an. Ich bringe das nicht zusammen. Warum wird ein kultivierter Mensch, ein Mensch, der Gedichte liebt, die Suche nach einem Ausdruck für Schönheit und Wahrheit, warum wird der Berufssoldat? Das ist so widersprüchlich, so absurd, so…

So?

So –, Hélène zögerte, ich weiß nicht. Ich dachte immer, Soldat wird man nur, wenn man gezogen wird oder weil man anders tickt als andere Menschen…

Vielleicht tue ich das ja, sagte der Amerikaner und dachte nach. Wissen Sie, es ist ein altes Gewerbe, und wenn nicht das ehrbarste, dann eines der traditionsreichsten. Und manchmal ist der Soldat so weit nicht vom Dichter entfernt, wie Sie glauben. Denken Sie an Laclos, denken Sie an Churchill.

Aber was sind Sie dann, ein Krieger mit einer Schwäche für die Literatur oder ein Literaturwissenschaftler in Uniform?

Ich bin Captain der US-Army und habe einen MA in Literatur. Das eine aus Tradition, das andere aus Neigung.

Aus Tradition? Der kriegerischen Tradition der USA, meinen Sie?

Familientradition. Bei uns wird man Soldat vom Vater zum Sohn.

Und was machen Sie dann in Paris? Wollen Sie uns besetzen? Wir sind nicht in der Nato, und wir führen keinen Krieg.

Darf ich Ihrem Gedächtnis ein wenig aufhelfen: Sie haben vor nicht langer Zeit noch einen geführt. Mit der Nato und mit uns.

Sie meinen den Kuwait-Krieg? Desert Storm? Mit diesem Schwarzkopf? Diese total undurchsichtige, total abgeschottete, total verlogene Intervention fürs kuwaitische Öl?

Und für die Freiheit Kuwaits und seine Selbstbestimmung, jawohl. Sie meinen, das war ein unnützer Krieg?

Ich meine, man hätte auch verhandeln können. Vor Kurzem war Saddam doch, wenn ich mich recht entsinne, noch Ihr guter Freund.

Aber letztes Jahr hat er eine rote Linie überschritten.

Die wer gezogen hat? Die USA? Wie immer?

Die USA kämpfen für die Freiheit. Zumindest versuchen sie es.

Sie lachte und sagte, damit es nicht klang, als wolle sie ihn auslachen: Da erlauben Sie mir aber doch zu lachen. Wer gibt Ihrem Land eigentlich immer den Befehl, alle möglichen Leute zu befreien, die vielleicht gar nicht befreit werden wollen, indem man sie in Schutt und Asche legt?

Sie meinen, so wie Frankreich 1944? Unsere Vergangenheit gibt uns den Befehl, unsere Verfassung, unser Selbstverständnis. Es ist unsere Mission.

Ihre Vergangenheit? Die Indianerkriege?

Kommen Sie mal nach Concord auf die Old North Bridge. Da könnte ich es Ihnen verständlich machen, unser Freiheitspathos. *Hier standen einst die Farmer aufgereiht und feuerten den Schuss, der rund um die Welt gehört wurde.*

Entschuldigen Sie, aber wenn Sie einem von uns Europäern vom Freiheitspathos der USA erzählen, fällt uns immer nur Vietnam ein.

Ich sage nicht, dass die USA keine Fehler machen. Sie machen oft Fehler, zugegeben. Aber wer überhaupt etwas tut, wird immer Fehler machen.

Ah, la liberté, elle a bon dos, sagte Hélène. Die Freiheit hat einen breiten Rücken.

Für die, die für sie gekämpft haben, entgegnete der Amerikaner steif, hat die Freiheit einen Geschmack, den die Beschützten nie kennen werden.

Haben Sie etwa auch für die »Freiheit« gekämpft in Kuwait? Sie wünschte sich eine Antwort, in der sie den Mann wiedererkennen konnte, der die Schule geschwänzt hatte, um Elizabeth Bishop zu hören, und wusste doch zugleich, dass sie Dinge von ihm erwartete, die er nicht geben konnte. Was sollte er ihr sagen? Mein Leben ist ein Irrtum?

Bis Kuwait sind wir gar nicht gekommen, letztes Jahr. Ich war im Südirak.

Man hätte dieses Problem auch ohne Krieg lösen können, sagte Hélène, bewusst zurückrudernd und die Frage vermeidend, die sich aufzudrängen schien. Wenn man denn hätte verhandeln wollen. Aber das wollten die USA ja nicht. Geben Sie das wenigstens zu. Ich frage mich wirklich, was dieses Land sich anmaßt.

Ich will Ihnen etwas sagen, Hélène, meine Meinung dazu. Wenn ein Staat die Mittel hat, die Kenntnisse und die Macht, dann hat er auch die moralische Verpflichtung einzuschreiten, selbst wenn das heißt, Krieg in andere Länder tragen zu müssen, um den Frieden möglich zu machen.

Davon abgesehen, sagte Hélène bissig, dass ich zumindest das mit den Kenntnissen bezweifeln möchte, ist das eine vollkommen reaktionäre, imperialistische Maxime.

Eine angreifbare, aber damit müssen wir leben.

The white man's burden, hm?, spottete Hélène.

Ich kenne diesen Spott. Sagen wir, dass das Exempel, das mir dabei in den Sinn kommt, München heißt. Peace in our time. Jubel, Dankbarkeit, Erleichterung. Friede für genau zwölf Monate. Nur nicht für die Tschechen oder eben die Kuwaitis. Die Dankbarkeit und die Erleichterung der Kurzsichtigen.

Und was haben Sie, der Sie nicht zu uns Kurzsichtigen gehören, im Irak getan? Den Arabern Gedichte von Elizabeth Bishop oder Ralph Waldo Emerson vorgelesen?

Zum ersten Mal antwortete der Amerikaner nicht mehr. Es entstand eine Stille, in der sie die Fliegen summen hörten und auf ihren kalt gewordenen Kaffee blickten.

Und was machen Sie dann jetzt hier in Frankreich?, fragte Hélène als Friedensangebot. Aber der Amerikaner ging erstaunlicherweise nicht darauf ein.

Sie wollen wissen, ob ich getötet habe? Ob ich viele Araber abgeknallt habe? Ob ich sie mit den Panzerketten zu Mus gequetscht habe? Die Siebzehnjährigen. Sie wollen wissen, ob Sie einem Mörder gegenübersitzen. Und dann entscheiden, ob das erregend oder degoutant ist.

Hélène erschrak vor dem Ernst in seiner Stimme.

Weder das eine noch das andere. Es wäre eher beängstigend und verstörend. Aber ich will mir nicht anmaßen, Ihr Leben zu beurteilen. Es gibt ja auch Menschen, die zur Armee gehen, um ein Dach über dem Kopf zu haben.

Das ist nicht mein Fall.

Auch wenn Sie mir zehnmal strategisch und historisch nachweisen können, welche Kriege sinnvoll und nützlich gewesen sind, ich glaube nicht an den Krieg. Ich glaube nicht an den Tod, ich glaube ans Leben. Und mir weismachen zu wollen, dass aus irgendeinem Krieg Leben wächst statt Tod, das wäre ein dialektisches Kunststück. Ich glaube an die Würde jedes einzelnen Lebens. Und deshalb halte ich es mehr mit Leuten wie Gandhi und wie Jesus als mit Laclos oder Churchill.

Ich bin nicht gekommen, um Frieden zu bringen, sondern das Schwert, zitierte der Amerikaner. Ich bin gekommen, um den Sohn mit dem Vater und die Tochter mit ihrer Mutter zu entzweien. Irgendwo bei Matthäus. Es sind genau Leute wie Sie, Hélène, für die wir unsere Kriege führen. Damit Leute wie Sie weiter ans Leben glauben können. Oder von Neuem.

Das sagen nicht Sie, das ist Propaganda, sagte sie. Die USA haben diesen Krieg für die Kontrolle übers Öl geführt, und weil sie ihr Waffenarsenal verbrauchen müssen, um es erneuern zu können, und seine Qualität demonstrieren müssen, um es verkaufen zu können. Natürlich haben Sie einen ganzen Stab von gewitzten Rhetorikern, um das schönzureden.

Ich will nicht mit Ihnen streiten, Hélène. Sie sind der einzige Mensch –.

Nein!, rief sie unwillkürlich und hob abwehrend die Hand. Nein. Nein. Ich will das nicht hören, was immer es ist. Ich will nicht der einzige Mensch sein, ganz gleich wofür.

In Ordnung, sagte der Amerikaner und nickte, als erkenne er eine Niederlage an.

Hélène blickte ihn an und bereute den ganzen Disput. Ich führe selbst Stellvertreterkriege, dachte sie.

Aber was tun Sie denn jetzt wirklich hier in Paris?, fragte sie dann.

Ich nehme an einem Austauschprogramm namens MPEP teil, bei dem man für drei Jahre zu einer ausländischen Armee wechseln kann. Eine Art kultureller Erfahrungsaustausch. Ist ein Privileg, dafür vorgeschlagen zu werden. Und so bin ich jetzt beim 4. Husarenregiment in Fontainebleau.

Husarenregiment?, meinte Hélène amüsiert.

Ein abgehalfterter Husar, sagte der Amerikaner bitter. Vor mir als apokalyptischem Reiter brauchen Sie keine Angst mehr zu haben. Ich bin ein Wrack, ein Dreck. Ich kann nicht einmal bei meiner französischen Einheit dienen.

Er sah sie an wie ein in die Ecke gedrängter Boxer.

Aber was –?, Hélène, völlig verblüfft angesichts der Wendung der Dinge, wollte ihn fragen, da schlug ein Luftzug die Tür zu, die hinaus in den Garten ging. Es knallte und klirrte zugleich. Hélène zuckte zusammen und fuhr herum. Als sie sich zurückdrehte, sah sie den Amerikaner zunächst nicht. Dann entdeckte sie ihn unterm Tisch. Das sah komisch aus, und sie sagte unwillkürlich: Der Husar unter dem Tisch? Duck and cover? Aber dann hörte sie, dass er mit den Zähnen knirschte, und das war ein derart fürchterliches Geräusch, dass sie begriff: Etwas konnte ganz und gar nicht in Ordnung sein mit ihm.

Dann hockten sie mehrere Minuten lang gemeinsam unter dem Tisch, bis das Zähneknirschen und Augenrollen nachließ. Sie hockten unter dem Tisch und hielten einander die Hände.

Sie sahen aus wie Kinder, die etwas aushecken, Kinder, die spielen, sie seien in einer Höhle, unerreichbar für die

Erwachsenen und ihre Welt. Von den übrigen Gästen der Cafeteria näherte sich ihnen keiner mit einer Frage – dies war schließlich ein Krankenhaus, in dem merkwürdiges oder krankhaftes Verhalten an der rechten Stelle war –, wohin hätte man sie verweisen sollen, wo sie sich nicht ohnehin schon befanden?

Es geht nicht... Es kann nicht sein. Was ist bloß? Warum hört es nicht auf? Es wird bloß immer schlimmer... Entschuldigen Sie, es ist so erniedrigend, so abgrundtief erniedrigend. Ich wollte, mir wären stattdessen die Beine weggeschossen worden...

Als sie wieder am Tisch saßen, sah der Amerikaner aus, als sei er bekleidet in der Sauna gewesen. Da sehen Sie's, sagte er verzweifelt. Da haben Sie's, und er wischte sich angewidert mit dem Handrücken über die Stirn.

Was, um Himmels willen, fehlt Ihnen?, fragte Hélène mit Autorität.

Wenn ich es selbst genau wüsste. Es ist kein Kummer, keine Traurigkeit, kein Gram. Es ist einfach gar nichts. Nur Antriebsschwäche. Wenn ich morgens Durst habe, und ein Glas Wasser steht vor mir, dann brauche ich eine halbe Stunde, um mich dazu durchzuringen, es in die Hand zu nehmen und zum Mund zu führen... Ich bin jetzt wie lange hier? Wann haben wir uns das erste Mal getroffen? Im Oktober letztes Jahr? Sie haben mich fünf Monate lang durchgecheckt. Belastungs-EKG, Kernspin-Tomographie, Blutdruck, Blutzucker, Darmspiegelung, Koronarangiogramm, Borreliosetest – you name it. Nein, was das betrifft, bin ich kerngesund. Auch kein Guillain-Barré-Syndrom. Keine multiple Sklerose. Und dennoch ändert sich an den Symptomen nichts. Ich kann nicht schlafen, ich habe Albträume, Panikattacken, Schweiß-ausbrüche für ein Nichts. Ich kann mich auf keine Arbeit richtig konzentrieren, ich habe Anfälle, bei denen sich das Herz zusammenkrampft, dass ich denke, ich kriege einen Infarkt. Ich kann, Hélène, ich kann mich nicht freuen. Ich lese die Gedichte Elizabeth Bishops, und ich habe keine Gefühlsregung. Ich bin in Paris, wo ich immer hinwollte, und es ist, als wäre die Farbe aus dem Film gewaschen. Ich weiß, welche Emotion jetzt kommen müsste, aber sie kommt nicht. Ich erinnere mich an Gefühle, aber ich empfinde sie nicht. Wie herausoperiert. Im Februar hat die innere Medizin aufgegeben und mich an die Psychia-trie weitergereicht. Da haben die Tests wieder angefan-gen. Mittlerweile sind sie so weit, eine Angststörung zu vermuten, eine Agoraphobie vielleicht, und seit ein paar Wochen muss ich Medikamente nehmen, Paroxetin.

Was ist das?

Ein Antidepressivum. So was wie Prozac. Technisch gesprochen ein SSRI, ein sogenannter selektiver Sero-tonin-Wiederaufnahmehemmer. Fragen Sie bitte nicht, wie das funktioniert, ich weiß es auch nicht. Und wäh-renddessen geht die Befragung weiter, um herauszube-kommen, ob es tatsächlich eine Angststörung ist, und wenn ja, woher sie rührt.

Und, haben Sie denn Angst vor etwas?

Ja, aber ich weiß nicht wovor und warum. Ich habe die beste Ausbildung der Welt bekommen, um alle kon-kreten und gerechtfertigten Ängste unter Kontrolle zu halten, und jetzt hocke ich bibbernd unterm Tisch, wenn eine Glastür zufällt.

Er schüttelte angewidert den Kopf.

Und was ist mit den ungerechtfertigten Ängsten?, fragte Hélène und setzte hinzu: Es ist das Natürlichste von der Welt, Angst zu haben. Vor allem als Soldat.

Er sah sie an. Ja, das mag sein. Aber es ist auch das Unerträglichste. Ich hoffe, der Arzt wird die Gründe herausfinden. Ironischerweise ist es ein Iraner, Dr. Mehran. Trägt nicht gerade zu meiner Redseligkeit bei.

Sie können zu den Ärzten hier Vertrauen haben. Es sind die besten, die es gibt, sagte Hélène.

Warum hat es bei Ihnen nicht geklappt?, fragte der Amerikaner brüsk.

Hélène zuckte die Achseln. Kein Glück gehabt.

Aber was war der Grund?

Es gab keinen Grund.

Es gibt immer einen Grund.

Ich kenne ihn jedenfalls nicht.

Aber was hat der Arzt gesagt?

Gar nichts. Er weiß es auch nicht. Er muss es auch erst einmal analysieren. Und auf seinen Blick hin: Ich meine, das funktioniert ja nicht wie die Fließbandproduktion von Autos. Es muss eben alles Mögliche zusammenkommen und funktionieren. Und irgendein Detail hat nicht funktioniert. Aber ich bleibe zuversichtlich.

Der Amerikaner nickte.

Haben Sie eigentlich eine Familie?, fragte Hélène.

Nicht mehr.

Hélène wartete, aber er redete nicht weiter. Da sie das Gefühl hatte, das Reden tue ihm gut, hakte sie nach: Nicht mehr?, halb schon in der Furcht, eine weitere Katastrophe zu hören, für die sie, das spürte sie deutlich, nicht stark genug sein würde.

Das Übliche. Geschieden.

Oh, das tut mir leid. Haben Sie Kinder?

Hatte welche, sagte er, und als er sah, wie ihre Augen sich weiteten, fügte er hinzu: Natürlich sind sie noch da, aber da sie fort sind, ist es ganz so, als würden sie nicht existieren.

Ganz so wohl doch nicht.

Nein, vielleicht schlimmer, meinte er gedankenlos, und dann, nach kurzem Überlegen: Obwohl, dramatisieren wir nichts. Ich habe sie auch vorher kaum gesehen. Es geht ihnen gut, sie haben eine neue Familie, und soweit ich weiß, auch ein neues Halbgeschwister. Wir haben '83 geheiratet, gleich nach dem College, dann kam Antony, '84 bin ich nach Deutschland versetzt worden, da ist sie nicht mit, wegen der Versorgung des Babys, da ist sie bei ihren Eltern geblieben, das war wahrscheinlich ein Fehler. '85 kam Catherine. '86 schickt ihr Anwalt mir die Scheidungsklage. Wie Sie sehen, ich erinnere mich kaum noch, sie waren noch klein. Meine Frau hat wieder geheiratet, in die Gegend von Chicago. Nehme an, sie sind glücklich.

Aber sehen Sie Ihre Kinder denn nicht regelmäßig?

Nein, sagte der Amerikaner abschließend, sodass Hélène sich nicht traute nachzufragen.

Sie verfiel in Schweigen. Dann sagte er: Gehen Sie ruhig, wenn Sie noch Termine haben. Ich bin soweit o. k. und muss ohnehin gleich zu meiner Sitzung.

Hélène wollte irgendetwas Ermutigendes sagen, aber es fiel ihr nichts ein. Schließlich meinte sie: Wie kommen Sie eigentlich wieder zurück zu Ihren Husaren?

Momentan gar nicht. Ich bin hier für ein paar Wochen stationär, sagte er.

Verstehe.

Ich habe mir die alten Fotos aus dem Ersten Weltkrieg angesehen unten, nachts, wenn ich nicht schlafen kann.

Hélène lächelte mitfühlend.

Es war übrigens noch ein berühmter Schriftsteller hier damals.

Ach ja, und wer?

Scott Fitzgerald oder, besser gesagt, seine Frau Zelda. 1925. Angeblich wegen einer Eierstock-Entzündung und einer drohenden Peritonitis. Aber das Gerücht will, dass es in Wirklichkeit eine Abtreibung war.

Hélène lächelte. Ich kann mir nicht vorstellen, dass das Krankenhaus Abtreibungen gemacht hat. Dafür gab es in Paris Frauen ...

Sie müssen mir irgendwann einmal von den Frauen von Paris erzählen, sagte der Amerikaner.

Ich bin demnächst ja noch ein paar Mal hier, sagte Hélène. Wo kann ich Sie denn finden?

Wenn Sie hier durchs Café und durchs Restaurant in die andere Richtung gehen in den Neubau und dann hoch in den zweiten Stock, Sektion 5, da gibt es einen Empfangstresen, die wissen, wo ich gerade bin.

Hélène nickte. Alles Gute. Auf bald.

Was ich Ihnen vorhin sagen wollte, war nur: Sie sind der einzige Mensch, den ich hier kenne.

Hélène nickte und hob die Hand zum Abschied.

*

Ich wurde geboren, während mein Vater seinen Militärdienst ableistete in Algerien, erklärte Hélène bei ihrem nächsten Treffen auf seine Frage nach ihrer Abneigung gegen Krieg und Soldaten.

Das war ja kein Krieg, wohlgemerkt, sondern eine Befriedungsmaßnahme gegen aufständische Elemente. O, ich habe sehr früh die Wörter gelernt, die er mitgebracht hatte: Bougnouls. Ratons. Nein, sie führten dort keinen Krieg, sondern jagten Ratten. Rattisage nannte sich das. Eine Vertilgungsaktion. Und während er fort war, hat meine Mutter sich einen Liebhaber genommen. Onkel Jean-Luc. Der war ein richtiger Soldat. Luftwaffe. Sie hat ihn auf dem Rummel kennengelernt, der Foire du Trône. Da trug er eine schicke blaue Uniform und schob den Kinderwagen, in dem ich lag. Natürlich erinnere ich mich daran nicht, aber es gibt Fotos. Sie im geblümten Kleid, Kokossandalen, zwei Luftballons in der Hand. Er mit angelegtem Gewehr vor der Schießbude. Ja, sonst hat sie das Baby meistens bei ihrer Mutter untergebracht. Ich weiß nicht, ob mein Vater das Trinken schon in Algerien begonnen hat oder erst nach seiner Rückkehr. Er ist gestorben, als ich vierzehn war. An einer Leberzirrhose. Aber von Algerien hat er nie erzählt. Ich weiß nicht wirklich, ob Algerien ihn umgebracht hat oder meine Mutter. Wahrscheinlich ist es so, dass Algerien ihn so weichgeklopft hat, dass er meiner Mutter nichts entgegensetzen konnte. Natürlich auch deswegen nicht, weil er sie trotz allem abgöttisch liebte. Sie war eine sehr schöne junge Frau, bevor sie aus dem Leim gegangen ist. Und eine wilde, im Gegensatz zu ihrer älteren Schwester. Sie hat immer erzählt, sie habe einmal mit Miles Davis geflirtet, in Saint-Germain, aber ich weiß nicht, ob das stimmt. Wahrscheinlich nicht. Umgezogen sind wir, als ich drei war. Weg aus Paris, um diese Verbindung zu kappen. In eine brandneue Hochhaussiedlung nach Melun, die sie für die Pieds-Noirs hochgezogen hatten. Nur dass dann dort auch die Harkis hingingen und in den Siebzigern die Algerier. Da hatte er sie wieder vor der Nase, auf demselben Korridor, seine Bougnouls. La Pierre Collinée hieß diese Siedlung. Mittlerweile reißen sie sie wieder ab. Aber Melun war nicht weit genug weg von Paris.

Ich mochte Jean-Luc gern. Er hat mir immer etwas mitgebracht. Wenn er am Nachmittag da war, musste ich mich auf den Balkon raussetzen, oben im elften Stock, wo wir wohnten, von wo aus man den Parkplatz im Auge hatte, und Bescheid sagen, wenn ich den blauen Panhard von Papa einbiegen sah, damit Jean-Luc Zeit hatte rauszukommen. Er im Treppenhaus runter. Papa im Aufzug hoch. Irgendwann hat meine Mutter nicht mal mehr das Schlafzimmer gelüftet, wenn mein Vater von der Arbeit kam.

Hélène erinnerte sich an diesen Geruch nach Schweiß, Zigarettenrauch, Chanel N° 5 und ungemachtem Bett und an die ängstlich suchenden Augen ihres Vaters, wenn er die Wohnung betrat. Einmal erzählte sie ihm aus Mitleid von Onkel Jean-Luc, was ihre Mutter ihr streng verboten hatte, und zeigte ihm die rosa und grüne Wasserpistole, die er mitgebracht hatte. Es war Sommer, und in der niedrigen, nach Süden ausgerichteten Wohnung stand die Hitze, und sie hielt sich den Lauf der Wasserpistole in den Mund und spritzte das lauwarme Wasser hinein. Da packte er sie am Arm, riss mit der freien Hand den Lederimitatgürtel aus der Hose, drehte ihn zu einer Schlaufe und versohlte ihr damit den Hintern. Und bei jedem Schlag schrie er: Du – sollst – nicht – lügen! Du – sollst – keine – Lügen – über – deine – Mutter – erzählen! Weil der Gürtel fehlte, rutschte die Hose, sodass unter dem hellblauen, kurzärmligen Hemd, das er trug, seine Unterhose zu sehen war, da musste er aufhören. Dann zertrampelte er die Wasserpistole mit seinen blankgeputzten schwarzen Schuhen zu rosafarbenen und grünen Splittern. Ihre Mutter hatte den Fernseher eingeschaltet, um das Geschrei nicht zu hören.

Mit zwölf war sie in die kleine Eisenbahnerwohnung ihrer Großeltern in der Rue des Batignolles gezogen, wo auch ihre Tante lebte, die ältere Schwester ihrer Mutter, eine Junggesellin, mit der sie das Zimmer teilte. Der Großvater starb schon kurz nach seiner Pensionierung, aber an den Drei-Frauen- und Drei-Generationen-Haushalt dachte sie gern zurück. Da sie eine gute Schülerin war, wurde sie in Chaptal aufgenommen, und nachmittags traf sich der maoistische Schülerclub in einem Café an der Place Clichy nahe dem Wepler und las Althusser. Aber das war später.

Und Ihre Mutter?

Onkel Jean-Luc war ja auch verheiratet und hatte eine Tochter, die so alt war wie ich. Ich erinnere mich an gemeinsame Ausflüge in den Bois de Vincennes. Er ist gerudert, und wir haben die Hände durchs Wasser ziehen lassen. Mein Vater hat noch einen weiteren Versuch gemacht, ihm zu entkommen, und ist von Melun nach Auxerre gezogen, noch mal hundert Kilometer weiter weg.

Da war Hélène nicht mehr mitgegangen, sondern hatte sich nach fürchterlichen Streitereien in die Obhut ihrer Großmutter geflüchtet, zurück nach Paris. Ihre Mutter hatte danach Jean-Luc überredet, seine Frau zu verlassen, und sie gingen gemeinsam in die Banlieue. Aber das funktionierte nur ein halbes Jahr.

Wahrscheinlich war die Liebe, die ja auch nicht mehr frisch war, nicht tragfähig, meine Mutter, die ebenso viel trank wie mein Vater, war zänkisch und auch nicht mehr so schön wie ehedem. Jedenfalls ist Jean-Luc nach einem halben Jahr reumütig zu seiner Familie zurückgekehrt und meine Mutter zu ihrem Mann, rechtzeitig, um ihn die letzten Monate zu pflegen und dann zu beerdigen.

Und was ist aus ihr geworden?

Sie ist dort geblieben, in Auxerre, in ihrer Wohnung, bis die Fürsorge sie vor einigen Jahren daraus entfernt hat. Ich habe es mehrmals versucht, zuerst, den Kontakt wieder aufzunehmen nach dem Tod meines Vaters, mich wieder mit ihr anzufreunden, später, wenigstens ein normales Verhältnis zu ihr zu haben, noch später, ihr zu helfen. Es hat alles nichts genützt. Sie hat mich gehasst. Ich war die Eisenkugel an ihrem Fuß, die sie in ihrem ungeliebten Leben mit Mann und Kind gehalten hat.

Soldaten, das waren für mich die abgekauten Fingernägel meines Vaters und der bebende Hass auf die Araber, die er dort unten auf dem Parkplatz der Siedlung traf und die im Treppenhaus mit ihm vor der blau lackierten Tür des Fahrstuhls warteten. Und der große, lachende, selbstbewusste Fliegerhauptmann Jean-Luc, der mir meine Mutter weggenommen und mir zum Trost Geschenke mitgebracht hat.

Der Amerikaner erzählte, er habe ganz andere Erinnerungen, die sich mit dem Wort Soldat verbanden. Eine Kopie von Winslow Homers Schlachtengemälde *Prisoners from the Front* über dem Sideboard im Wohnzimmer neben dem Gummibaum. Der Unionsoffizier, die Hände im Rücken gefaltet, der sich, ein Bein herrisch und ungeduldig vorgestellt, drei konföderierte Gefangene vorführen lässt, von denen zwei ziemlich abgerissen und niedergeschlagen aussehen, der dritte aber, einer mit langem Haar, frech und ungezogen die Hände in die Seiten stemmt und ebenfalls herausfordernd ein Bein vor das andere stellt.

Was habe ich dieses Bild studieren können als Kind. Jedes Detail und die Geschichten, die es erzählte, gingen mir bis in die Träume nach. Das rostige Bajonett meines Großvaters an der Wand. Uniformen mit leuchtenden Messingknöpfen, die perfekt auf Bügelfalte zusammengelegt, in Seidenpapier eingeschlagen, aus der Reinigung kamen. Salutschüsse bei Paraden in der Kaserne. Mein Vater, der sich sonntagmorgens vor der Messe im Badezimmer rasierte und dabei den River-Kwai-Marsch pfiff. Mein Vater, wie er meinem Bruder und mir zeigt, wie man Schuhe wichst. Meine Mutter und wir Kinder, wie wir am Tor stehen und ihm nachwinken, als er, die Reisetasche in der Hand, von einem Fahrer, der ihm den

Schlag aufhält und salutiert, abgeholt wird, und meine Mutter, die weinte, als am selben Abend LBJ im Fernsehen sprach. Das Glaskästchen mit den Orden auf der Anrichte. Als ich vierzehn war, nahm mein Vater seinen Abschied nach mehr als zwanzig Dienstjahren. Das war kurz vor oder kurz nach dem Pariser Abkommen. Wir sind eine Soldaten-Familie. Wie ich schon sagte. Aus Tradition und vom Vater zum Sohn. Es gab irgendwelchen Ärger oder Groll, weil er gehofft hatte, als General abzutreten, aber als Full Colonel entlassen wurde. Angefangen hat es mit meinem Großvater. Nein, eigentlich mit meinem Urgroßvater Cote. Der ist irgendwann Ende des neunzehnten Jahrhunderts aus Kanada eingewandert, aus Quebec. Und sein Sohn war es, der die Tradition begründet hat. Der Kriegsheld, mein Großvater. Sagt Ihnen Belleau Wood etwas?

La Forêt de Belleau? Nein, sagte sie, nichts.

Ich glaube, es heißt Le Bois de Belleau. Bei Château-Thierry an der Marne. Ein historischer Sieg der Marines im Juni 1918. Und mein Großvater mittendrin. Als Zwanzigjähriger. Der Mythos des Marine. Ich bin mit solchen schneidigen Sätzen großgeworden, die mein Vater immer einmal wieder angeführt hat, den Großvater selbst habe ich ja nie gekannt. Retreat? Hell, we just got there! Oder ein anderer, entschuldigen Sie, es ist mehr ein Fluch als ein Satz: Come on, you sons of bitches, do you want to live forever? Als Aufforderung, durch ein Kornfeld hindurch eine MG-Stellung der Deutschen anzugreifen. Und nun bringen Sie das zusammen mit: Ich bin die Liebe und das Leben, was wir sonntags in der Messe hörten, dann haben Sie unsere Familie.

Dass ich schließlich in einer Division gelandet bin, deren Wahlspruch lautet »First to fight«, kann dann kein Zufall mehr sein. Nein, erinnern Sie sich, dass ich Ihnen gesagt habe, ich müsste Ihnen Concord zeigen, um unser patriotisches Pathos verständlich zu machen? Es gibt auch noch einen anderen Weg: Als wir in Frankreich lebten, unternahm mein Vater mit uns eine Pilgerreise, zum Aisne-Marne-Memorial. Dort hat ein General eine Rede gehalten, die in Stein gehauen wurde und die wir auswendig lernen mussten, mein Bruder und ich. Meine Schwester als Mädchen war dispensiert. Ich kann sie noch: *Immer wieder einmal wird ein Veteran hierherkommen, um die heldenhaften Tage jenes lang vergangenen Juni wieder zu erleben. Hier werden unsere neuen patriotischen Altäre errichtet, hier werden die Schwüre des Opfergeists und der Verpflichtung aufs Vaterland neu geleistet werden. Hierher werden unsere Landsleute in Zeiten der Depression, ja sogar in Zeiten des Scheiterns pilgern und an diesem Schrein großer Taten ihren Mut erneuern.*

Nicht schlecht, sagte Hélène. Aber in Sachen patriotischer Rhetorik macht uns Franzosen keiner etwas vor. Hierzulande steht ein solcher Schmus an jedem Wegstein.

Der Amerikaner musste lachen. Sie sind wirklich unverschämt, Hélène.

Und angesichts dieser Familientradition konnten Sie nun auch nicht anders, als ein Held zu werden?

Ja, vielleicht. Obwohl, ganz so einfach war es nicht.

Er erinnerte sich, dass damals eigentlich alles eher für seinen jüngeren Bruder Gregory gesprochen hätte. Gregory war the popular boy, er war der Baseballspieler, er war der Sohn seines Vaters, auch schon vom Gesichts-schnitt her, während er, genau wie Isabelle, eher nach ihrer Mutter kam. Er war eigentlich mehr ein ruhiger Typ gewesen als Kind und Jugendlicher, ein Einzelgän-ger, Schwimmer. Lange einsame Wanderungen durch die Wälder, Birdwatching, das war nichts, womit man in der Schule hätte Ruhm erwerben können.

Es hat sich geändert, als ich in der Schule einen bösen Spitznamen verpasst bekam: turtle boy. Wegen der Schwimmerei und so weiter. Nun müssen Sie wissen, der turtle boy, der Junge mit der Schildkröte, das ist eine Skulptur und ein Wahrzeichen von Worcester, zugleich aber auch, wegen der Art der Darstellung, eine Quelle für geschmacklose Anspielungen und Scherze. Wenn Sie in Worcester jemand so nennt, dann bleibt Ihnen eigentlich nur auszuwandern oder zuzuschlagen. Wahrscheinlich um diesen Hänseleien zu entkommen und zugleich um mich dagegen wehren zu können, habe ich mit dem Rudern begonnen und in zwei Jahren fünfzehn Kilo an Muskelmasse zugelegt. Plötzlich war ich kein Hänfling mehr, sondern Schlagmann im Doppelzweier, zusammen mit meinem Freund gewann ich Regatten, Preise für die Schule, und ich habe irgendwie angefangen, an diesen Dingen Gefallen zu finden, Sport, Verantwortung, ein gewisses Repräsentieren. Und Gregory hat Vater schnell klargemacht, dass er Jurist werden wollte und es für ihn nicht infrage kam, zur Armee zu gehen. Und da die Familientradition ohnehin verlangt hat, der Erstgebo-rene müsse die Fahne hochhalten, mein Großvater war ja auch der Ältere gewesen, ja, doch, ich wollte das. Und ich sah auch keinen Widerspruch zu meinen anderen

Vorlieben. A man of books und zugleich a man of action, das war das Ideal, das mir vorschwebte.

Dann war Ihr Großvater womöglich ja auch hier, sagte Hélène.

Der Amerikaner schüttelte den Kopf. Er war ja kein Ambulanz-Fahrer, sondern Kriegsfreiwilliger. Nach dem Schuss, der ihm die Schulter zertrümmert hat – und da konnte er von Glück sagen bei den Kämpfen in Belleau, wo sie mit Bajonetten und nackten Fäusten aufeinander los sind –, nach dieser Heimatwunde ist er ins Feldlazarett gekommen und war im August 1918 wieder zu Hause. Vollbehängt mit Orden. Mein Vater war der einzige Sohn, meine Großmutter hatte danach noch fünf Fehlgeburten, ich weiß nicht, woran das lag.

Und er ist dann auch Soldat geworden.

Ja, er hat die Militärakademie besucht, dann als ganz junger Mann den Koreakrieg mitgemacht und fünfzehn Jahre später als Oberstleutnant Vietnam...

Das Wort unterbrach das Gespräch.

Und jetzt Sie, sagte Hélène. Meinen Sie, Ihr Land wird weiter so regelmäßig Kriege führen, dass auch Ihr Sohn wieder einen mitmachen kann?

Muss. Mitmachen muss.

Das erkennen Sie also doch an, dass der Krieg für den Soldaten keine reine Freude ist.

Bestimmt nicht. Er ist eine merkwürdige Mischung aus momentanen Hochgefühlen und einer solchen Todesangst im Magen, dass es einen zugleich lähmt und einem die Gedärme öffnet, von unsäglich viel red tape, unklaren Lagen und Zusammenhängen, administrativer Dummheit, der Krieg ist nie zu überblicken, selbst ein

General sieht kaum mehr als Fabrice in Waterloo, man wartet und wartet und versucht, seine Ängste zu disziplinieren, versucht sich zu konzentrieren, versucht perfekt zu funktionieren, die Befehlskette nicht reißen zu lassen wegen eigener Schwäche oder zu viel Nachdenkens. Und immer sagt man sich: Ich tue das für ein höheres Ziel. Ich tue das, damit das Gute siegt. Ich tue das aus einer Art von Opfergeist heraus, ohne den keine Zivilisation entstehen kann. Und natürlich hofft man immer, der Krieg, in dem man gerade ist, möge der war to end all wars sein.

Er muss relativ jung gestorben sein, Ihr Großvater, wenn Sie ihn nicht mehr gekannt haben.

Ja, sagte der Amerikaner. Er war noch keine sechzig. Kurz nach dem Koreakrieg, mein Vater war noch nicht verheiratet. Ja, er litt an Parkinson. Die letzten zwei Jahre hat meine Großmutter ihn im Rollstuhl durch die Gegend geschoben. Damals konnte man noch nicht viel dagegen tun.

Und Ihre Großmutter?

War eine wunderbare Frau. Ma Cote haben sie alle genannt. Sie ist vorletztes Jahr gestorben. Hochbetagt. Eine richtige Pionierin. Eine Outdoors-Frau. Sie war es, die mit mir Vögel beobachten gegangen ist und von früher erzählt hat. Sie hat mir den Feldstecher meines Großvaters geschenkt und ein paar Brote eingepackt, und dann sind wir losmarschiert. Sie war Mitglied im Forbush Bird Club. Wir sind im Rutland State Park gewesen, am Wachusett Reservoir, in Cascades Park, überall, wo ich später auch alleine gewandert bin. Und sie hat mir die Vögel gezeigt. Baumwachteln, Raufußhühner, Weißbauch-Phoebetyrannen, Blaurückenwaldsänger. Allein die Namen ergeben ein Gedicht. Und manchmal hinterher machten wir noch Rast am Grab meines Großvaters, und sie zupfte ein bisschen an den Blumen herum und redete mit ihm, als säße er neben ihr auf der Bank: So, mein Guter, das war ein schöner Tag, ich war mit dem Jungen im Wald, und wie geht es dir? Gut bei diesem herrlichen Wetter, hoffe ich. Morgen früh muss ich dran denken, in der Kirche eine Kerze für die Seele von Großvater Kerouac anzuzünden –.

Erinnerst du mich daran?! Hat sie nicht auch gesagt: Erinnerst du mich daran?, unterbrach ihn Hélène. Das tut nämlich meine Großmutter immer, wenn sie am Grab meines Großvaters ist. Meistens nur einmal im Jahr, denn er liegt draußen in Thiais, und der Weg ist weit. Meistens nur an Allerheiligen. Dann strömen die Menschen die Straße entlang, von der Metro oder der Bushaltestelle kommend, stehen im Blumengeschäft am Haupteingang Schlange, leihen Schäufelchen und Gießkannen und fallen dann wie eine Herde Sonntagsgärtner in den Friedhof ein. Der ist riesig, unübersehbar, mit Autostraßen zwischen den Gräberreihen. Divisionen – ja, so heißen die. Er ist nicht schön, zu wenig Wildwuchs, zu geometrisch, immerhin, wenn man weiß, wo die Menschen liegen, die man sucht, findet man sie. Aber es sind zwanzig Minuten zu Fuß vom Eingang aus, und meine Großmutter ist nicht mehr gut zu Fuß, sie leidet seit ihrer Jugend im Krieg an Polyarthritis, angeblich die schlechte Ernährung während der Besatzung, die letzten zwei Jahre ist sie in so einer Art Golfwägelchen hingefahren worden. Ja, und da verbringen wir jedes Jahr den größten Teil des Allerheiligentages.

Wir haben unsere Vesper dabei, wir fegen das tote Laub vom Grab, bürsten die Platten der Grabumrandung mit der Nagelbürste, die Vertiefungen der goldenen Lettern des Namens auf dem Stein werden mit der Zahnbürste vom Grünspan befreit, wir holen die alten Pflanzen raus, das Heidekraut vom Vorjahr, pflanzen neu, wässern, zupfen Unkraut, rechen die Kieselsteine, ja, und meine Großmutter redet mit ihrem Mann. Gus, sagt sie, er hieß ja Auguste, Gus, sieh mich an, mit mir ist es auch nichts mehr. Diesen Herbst haben deine Kollegen wieder gestreikt, das erzählt sie immer, er war ja ein alter Gewerkschafter, oder eben: Ich muss XY noch eine Karte zur Taufe seines Enkels schicken, erinnerst du mich daran?

Der Amerikaner lächelte und sagte: Wir unterhalten uns nur über Tod und Friedhöfe. Das sollten wir nicht tun.

Aber es bietet sich hier doch an, in diesem Zwischenreich, sagte Hélène.

Der Amerikaner hob fragend die Brauen.

Nun ja, hier in diesem Korridor findet doch sozusagen der Wechsel der Aggregatzustände statt. Ungeborene kommen herein, schreiende Babys werden hinausgetragen, Moribunde werden gebracht und die Särge dann diskret am Hinterausgang entsorgt. Dazwischen, in den Betten, an den Maschinen, in den Sprechzimmern und Labors, ist alles möglich. Das Krankenhaus ist die Schleuse zwischen Leben und Nichtleben.

Nur dass alle für das Leben kämpfen. Jeder Tod, jeder... jeder ungelöste Fall ist eine Niederlage.

Und Niederlagen können wir uns nicht erlauben, sagte Hélène und sah ihn an.

Er erwiderte den Blick. Nein, Niederlagen können wir uns nicht erlauben.

Sie schwiegen eine Weile, dann schlug Hélène einen Spaziergang durch den Garten vor, weil sie rauchen wollte. Er wies sie darauf hin, dass das in der Schwangerschaft nicht ratsam sei. Hélène brauste auf. Erstens sei sie noch nicht schwanger, und dann gebe es auch Grenzen dessen, was sie sich antun und was sie sich versagen wolle und was nicht.

Und das Rauchen nicht, sagte sie. In drei Tagen finde die Punktion statt, und wenn es diesmal etwas werde, dann, aber erst dann könne man darüber nachdenken, mit dem Rauchen aufzuhören.

Was heißt wenn? Es wird etwas! Sie müssen daran glauben. Sie müssen es wollen!

Oh, Gott weiß, dass ich es will, sagte Hélène.

Sie wären bestimmt eine großartige Mutter, sagte der Amerikaner.

Was haben Sie eigentlich, seit Sie hier sind, von Paris und der Umgebung gesehen?, fragte sie, um das Thema zu wechseln.

Er antwortete nicht, und sie gingen schweigend weiter bis zu einer Parkbank im Schatten der Außenmauer, hinter der ein teures Apartmenthaus mit dunkel getönten Glasscheiben vor den Balkonen zu sehen war. Sie setzten sich.

Nichts, sagte der Amerikaner. Gar nichts.

Hélène sah ihn ungläubig an. Was meinen Sie mit nichts? Nichts, was Sie interessiert hat?

Nein, gar nichts, sagte der Amerikaner und schlug die Augen nieder. Ich – ich kann nicht. Ich kann nicht durch die Gegend gehen. Ich – ich traue mich alleine nicht aus dem Haus. Außer dem Kasernengelände in Fontainebleau und dem Krankenhausareal habe ich nichts gesehen. Nicht allein. Wenn ich im Tross oder in Begleitung war, rechts und links jemand hatte, beschirmt war, dann ... Aber sonst ... Ich gerate in Panik. Ich werde im wahrsten Sinne des Wortes wahnsinnig. Ich habe das Gefühl, ich falle, ich stürze ab. Oder mir wird schwindlig. Die Mauern kommen von allen Seiten auf mich zu, schließen mich ein ...

Er fuhr sich verlegen mit der Hand durchs Haar und umfasste mit der anderen die Lehne der Bank. Hélène wusste nicht, was sie sagen sollte.

Es ist diese Agoraphobie oder Angststörung, die Dr. Mehran diagnostiziert hat und gegen die ich Medikamente bekomme. Ich bin so weit, dass ich hier am liebsten gar nicht mehr rauswollte. Die hohen Mauern, die Apparate, die weißen Kittel, das ist meine sichere Welt. Ich bin wieder wie ein Kleinkind im Haus der Eltern – oder wie ein Irrer, der sich in seiner Anstalt zu Hause fühlt ... Entschuldigen Sie, wenn ich Ihnen mit alldem auf die Nerven falle, glauben Sie mir, ich falle mir selbst auf die Nerven. Manchmal ...

Ja?, fragte Hélène, als er nicht weitersprach.

Nein, nichts. Der Amerikaner winkte ab und entschloss sich dann dazu, sie um eine Zigarette zu bitten. Sie legte die Packung zwischen sie auf die Bank, und in der folgenden halben Stunde, die sie noch beisammenblieben, rauchte er fünf Stück, ohne es zu bemerken. Hélène war zu taktvoll, ihn darauf hinzuweisen.

Und wenn Sie Auto fahren?, fragte sie schließlich.

Er lächelte matt. Eine öffentliche Gefahr. Manchmal bekomme ich einen Fahrer für irgendeine Mission und lasse ihn ein paar Umwege fahren. Das ist alles, was ich bislang von Paris gesehen habe. Fahren Sie doch bitte die Champs-Elysées runter. Fahren Sie doch bitte die Rue de Rivoli entlang ...

Wenn Sie wieder einmal so eine Fahrt in Begleitung haben, dann fahren Sie nach Moret. Moret-sur-Loing. Das ist nicht weit von Fontainebleau.

Und was ist da?

Hélène lächelte und dachte: Erinnerungen. Die hatten sich ganz von alleine eingestellt, aus innerer Notwendigkeit heraus, der Traurigkeit etwas entgegenzusetzen, die aus der Stimme mehr noch als aus den Worten des Amerikaners sprach.

Aber dann sagte sie: Schönheit. Sisley. Die Seine da, wo sie am lieblichsten ist. Balsam für die Seele. Sie kennen doch Sisley, den Impressionisten? Alfred Sisley? Einen großen Teil seines Werks hat er dort gemalt, und dort liegt er auch begraben. Es ist ein stilles, kleines Dorf, das sich seither kaum verändert hat. La douce France.

Sisley, sagte der Amerikaner. Helfen Sie mir auf die Sprünge. Gibt es ein besonders bekanntes Bild von ihm?

Sie schüttelte den Kopf. Nicht so wie bei seinen Freunden Monet und Renoir. Er ist der lyrischste unter ihnen. Und hat fast nur Landschaften gemalt. Und ist auch gestorben, bevor er bekannt wurde.

Gibt es dort ein Museum?, fragte der Amerikaner.

Hélène lachte. Nein, das nun wirklich nicht. Aber die Kirche ist noch so, wie er sie gemalt hat, ockerfarben auf der Sonnenseite und lila im Schatten und mit einer Alm aus roten Fischschuppen als Dach. Das Ganze so bröselig wie eine Sandburg, auf der die Sonne zu lange gestanden hat. Und auch der Fluss ist noch derselbe wie zu seiner Zeit ...

Sie lächelte bei dem Bild vor ihrem inneren Auge.

Erzählen Sie weiter, bat der Amerikaner. Selbst wenn ich mich nicht dorthin traue, habe ich das Gefühl, ich könnte es sehen.

Ja, man kann unten am Loing entlanggehen, durch die Feuchtwiesen. Gegenüber hört man noch immer die Eisenbahn, wie auf seinen Bildern. Man kann bis Saint-Mammès gehen, wo der Loing in die Seine mündet. Manchmal ist er himmelblau, manchmal flaschengrün, und unter der Brücke, die Sisley auch gemalt hat, mit den kräftigen Pfeilern, stehen die Angler.

Stellte man sich dazu, dann schnappte die Zeit nach dem Köder und blieb am Haken hängen ...

Waren Sie oft dort? Ist es ein wichtiger Ort für Sie?, fragte der Amerikaner.

Ja, ein paar Jahre lang jedes Frühjahr. Aber nicht in Moret selbst. Ein paar Kilometer flussaufwärts. In Montigny. Mein Mann hat sich in die Gegend verliebt, und wir beide haben uns in ein kleines Hotel dort verliebt ...

Er wartete, dass sie weitersprach.

Die Auberge de la Vanne Rouge. Direkt am Wehr, sodass man vom Zimmer aus die ganze Nacht das Wasser rauschen hört. Und an der Rezeption sitzt ein großer Papagei, ein grau-roter Ara, und scherzt mit dem Patron. Ja, da waren wir immer Anfang März.

Am Abend lief im Fernseher die Zeremonie der Césars, und sie hatte feuchte Augen bekommen, als Bernard Blier quälend langsam auf die Bühne tappte, um seinen Ehrenpreis entgegenzunehmen, nur mehr ein Schatten seiner selbst, das runde volle Gesicht dünn und abgezehrt, und nur die Schauspielerdisziplin eines halben Jahrhunderts machte, dass er es von den Kulissen bis zur Rampe schaffte und in die stehende Ovation hinabblinzelte.

Wir sind im Wald spazieren gegangen tagsüber. Es ist ja alles der riesige Wald von Fontainebleau, in dem einst die Könige gejagt haben.

Sie mögen sie gerne, die französische Provinz, nicht wahr?, fragte der Amerikaner.

Ja, sagte Hélène und überlegte. Vielleicht ist es zur Hälfte Nostalgie und zur anderen Hälfte Eskapismus. Stadtflucht. Paris ist immer schwerer auszuhalten.

Das hört man oft, sagte der Amerikaner. Für unsereinen ein ganz unvorstellbarer Gedanke.

Auf einen kurzen Nenner gebracht, ist es der rasende Kapitalismus, der die Stadt kaputtmacht – und die Menschen, die hier leben.

Sie sind nicht nur Antimilitaristin, Sie sind auch Sozialistin, sagte der Amerikaner und zwinkerte.

Ja, das bin ich tatsächlich, antwortete Hélène.

Wenn ich nicht – früher wäre das eine paradiesische Vorstellung für mich gewesen, durch diesen Wald von Fontainebleau zu streifen mit einem Fernglas, einem Notizbuch und vielleicht einem Aufnahmegerät für die Stimmen. Jetzt bekomme ich allein bei dem Gedanken daran feuchte Hände. Wie, sagten Sie, hieß das Hotel mit dem Wehr und dem Papagei?

Vanne Rouge. Auberge de la Vanne Rouge. In Montigny am Loing. Sisley hat übrigens auch Ruderer gemalt. Es gibt ein schönes Bild von ihm: *Ruderer auf der Seine bei Saint-Mammès*, sagte Hélène.

Ich werde mich mit Paroxetin vollstopfen und meinen Fahrer bitten, nach Moret und Montigny zu fahren.

Sein Blick verlor sich im Grün des Gartens. Er schien die Gesprächspause, die eingetreten war, nicht zu bemerken.

Schließlich fragte Hélène, den grünen brüchigen Lack der Bank fixierend: Möchten Sie – können Sie über den Krieg sprechen?

*

Diesmal ging es schneller als das erste Mal. Schneller und brutaler, aber vielleicht auch gnädiger, denn die Zeit des Hoffens und Bangens dauerte nur gerade zwei Wochen.

Wieder funktionierte zu Anfang alles wie aus dem Lehrbuch. Le Goff hatte mit Zustimmung Hélènes und ihres Mannes die Dosierung etwas erhöht, sodass er fünf Eizellen entnehmen konnte, von denen vier befruchtet und zwei eingesetzt, die verbliebenen eingefroren wurden. Wieder teilten sich die befruchteten Zellen und wurden zunächst zu Vier-, dann zu Achtzellern, dann zu sechzehnzelligen Zellklumpen. Auch der erste Test aus dem Blut war positiv.

In einer Nacht zwei Wochen nach dem Transfer wachte Hélène dann mit stechenden Unterleibsschmerzen auf und wusste sofort, woran sie war. Unnötig, ihren Mann zu wecken, der tief schlief und ohnehin nichts hätte tun können. Sie spürte den Druck, es war wie eine Kolik, wie Durchfall, sie hatte eben noch Zeit, sich das Nachthemd bis unter die Brüste hochzuziehen und sich auf die Klobrille zu setzen, dann kam es in einem platschenden, klatschenden, warmen und heftig riechenden Schwall. Sie schaltete das Licht an und wagte, einen Blick auf das blutbespritzte und verschmierte Toilettenbecken zu werfen. Das Wasser im Abfluss war hellrot, es gab dunkelrote schlierige Klümpchen. Als sie das Wort Gewebe dachte, musste sie sich übergeben und zog zugleich Wasser, weil sie den Geruch, die Nase so nah über dem Becken, nicht ertrug. Sie schloss die Augen.

Danach wischte sie mit einem feuchten Schwamm die Spritzer auf und mit der Bürste das Klo sauber. Sie merkte, dass durch den Blutverlust ihr Blutdruck abfiel und ihre Beine schwach wurden, und ließ sich auf die Brille nieder. Eine der beiden Katzen war wach geworden, strich schnurrend und buckelnd um sie und wickelte ihren Schwanz um ihr nacktes Bein, ein sanfter, aber kräftiger Druck. Obwohl sie mehrmals abgezogen hatte, war ihr Mann nicht aufgewacht. Sie hörte sein leises Schnarchen aus dem Schlafzimmer.

Es war so heiß, dass alle Fenster und Türen offenstanden, um ein wenig Luftzug zu schaffen. Aber es gab keine Luft. Durchs offene Fenster des Schlafzimmers, das auf einen kleinen Innenhof ging, drang gedämpfte Rai-Musik, die ein Schlafloser hörte. Vom Wohnzimmerfenster kamen in regelmäßigen Abständen die Motorengeräusche an der Ampel anfahrender Autos. Sie konnte duschen, ohne Angst haben zu müssen, ihren Mann zu wecken. Sie hielt sich mit einer Hand fest, während das Wasser über sie perlte, schloss die Augen, sah den Inhalt der Toilette vor sich, und die Worte a bloody mess kamen ihr in den Sinn, die der Amerikaner in einem anderen Zusammenhang benutzt hatte. Sie sagte sich immer wieder, lautlos und wie ein Mantra: Das war ein Zellklumpen, kein Baby, ein Zellklumpen, kein Baby.

Danach setzte sie sich ans offene Fenster des Wohnzimmers, sah auf die Straße hinunter und rauchte. Die andere Katze war auch wach geworden, und beide Tiere legten sich auf die Fensterbank, um ihr nahe zu sein. Gegenüber strahlte hell das grüne Neonkreuz der Apotheke von Madame Allouche. Aus der Bäckerei unten im Haus roch es nach backenden Croissants.

What a bloody mess, dachte sie noch einmal. Der Amerikaner hatte zunächst nicht viel erzählen können, als sie ihn an jenem Nachmittag gefragt hatte, auch nicht einige Tage später, als sie nach der Ruhephase, die sich an den Transfer anschloss, noch einmal mit ihm in der mittlerweile vertrauten Cafeteria gesessen hatte. Er erklärte seine Schwierigkeiten mit dem Dilemma, einerseits eine kohärente Geschichte erzählen zu wollen, sei es, weil man beim Erzählen oder Berichten einen Anfang, eine Mitte und ein Ende haben und bieten will, sei es, weil Erinnerungen erst dann mitteilbar sind, wenn man sie von oben und außen, von fern und als Ganzes wahrnimmt. Andererseits, sagte er, habe er eben nur Einzelheiten, Fetzen, Eindrücke zu bieten, Erinnerungssplitter, dazu noch aus der Maulwurfsperspektive gesehen, die sich zu nichts Logischem zusammenfügten. Kamen noch die theoretischen, die selbst nur gehörten oder gelesenen Informationen hinzu, die diesen Krieg zu einem Aktenstück machten, aber eben wenig oder nichts mehr mit dem Erlebnis des einzelnen Soldaten zu tun hatten. Das Problem, erklärte er, sei, dass der wahre Krieg eben nicht das eine oder das andere sei, sondern beides, sodass eine Erzählung vom Krieg unmöglich von einem Einzelnen zu leisten sei.

Aber ich will doch gar keinen Heeresbericht hören, entgegnete sie. Ich will nur hören, was Ihnen auf der

Seele brennt, vorausgesetzt, Sie können darüber sprechen.

Er sah sie erstaunt an: Brennt mir denn etwas auf der Seele? Oder bin ich einfach nur ausgebrannt, weil ich zu schwach oder zu müde bin, battle-fatigued eben?

Sie lächelte ihm zu und sagte: Das weiß ich nicht.

Er griff unwillkürlich nach einer Zigarette und sagte: Das Seltsamste war, dass dieser Krieg am Rande des Paradieses stattfand, ohne dass jemals jemand ein Wort darüber verloren hätte. Östlich des Gartens Eden. Wir waren die ganze Zeit in der Wüste, und keine zwanzig Meilen von da liegt der Garten Eden ...

Hélène sah ihn verblüfft an.

Wissen Sie, sagte der Amerikaner, woran ein Zivilist zu selten denkt, das ist, dass der Krieg nicht auf einem Sportplatz stattfindet, sondern mitten in der Welt, die dafür nicht gemacht ist. Da leben Menschen, Tiere, da gibt es eine Natur, und plötzlich rollen Panzer darüber hinweg, explodieren Häuser, wird die Erde umgepflügt und mit toten Menschen und Tieren gedüngt ... Unser Ziel war das Euphrattal. Wir bildeten die linke, nördliche Flanke des Angriffs. Und zwischen Euphrat und Tigris, am Hammarsee, nördlich von Basra, dort liegt das Marschenland, wo alle Wissenschaftler und alle Träumer den Garten Eden vermuten. Ein bisschen nördlich davon den Highway 8 entlang liegt Ur, wo unser Urvater Abraham seine Wanderschaft begann, liegt Uruk, wo Gilgamesch herrschte und mit Enkidu kämpfte und Freundschaft schloss, wo Ischtar sich in ihn verliebte, wo der Himmelsstier wütete und von den Waffenbrüdern zur Strecke gebracht wurde. Mitten in den Marschen jedoch, da lag das Paradies. Und an seiner Pforte haben wir Krieg geführt. Aber es kam kein Erzengel Michael, der uns oder die anderen verjagt hätte ...

Cote war in Schweigen versunken, und Hélène wartete wortlos, dass er weitersprach. Schließlich sagte er: Am dritten Tag morgens waren wir auf einer Anhöhe über dem Euphrattal, es war der erste sonnige Tag. Sonne und Hitze. Die Sonne war noch nicht lange aufgegangen, brannte aber schon wie zur Mittagszeit. Unter uns glitzerte ein riesiger schwarzer See im Licht, der auf keiner Karte verzeichnet war. Und dann sah ich sie, oben von meinem Bradley aus. Sieben Ibisse, die von Süden kamen. Majestätisch. Wahrscheinlich hatte der dichte Rauch, der dort am Horizont stand und von brennenden Ölquellen rührte, sie irritiert oder ihren Kurs wechseln lassen. Die heiligen Ibisse überwintern ja in den Marschen. Sie flogen hoch, in einem Keil, man konnte die langen, schwarzen, sichelförmigen Schnäbel gut erkennen. Mächtige, breite Flügel, die in der Sonne weiß leuchteten, und die Spitzen der großen Schwungfedern schwarz, wie in Tinte getaucht. Sie sahen den See auch von dort oben, drehten bei, kreisten und gingen dann nieder mit gerefften Schwingen, und die roten dünnen Beine leicht nach vorn gestreckt wie ein ausgefahrenes Fahrgestell. Fast alle zur gleichen Zeit. Zwischen dem Moment, als der erste wasserte, und dem, als der letzte aufkam, vergingen keine drei Sekunden. Aber schon als der erste die Oberfläche des Sees erreichte, konnte man sehen, dass etwas nicht stimmte. Aber da war es bereits zu spät. Eigentlich hätte es eine Gischtwolke geben müssen, tausend in der Sonne funkelnde Tröpfchen. Aber als der Körper aufkam, ging da nur eine schwarze, teerige Welle hoch, die die Vögel bespritzte, und sie wurden ruckartig gebremst, als seien sie in schlierigen Klebstoff getaucht. Es war kein See. Es war ein Ölteich. Quadratkilometergroß. Wir hätten es wissen können. Die flüchtenden Iraker öffneten überall die Ölquellen. Aber es war der erste, den wir sahen. Und er sah von Weitem im Licht aus wie ein See. Vielleicht war es wishful thinking nach so vielen Tagen in der Wüste, einen See sehen zu wollen. Und die Ibisse hatten sich auch täuschen lassen ...

Cote unterbrach sich und starrte geradeaus. Hélène zündete sich eine Zigarette an und blickte ihn im Profil an. Unter der rechten Wange zuckte ein Nerv. Er streifte sich die Handflächen an den Hosenbeinen ab.

Es war nicht mitanzusehen. Wir saßen gebannt da und starrten trotzdem hinüber. Natürlich versuchten die Ibisse sofort wieder hochzufliegen. Aber das ging nicht. Die Schwungfedern waren schon verklebt. Der Bauch war verklebt. Sie kamen in der verdammten Dreckbrühe nicht vorwärts. Sie waren viel zu weit vom Ufer. Dann begannen sie die Hälse zu drehen und versuchten sich das Gefieder zu putzen. Und nun hatten sie das Öl auch am Schnabel, am Kopf. Da gerieten sie in Panik und schlugen mit ihren großen Flügeln auf das Öl. Wir konnten es hören. Und bespritzten sich nur noch mehr damit. Es war ja kein veröltes Wasser. Es war reines Rohöl. Sie trieben im Kreis auf dem Ölteppich. Dann konnten wir sie hören. Ibisse geben normalerweise keine Geräusche von sich. Aber jetzt reckten sie die Hälse weit nach oben und die gebogenen Schnäbel zum Himmel empor wie Versinkende und krächzten. Sie begannen langsam zu ersticken. Es ging entsetzlich schnell, bis das Gefieder so verklebt war, dass die Haut nicht mehr atmen konnte. Ich saß oben auf meinem Bradley und sah zu, in die Sonne hinein, wie die sieben Ibisse die Hälse reckten und die Schnäbel nach oben hielten, und wie die Schnäbel sich öffneten, als bettelten sie die Sonne an. Um uns herum nur Wüste und irgendwo am Horizont Hochspannungsleitungen und Rauchwolken und unter uns die sterbenden Vögel in dem Ölteich. Je schwächer sie wurden, desto höher reckten sie die Hälse und desto weiter öffneten sich die Schnäbel. Dann kam über Funk unser Abmarschbefehl. Wir mussten nach Süden zum Flugfeld von Jalibah. Ich habe zweien meiner Männer befohlen, sie abzuschießen. Wir sind die hundert Meter zu Fuß runter, und die Männer haben sich an den Rand des Ölteichs gestellt und die armen Biester erschossen.

Hélène saß am offenen Fenster und erinnerte sich an Cotes Erzählung von den Vögeln und an sein langes Schweigen danach und wie er sich schließlich erhoben und gesagt hatte, er müsse zu seinem Analysetermin bei Dr. Mehran, und dann dachte sie an den Tonfall, in dem er bloody mess gesagt hatte.

Es wurde langsam Tag, die Autos, die an der Ampel warteten, hatten bereits zum großen Teil die Scheinwerfer ausgeschaltet. Die Rinnsteine wurden geflutet, und ein grauhaariger Schwarzer in der grünen Kluft der Stadtreinigung platzierte seine dämmenden Stoffetzen hinter dem Gullydeckel, aus dem das Wasser quoll, und folgte dann mit langsamen Besenstrichen dem Wasserlauf den Bordstein entlang, unter ihrem Fenster vorbei hinauf in Richtung Rue de Charonne. Sie fühlte sich ebenso hohl und leer wie der Morgen und entschloss sich dann Kaffee aufzusetzen.

Während der Kessel auf der Gasflamme stand, schlüpfte sie mit bloßen Füßen in die marokkanischen bestickten Mules mit den Schnabelspitzen, die ihr als Hausschuhe dienten, und ging die Treppe hinunter, aus der Haustür und nebenan in die duftende Höhle der Bäckerei, um Croissants zu kaufen. Als sie wieder oben war und der Kaffee fertig, schlief ihr Mann noch immer.

Nach diesem erneuten Fehlschlag änderte sich einiges. Hélènes Mann buchte noch für die letzten Oktobertage eine Reise nach Prag. Er hatte eine Ferienwohnung in einem Viertel gemietet, das vom die Stadt überrennenden Tourismus noch nicht betroffen war, in den Weinbergen in der Nähe des Fernsehturms. Es gab dort eine amerikanische Buchhandlung mit Teestube, und verschiedene Wege führten hinunter in die Altstadt. Von dem durch Žižkov, der der kürzeste war, hatte ihnen der Vermieter, ein polyglotter Tscheche, abgeraten, dort seien unter dem Kommunismus die Zigeuner aus der Slowakei angesiedelt worden, die das ganze Viertel zu einer Kloake machten und zu einer gefährlichen noch dazu.

Aber wenn sie durch Žižkov hinuntergingen, sahen sie nie irgendetwas Auffälliges und wurden auch nie Opfer irgendeiner Aggression oder auch nur eines Taschendiebes, vor denen man sich auf der Karlsbrücke im Menschengewimmel oder auf dem Krönungsweg viel mehr zu hüten hatte. Um die Brücke wenigstens einmal ungestört zu erleben, stellten sie sich einen Morgen den Wecker früh und waren vor Sonnenaufgang dort. Vom Ufer betrachtet, sah sie aus wie ein Scherenschnitt oder

wie eine Szene aus der Laterna magica. Erste Souvenir-
händler und Maler bauten ihre Stände auf.

Es war sogar in Žižkov, wo sie ein preiswertes und
gutes Restaurant fanden. Dort glich die Wahl der Gerichte
einer Lotterie, da die Speisekarte nur auf Tschechisch
vorlag und auch die Serviererin keine andere Sprache
beherrschte. Nach Mitternacht traten regelmäßig Jazz-
musiker auf, und unter Jazzliebhabern schien die Kneipe
bekannt zu sein, denn gegen zehn füllte sich der Gast-
raum mit Menschen, die nicht mehr zum Essen hierher-
kamen, sondern bei einem Bier auf den Beginn des Jams
warteten.

Hélène und ihr Mann waren verunsichert, was sich
darin äußerte, dass er sehr zuvorkommend zu ihr war,
fast so wie zu einer Kranken oder Rekonvaleszentin, die
noch nicht über genügend Kräfte verfügt, weite Wege zu
gehen oder Türen selbst zu öffnen. Hélènes Zuversicht,
ihre Gewissheit, dass die Behandlung im amerikanischen
Hospital früher oder später, aber mit absoluter Sicherheit,
Erfolg haben werde, war nicht zerstört, aber erschüttert.
Es war beiden plötzlich bewusst, dass der Ausgang ihrer
Bemühungen völlig offen war, dass es kein Lebensgesetz
gab, das ans Ende ihrer Anstrengungen und der akribi-
schen Befolgung aller ihnen gegebenen Anweisungen
zur Belohnung auch automatisch die Geburt eines Kindes stellte.

Aber nicht nur ging ihr Mann behutsamer mit ihr um,
so wie mit einem zerbrechlichen Kleinod, das der Besit-
zer, aus Angst, es zu zerstören, trotz seiner Schönheit
gar nicht mehr aus seinem samtüberzogenen Kästchen
holt, es kam auch öfter als zuvor zu Streitereien zwi-

schen ihnen, die meistens damit begannen, dass er ihr anlässlich irgendeines banalen Vorfalls Vorwürfe machte, nicht positiv genug zu denken, nicht selbstsicher genug zu wollen, zu fatalistisch, zu defätistisch, zu willenlos zu sein – er selbst neigte wieder, wie vor dem Beginn ihrer IVF und trotz der damaligen Niederlage dazu, an die alle Realitäten bezwingende Kraft des Willens zu glauben.

Zweimal zu scheitern war immer noch vollkommen normal, und es gab keinen Grund, Hoffnung und Zuversicht aufzugeben, aber eine leise Anspannung entwickelte sich, und Hélène, die jetzt fast zwei Jahre lang die seltsame Erfahrung machte, in ihrem Körper Veränderungen zu spüren, die von außen bewirkt wurden – sie fühlte Ausdehnungen und Verkrampfungen, sie fühlte die Schwellung der Eierstöcke, sie fühlte die Sekretionen und Hormone in ihrem Innern, auf ihrer Haut, in ihrer Seele agieren –, Hélène begann sich als ein Gefäß zu sehen, in dem alle möglichen chemischen Reaktionen herbeigeführt werden und das ab und zu ausgewaschen werden muss, um für neue Experimente bereit zu sein.

Natürlich bestand Gesprächsbedarf. Anne-Laure empfing sie wie alte Bekannte, und auch Le Goffs Sprechzimmer mit den Seglerfotos, die ihm eine bretonisch-heimelige Atmosphäre verliehen, kam ihnen wie die Wohnung eines alten Freundes vor. Hélènes Mann bat gleich nach der einführenden Unterhaltung um eine schonungslose Analyse und eine ehrliche Einschätzung ihrer Chancen angesichts der zwei nach so vielversprechendem Beginn überraschend abgebrochenen Schwangerschaften. Le Goff, den weißen Kittel, in dessen Brusttasche mehrere Einwegkugelschreiber und ein Montblanc-Füller steckten, wie üblich geöffnet, darunter trug er ein feingestreiftes graues Hemd und eine dunkelrote Seidenkrawatte, lauschte melancholisch lächelnd, so wie sie ihn kannten, faltete dann die Hände und erklärte, es sei normal, zwei Fehlschläge zu erleiden. Bei manchen Paaren klappte es das erste Mal, bei anderen das dritte, vierte, fünfte Mal, bei anderen klappte es nie.

Es gibt keine Regel, nur Einzelfälle, und das Beste und Einzige, was Sie tun können, ist, soweit es geht, entspannt zu bleiben und Ihre Zuversicht zu behalten. Ein gescheiterter Versuch macht einen Erfolg beim nächsten Mal nicht unwahrscheinlicher. Sie fangen jedes Mal wieder bei null an, mit allen Chancen.

Dann aber erklärte er, er wolle angesichts des parallelen Verlaufs der beiden gescheiterten Protokolle einige weitere Untersuchungen durchführen. Die Morphologie der befruchteten Eizellen habe keine sichtbaren Probleme aufgezeigt, die auf eine Entwicklungsstörung schließen ließen. Er habe auch darüber nachgedacht, beim nächsten Versuch (er blickte auf und lächelte ihnen über den Goldrand seiner Brille hinweg zu: Es gibt doch einen nächsten Versuch?!) den Transfer erst im Blastozystenstadium, also am fünften oder sechsten Tag nach der Punktion, zu machen, um die Eizellenentwicklung länger beobachten zu können, und weil die Gebärmutterschleimhaut zu diesem späteren Zeitpunkt optimal auf die Aufnahme des Embryos vorbereitet sei. Aber das behalte er sich noch vor.

Erschrecken Sie jetzt nicht, was ich Ihnen sage, sind pure Spekulationen ohne große Wahrscheinlichkeit, und es ist nur, um uns nicht vorwerfen zu müssen, wir hätten irgendeinen noch so unwahrscheinlichen Weg nicht beschritten. Ich möchte also eine Genetik mit Ihnen machen, eine Blutuntersuchung auf Ihre Chromosomen. Es gibt zum Beispiel Mutationen in den Gerinnungsfaktoren V und II, dem Prothrombin, die zu einem erhöhten Risiko für Thrombosen und Embolien führen und ein Grund für Aborte sein können.

Ob man dagegen etwas tun könne, falls es sich so verhalte.

Wenn, dann kann man mit einer antikoagulativen Behandlung einer Fehlgeburt vorbeugen. Dann gibt es noch einen weiteren Faktor, der für häufige Aborte prädisponiert, das sind Mutationen im Gen der Methylentetrahydrofolat-Reduktase, das ist ein Enzym, das den Folatstoffwechsel reguliert. Auch so ein niedriger Folatspiegel kann etwas mit einer erhöhten Fehlgeburtsrate zu tun haben. Und lässt sich, kam er ihrer Frage zuvor, mit Dosen von Folsäure behandeln. Dann werden wir noch eine immunologische Untersuchung durchführen, um sicherzustellen, dass Sie keine Autoantikörper gegen Phospholipide bilden, und eine Hysteroskopie machen, aber damit warten wir bis Anfang des Jahres, damit Sie ein bisschen Ruhe vor uns bekommen. Machen Sie was Schönes zu zweit!

Betäubt von all den Fachausdrücken und unsicher, ob die Konsultation mehr zum Bangen oder zum Hoffen Anlass gab, verließen Hélène und ihr Mann das amerikanische Hospital.

Wie um Le Goffs Ermunterung umzusetzen, fuhren sie Anfang März auf ein langes Wochenende nach Montigny am Loing und kehrten zum ersten Mal seit langer

Zeit wieder in der Auberge de la Vanne Rouge ein. Das Wasser am Wehr rauschte noch immer vor dem offenen Fenster in der Nacht, aber es regnete häufig, der Papagei war verstorben, und das Haus hatte einen neuen Koch, der nicht so gut war wie der alte oder keinen guten Tag erwischt hatte. Sie saßen abends im Kaminzimmer vor dem Fernseher und sahen der Kinopreisverleihung zu, und der Preis für den besten Film des Jahres ging an *Wilde Nächte*, das höchst verstörende Werk eines homosexuellen und aidskranken Regisseurs und Hauptdarstellers, dessen Tage gezählt waren und der in seinem Film das Leben als ein Abbrennen der Kerze von beiden Seiten feierte, als ein frenetisches Verhöhnen aller bürgerlichen Konventionen und Sehnsüchte, sodass sie, erinnerte Hélène sich, als sie den Film ein halbes Jahr vorher im Kino gesehen hatten, den Saal in gedämpfter Stimmung verlassen und ihr Leben den ganzen Nachhauseweg und den Rest des Abends über für langweilig und verlogen gehalten hatten, ohne es sich oder dem anderen eingestehen zu wollen.

Ende April feierten sie in der kleinen Eisenbahner-wohnung in der Rue des Batignolles den achtzigsten Geburtstag von Hélènes Großmutter mit einem mehr-stündigen Mittagessen, das direkt in eine Kaffeetafel überging, zu der auch Lucette, die übergewichtige und streng riechende Concierge des Hauses geladen war, für die die Treppe in den dritten Stock hinauf einen Kreuz-weg darstellte, den sie nur dank der Aussicht auf ein Gigot mit weißen, von ihr péteuses genannten Bohnen und mehrere Stücke Torte auf sich nahm.

Nach dem schweren Essen erhoben sich alle von dem mit Gien-Porzellan vollgestellten Eichentisch, der den größten Teil des kleinen Wohnzimmers einnahm, und schoben sich hintereinander an der Fenster- und der Büfettseite um ihn herum zur Tür hinaus. Um sich die Beine zu vertreten und weil es Fliederzeit war, hatten sie Hélènes Großmutter einen Ausflug nach dem Bois de Boulogne versprochen. Sie wollten jenseits der Rennbahn von Auteuil einen Spaziergang durch den Jardin de Bagatelle unternehmen.

Hélène ging langsam, ihre Großmutter untergehakt, über die Kieswege, während die anderen, ein wenig voraus oder zurückbleibend, ein anderes Tempo anschlugen. Beim Anblick des blühenden und duftenden Fliedermassivs hinter dem und oberhalb des Rosengartens, den es als undurchdringliche, fünf Meter hohe Hecke zu zwei Seiten abschloss, traten der alten Frau Tränen in die Augen, und sie bedankte sich bei ihrer Enkelin.

Mehr als dreißig Jahre war ich nicht mehr hier! Zuletzt mit meinem armen Gus, da haben wir dich im Kinderwagen hier durchgeschoben. Wie schön ist es hier doch! Sie schneuzte sich in ein Stofftaschentuch und wiederholte im Weiterhumpeln, schwer und leicht zugleich an Hélènes Arm: Wie wunderschön ist es hier!

Es schien eine flache Frühlingssonne, und eine milde Brise verbreitete den Duft der nickenden, schweren Blütendolden, die in allen Farben von Weiß über Blassviolett bis hin zu dunklem, fast purpurnem Lila leuchteten, über den ganzen Rosengarten.

*

David Cote war sehr viel besserer Dinge, als Hélène ihn Anfang August im amerikanischen Hospital wiedersah. Sie selbst war glücklich, ihn zu sehen, und dass er seine Uniform trug, störte sie nicht mehr. Sie begrüßten einander, und der Amerikaner machte kein Hehl aus seiner Freude über die Begegnung.

Auch wenn das ja wohl heißt, dass es bislang noch nicht geklappt hat. Aber Sie müssen es schaffen, und Sie werden es schaffen.

Hélène nickte. Und wie geht es Ihnen?

Sehr viel besser, danke. Wie lange haben Sie Zeit? Es gibt so viel zu erzählen.

Hélène lächelte. Den ganzen Nachmittag und Abend. Ich bleibe über Nacht.

Ich habe den Tag auch frei, sagte der Amerikaner. Ich komme noch einmal die Woche zur Analyse. Sie erinnern sich doch an Dr. Mehran. Ich nenne ihn The shrink of Araby, was ihn ärgert, da er Perser ist. Aber wenn man seinen Psychoanalytiker nicht ärgern darf, wen dann?, frage ich Sie.

Offenbar zu Scherzen aufgelegt, kam er auch noch einmal auf seine Uniform zurück und erinnerte Hélène daran, dass sie gesagt habe, ihr Land führe keine Kriege mehr. Und jetzt haben Sie viertausend Mann in Bosnien stehen.

Als neutrale UNO-Schutztruppe, widersprach Hélène.

Dabei wird es nicht bleiben, prophezeite der Amerikaner wieder ernst. Das ist ein schmutziger Krieg da drüben, und wir werden nicht lange einfach zwischen den Fronten stehen können und mit Palmzweigen wedeln. So funktionieren Kriege nicht.

Und wie funktionieren Kriege?, fragte Hélène.

Sie fangen an mit Angstschweiß, sagte der Amerikaner. Er erinnerte sich an den Morgen des 24. Februar, als die Marschorder für die 11. Armee kam. Das Wetter war schlecht. Sandstürme wechselten sich ab mit Regengüssen, sodass jedes Sichtfenster auf den Panzern, jedes Brillenglas binnen Minuten von einer dicken, schmierigen Dreckschicht bedeckt war. Der Rauch brennender Ölfelder verdunkelte den Himmel, auch nachdem die Sandstürme zur Ruhe gekommen waren und der Regen nachließ, und schuf eine unnatürliche und unheilvolle Dämmerung am hellichten Vormittag. Die Stimmung in der Division war extrem angespannt nach der kurzen Rede, die der Kommandant am Vorabend gehalten hatte.

Wissen Sie, sagte Cote zu Hélène, unser Kommandant, Big B, ist ein außergewöhnlicher Soldat. Ein Soldat für Soldaten. Einer, der absolute Loyalität einfordert und zugleich auf seine Männer achtet wie ein Schäfer auf seine Schafe. Wir waren alle stolz, unter seinem Kommando zu stehen. Und nicht nur stolz, wir fühlten uns auch – wie soll ich sagen? – behütet. Ich erinnere mich, was er sagte. Das wird kein Sonntagsspaziergang, sagte er. Diese Typen haben die viertgrößte Armee der Welt. Die werden nicht einfach zur Seite treten, wenn wir kommen. Und dann sagte er, dass wir in der ersten Woche voraussichtlich zehn Prozent Verluste haben würden. Die Divisionen waren alle überbelegt, weil ARCENT bis zu einem Drittel Verluste einkalkuliert hatte. Das heißt, du siehst nach links, du siehst nach rechts und weißt, einen von euch dreien wird es erwischen. Big B stand da unter seinem Zelt und sagte: Wenn Sie durch ein Dorf fahren, und jemand wirft einen Stein auf Sie, erschießen Sie ihn. Wenn jemand auf Sie schießt, halten Sie mit dem Panzerrohr drauf. Wenn die Kerle irgendein größeres Kaliber benutzen, fordern Sie Artillerieunterstützung an. So einfach ist das. Sie gehorchen den Regeln der Kriegsführung, aber Sie schützen sich zuerst selbst.

Und in diesem Geist und unter dieser Anspannung sind wir dann in die Wüste hineingerollt, nach Norden, in Richtung Euphrattal.

Wir sind also losgerollt mit dieser Angst in der Magengrube und dem Adrenalin und den Finger am Abzug. Schießen, auf alles schießen, was sich bewegt, als Erster schießen, die Araber abschießen, damit sie uns nicht abschießen. Und dass diese aus der Angst kommende Aggressivität letztlich kein Ventil fand, weil die Iraker kaum gekämpft haben, das hat, meint Mehran, das Schuldgefühl bei mir bewirkt, das meine ganzen Beschwerden verursacht. Wissen Sie, spätestens ab dem dritten Tag fürchteten wir uns mehr vor dem fehlgeleiteten Feuer der eigenen Leute als vor dem Feind. Es gab einen gemeinen Witz, der durch die ganze Division lief, und der ging so: Irak ist ein erstaunlich patriotisches Land. Jeder wedelt andauernd mit der Landesflagge herum, die ganz in Weiß gehalten ist.

Schuldgefühle, weil Sie nicht genügend Iraker getötet haben?, fragte Hélène ungläubig.

Ja, meinem Vater gegenüber. Das ist zumindest Mehrans These, und ich will ihm gerne glauben. Wir haben ja weniger über den Krieg geredet als über meine Kindheit und Jugend. Und über seine. Wenn er also meine Biographie schreiben könnte, dann ich auch seine. Er redet fast mehr als ich. Es hat trotz allem etwas Unangenehmes, fremden Leuten, die keine Priester sind, aus dem eigenen Leben zu erzählen.

Er machte eine Pause und fingerte sich eine Zigarette aus der Brusttasche seiner Jacke. Er hatte jetzt selbst welche.

Und, wird Ihnen der Park langsam zu eng?, fragte Hélène.

Cote zwinkerte. Er ist noch immer eine ganz gute Rückzugsbasis.

Mehrans Theorie war die fehlende Katharsis nach all der Angst und Anspannung. Es hatte keine wirkliche Schlacht, keinen echten Kampf gegeben, um sie zu lösen.

Wissen Sie, wir fühlten uns gewissermaßen betrogen und schuldig zugleich. Ich hätte gewünscht, die Iraker hätten sich irgendwie als würdigere Gegner erwiesen. Sie haben keine Schlacht verloren, sie sind vor uns davongelaufen. Wir haben einen großen Sieg errungen, aber ohne große Opfer. Und das Opfer, sagt Mehran, ist das Lebensblut der Freiheit, der Preis aller Glorie, die Natur des Soldatendaseins.

Ihr Analytiker meint also, Sie seien frustriert darüber gewesen, dass Sie nicht genügend Tote und Verletzte hatten?

Die Ohren des Amerikaners röteten sich ein wenig, es war ihm peinlich, an die psychischen Entblößungen der Sitzungen zurückzudenken.

Mehran hat diese Frustration in Verbindung gebracht mit einem Schuldgefühl aus der Kindheit. Er hat mir diese Abschiedsszenen ins Gedächtnis zurückgerufen, als mein Vater nach Vietnam musste. Ich war damals ja noch klein und habe nicht viel verstanden, aber die Beklemmung jener Abschiede gespürt. Und dann wohl des Öfteren als der Ältere das Gefühl gehabt, ich müsse in seiner Abwesenheit die Familie beschützen, habe mich zugleich aber auch vor der Verantwortung gedrückt und in mir selbst verkrochen. Dass ich dann selbst Soldat geworden bin, erklärt sich Mehran als Kompensation, als den späten und permanenten Wunsch nach Wiedergutmachung. Und als ich endlich in einem Krieg die Chance habe, zwanzig Jahre später, diese Schuld, wenn Sie so wollen, abzutragen, da ist es ein Krieg, der nicht auf der Höhe ist, ein Krieg ohne Glorie. Trotz Bronze Star und Valor Device. Und das hängt mir nach.

Hélène sah wieder etwas von der Traurigkeit, die sie am Anfang wahrgenommen hatte, in seinen Augen, traute sich aber nicht, gegen diese Interpretation zu argumentieren. Sie war keine Ärztin.

Cote spürte ihr Zögern und fügte hinzu: Wissen Sie, die Hauptsache ist, ich funktioniere wieder, ich habe die Sache im Griff. Letztendlich ist es mir egal, ob es die Tabletten sind oder die Analyse oder eine Mischung aus beidem. Wichtig ist, dass ich kein Wrack mehr bin, das seine Zeit, das sein Leben in Krankenhäusern verbringt.

War es denn so in Ihrer Kindheit, wenn Ihr Vater fortgegangen ist?, fragte Hélène.

Wir sind danach immer in die Kirche. Cote schloss die Augen, um sich zu erinnern. Unsere Kirche, Notre-Dame-des-Canadiens, sie hat übrigens etwas von einer Moschee. Ein riesiger, in fünf zurückweichende Säulen unterteilter Rundbogen über dem Portal, fast so hoch wie das Gebäude selbst, darin eine Rosette, und links und rechts ein Türmchen, dünn wie Minarette und irgendwie byzantinisch. Davor, rechts, die Gottesmutter, goldglänzend. Notre Dame, priez pour nous. Es stimmt schon, dass ich das Gefühl hatte, ihm nie genügen zu können. Wir wohnten im West End, und wenn uns etwas das Recht gab, dort zwischen all den Stoddards und Fletchers zu wohnen und St. Johns zu besuchen, dann waren das die militärischen Ehren meines Vaters und meines Großvaters. Und ich habe lieber gelesen und bin mit meiner Großmutter in den Wald.

Und haben heimlich Elizabeth Bishop gelauscht...

Ja, aber da wusste ich bereits, dass ich Soldat werden würde. Andernfalls hätte ich mich nie getraut. Verstehen Sie, als zukünftiger Soldat...

Ja, ich verstehe, sagte Hélène.

Sie haben wieder dasselbe Kleid an wie das erste Mal, als wir uns gesehen haben, sagte der Amerikaner.

Hélène sah schuldbewusst an sich herunter. Sie hätte sich nicht mehr erinnert, hätte sie nicht die handgestopfte Naht auf ihren Rippen gespürt. Es missfiel ihr, dass sie dasselbe Kleid wie vor zwei Jahren trug.

Mir gehen die armen Vögel nicht aus dem Kopf, von denen Sie erzählt haben, sagte sie. Die Ibisse...

Er schwieg.

Sie müssen – ich meine, auch wenn Sie sagen, die Iraker hätten kaum gekämpft – viele solcher schrecklichen Sachen gesehen haben...

Er sagte nichts, rauchte. Schließlich: Ich habe vieles vergessen, zum Glück.

Im Fernsehen sah es aus wie ein Computerspiel. Die Bomben, die Rauchwölkchen über der Wüste, die mit grünen und roten Leuchtkreisen eingerahmten Ziele... Ich habe nie geglaubt, dass ein Krieg wirklich so aussieht.

Am zweiten Tag, irgendwo in der Wüste, hatten wir unsere erste Feindberührung, sagte Cote langsam. Widerwillig tauchte er in die Erinnerung hinab und versuchte sich zunächst in die Atmosphäre zurückzuversetzen, in die Gerüche, Geräusche, Bilder. Der Lärm im Bradley, der Gestank nach Diesel und Schmieröl, die brutale Hitze, die ewig knarzenden Funk- und GPS-Geräte, der saure Schweiß.

Ich war ganz vorne. Als Captain war ich verantwortlich für eine Kompanie, hundertzehn Mann, dreizehn Bradleys, zwei Scout-Platoons. Das vorderste meldet Feindkontakt. Das übliche Bild: Hochspannungsleitungen quer durch die Wüste, Pisten, kleine befestigte Straßen, die kubusförmigen, einstöckigen Baracken aus zugemauertem Betongerippe, mit den Armierungsdrähten, die oben auf dem Flachdach aus den Pfeilern ragen. Selbstgebastelte Stromanschlüsse, Rattenkönige von Drähten, Leitungen, Kabeln. Kurze Schatten. Wir eröffneten das Feuer auf das vorderste Haus. Die Wand explodiert. Einige staubbedeckte Iraker rennen raus. Wir haben sie mit der MP abgeschossen. Dann kamen weitere mit einer weißen Fahne, die wir entwaffnen und gefangen nehmen wollten. Du mein Gott. Es waren Kinder und alte Männer. Zerlumpte Uniformen. Uralte Waffen. Wenn das die viertstärkste Armee der Welt sein soll …

Er schüttelte den Kopf.

Er blickte auf und sah Hélène an: Ich beaufsichtige das Ganze und sehe einen der alten Männer, der fragt: Sind wir jetzt Kriegsgefangene? Allah sei Dank …

Er schüttelte wieder den Kopf. Keine fünf Meilen weiter meldet mein Scout-Platoon ein weiteres Zielobjekt. Ein gutes Dutzend Männer im Schatten eines zerschossenen Militärlastwagens. Mein Leutnant lässt das Feuer eröffnen, aber sie schießen nicht zurück. Sie schießen nicht zurück, aber sie flüchten auch nicht. Sie bleiben einfach da liegen, flach auf der Erde, man konnte es durchs Fernglas sehen. Mein Leutnant fragt an, ob er sie plattmachen soll, drüberfahren soll. Ich sage Nein. Wir stellten das Feuer ein und fuhren bis dorthin. Hélène, es war –.

Er unterbrach sich und steckte sich kopfschüttelnd eine Zigarette an. Es tut nicht gut, davon zu erzählen. Es tut niemandem gut. Lassen Sie uns wieder über Gedichte sprechen.

Was war?, fragte Hélène.

Ein Dutzend Jungs. Sie lagen ganz flach da, auf dem welligen Boden, deshalb hatten die meisten überlebt. Der ausgebrannte Mannschaftstransporter rauchte noch. Sie rührten sich einfach nicht. Als ich direkt über ihnen stand und roch, dass sie sich in die Hosen geschissen hatten, verstand ich nichts. Erst als einer begann wegzukriechen. Ich sah zuerst nur die Augen, die schreckgeweiteten Kinderaugen, nur Weiß. Hélène, das waren Vierzehnjährige. Dann erst sah ich, dass sie keine Stiefel trugen. Sie waren alle barfuß. Und dann sah ich, wie unnatürlich geschwollen die Füße waren. Hinten an der Ferse, am Knöchel. Alle diese Jungs lagen da, alle ohne Stiefel und alle mit diesen geschwollenen Fersen, manche blutverkrustet. Unser Arzt kniet sich nieder, und dann spuckt er aus und steht auf und sagt mir: Sie haben ihnen die Achillessehnen durchgeschnitten. Einer konnte ein paar Brocken Englisch und sagte, es seien ihre Vorgesetzten gewesen von der Nationalgarde. Sie hatten ihnen die Achillessehnen durchgeschnitten, damit sie nicht desertieren, nicht fliehen konnten, ihnen ein paar Karabiner in die Hand gedrückt und sie dort zurückgelassen. Da lagen sie, ein Dutzend Jungs, ausgesetzt in der Wüste, und hatten nicht einmal ein sauberes Unterhemd, das sie hätten schwenken können. Keiner dachte daran fortzukriechen, als sie uns sahen. Nur der eine, als wir schon über ihm standen. Er zog sich mit den Fingernägeln über die Erde, aus Angst, wir würden ihn umbringen.

Hélène legte die Hand auf seinen Unterarm. Und das alles vor den Toren des Gartens Eden.

Nicht direkt. Eden lag zu dem Zeitpunkt noch hundert Meilen östlich. Wir erreichten das Euphrattal in der Nacht, einen Tag schneller, als ARCENT geplant hatte. Die größte Kavallerieattacke seit den Indianerkriegen, nannte das irgendwer im Stab, vielleicht sogar Big B selbst.

Ich weiß nicht, ob ich noch mehr hören will, sagte Hélène.

Er sah sie an und schien zu erwachen. Nein, das wollen Sie nicht, und ich bin ein verdammter Idiot, dass ich Ihnen, gerade Ihnen, diese widerlichen Geschichten erzähle, anstatt –. Er unterbrach sich und fügte dann hinzu: Ja, aber das waren die Bilder der ersten zwei Tage, diese kriechenden Kinder mit durchschnittenen Sehnen und diese langsam sterbenden Vögel… Ich habe das noch nie erzählt.

Auch nicht Ihrem Analytiker?, fragte Hélène verblüfft.

Cote schüttelte den Kopf. Nein, den interessiert mehr meine Jugend in Worcester. Krieg kenne ich selbst, Captain Cote, hat er mir gesagt. Der Krieg ist immer entsetzlich, darüber müssen Sie mir nichts erzählen. Was interessant ist, das ist, was vorher war. Mit welchen Dispositionen kommt man in so einen Krieg?

Hélène dachte an ihren Vater. Sie glaubte nicht, dass er mit irgendwelchen Dispositionen nach Algerien gegangen war, die erklärten, dass er nach dieser Zeit trank und seinen Lebensmut verloren hatte. Sie glaubte, dass es das war, was immer er dort gesehen, getan und erlebt hatte, was ihm einen Knacks versetzte. Er hatte nie von Algerien erzählt.

Woran denken Sie?, fragte der Amerikaner.

An meinen Vater, sagte Hélène. Und dass er nie über seine Kriegserfahrungen gesprochen hat.

Er wird schon gewusst haben warum. Das sind nicht Geschichten, die man Kindern erzählen kann. Man kann sie eigentlich überhaupt niemandem erzählen. Außer denen, die dabei waren, und denen auch nicht, denn sie kennen sie selbst. Das erklärt, warum Soldaten einsame Menschen sind und ihr Leben lang nicht mehr loskommen von der Armee.

Ich habe nichts dagegen, dass Sie mir davon erzählen, wenn Sie mögen, sagte Hélène. Es macht mir nichts aus, wenn es nicht zu viel Unerträgliches auf einmal ist.

Der Amerikaner sah sie an. Ja, ich habe auch den Eindruck, dass Sie eine ungewöhnliche Befähigung zum Zuhören haben. Wo stecken Sie das alles hin, damit es Sie nicht kaputtmacht?

Hélène zuckte die Achseln. Ich habe es Ihnen doch schon gesagt. Ich habe mein Antidot. Ich glaube ans Leben. An die Sonne, die Natur, die Tiere und nicht zuletzt die Menschen. An den Kreislauf, der alles weitergehen und wieder neu werden lässt. Ich habe Vertrauen …

Ja, sagte der Amerikaner schlicht.

Sie schwiegen eine Weile, dann setzte er hinzu: Trotzdem belaste ich Sie zu viel mit meinen Problemen. Ich möchte nicht alles bei Ihnen abladen wie bei –. Es fiel ihm kein passender Vergleich ein, und er schwieg.

Ende des Jahres, sagte er nach einer Weile, läuft meine MPEP-Zeit hier ab, und ich werde zurückgehen müssen.

Hélène griff nach einer der Zigaretten Cotes, die neben ihr auf der Bank lagen. Sie fixierten das teure Apartmenthaus mit den dunkelbraunen Rauchglas-Balkonverkleidungen hinter den Bäumen.

Wo ist denn Ihr Zurück?, fragte sie, durch den Rauch hindurchblickend.

Zunächst einmal Fort Leavenworth, das Command and General Staff College. Ich werde voraussichtlich zum Major befördert. Es wurde aber auch Zeit. Ich bin Soldat seit zwölf Jahren.

Für wie lange haben Sie sich eigentlich verpflichtet?

Wenn ich volle zwanzig Jahre mache, dann habe ich auch volle Pensionsansprüche. Das lohnt sich. Früher aufzuhören, das kostet eine Menge Geld.

Und wenn Sie aufhören würden?

Er sah sie an. Was wären denn die Alternativen? Literatur lehren an irgendeiner Highschool oder einem kleinen College? Wenn mich überhaupt ein College nähme ... Und außerdem ...

Außerdem?

Seit ich ... seit ich nicht mehr verheiratet bin, ist die Armee sowieso meine, meine Heimat.

Hélène sah ihn an. Was sagt die Armee eigentlich zu Ihrer Krankheit?

Er blickte auf und sah sie kalt an, öffnete den Mund, besann sich dann aber eines Besseren und sagte: Sie versucht sie, so gut es geht, zu ignorieren. Es ist so etwas wie ein peinlicher Vorfall in der Familie. Jeder bemüht sich, ihn nicht zu erwähnen oder drumherum zu reden oder vorsichtige Scherze zu machen. Ich auch. Ich benutze auch im Gespräch oder in meinen Rapporten nie das Wort Krankheit, sondern Beschwerden. Und nur das Wort Arzt. Höchstens einmal das Wort Psychologe. Aber nie Analytiker.

Das wäre zu peinlich?

Mir wäre das zu peinlich. Wissen Sie, sie erkennen es ja implizit an, indem sie die Kosten tragen, und die müssen gewaltig sein. Das heißt, jeder weiß, dass es existiert, jeder weiß, dass einige Soldaten battle fatigued oder shell shocked sind, und diejenigen, die noch im Dienst sind und ausfallen, werden auch behandelt. Ohne viele Worte darum zu machen. Aber es ist nicht so, dass die Armee das an die große Glocke hängt und einen Aufruf an alle ihre Veteranen richtet, sich doch bitte zu melden, wenn sie Albträume haben.

Haben Sie denn noch Albträume?

Sein Lachen ging in ein Husten über. Er räusperte sich und sagte: Nur noch einen, aber der bleibt mir treu. Kommt immer mal wieder.

Er überlegte, ob er davon erzählen sollte. Erzählt hörte es sich womöglich lächerlich an. Es war jedes Mal eigentlich nur ein Donnerschlag, der ihn aus dem Schlaf riss, allerdings ein infernalischer Donnerschlag, eine brutale, erschütternde Attacke von Lärm, von explodierendem Brüllen, aus einem Rachen kommend, das war der Eindruck. Er erschrak jedes Mal gleichsam zu Tode, der Puls raste, und über den gesamten Körper jagten Gänsehautschauer, die eine ganze Zeit lang, auch als er schon wach und aufrecht im Bett saß, nicht nachließen. Sie kamen von dem entsetzlichen Eindruck einer Berührung im Moment des Donners. Zwei Dinge nur enthielt dieser Traum, keine Bilder, keine Handlung, keine Fratze, nur den Donnerschlag und die Berührung, die die Gänsehaut verursachte. Sprachloses Entsetzen.

Ich träume, dass mich der Teufel holt. Oder beinahe holt. Eine Art Vorgeschmack auf die ewige Verdammnis ... Er grinste schief.

Hélène wusste nicht, was sie dazu sagen sollte.

Werden Sie denn ... wieder zurechtkommen zu Hause?, fragte sie schließlich.

Ich werde mich zusammenreißen. Aber ich bleibe nicht lange, ich sehe zu, dass ich wieder hierherkomme.

Ach ..., sagte Hélène. Wie denn?

Irgendetwas werden sie schon für mich haben. Vielleicht an der Botschaft...

Hélène nickte.

So viele haben sie nicht, die die Sprache hier sprechen. Und ich will wieder hierher. Ich habe ja nicht viel gesehen beim ersten Mal...

Dann machen Sie es gut, sagte Hélène.

Wir verabschieden uns immer, als würden wir uns nicht wiedersehen, sagte der Amerikaner. Und dann...

Und dann, antwortete Hélène. Aber nun fahren Sie ja wirklich nach Hause.

Nach Hause, wie Sie das sagen, bemerkte Cote. Und ich habe nicht einmal Ihre Adresse, nicht einmal Ihre Telefonnummer, und wir kennen uns schon seit fast zwei Jahren, wir sind schon seit fast zwei Jahren miteinander befreundet – darf ich das so sagen?

Hélène sah plötzlich müde aus, aber sie lächelte und sagte: Ja, das dürfen Sie so sagen. Unsere Telefonnummer kann ich Ihnen gerne geben. Die ist kein Geheimnis. Sie steht auch im Telefonbuch.

Sie holte einen Zettel und einen Kugelschreiber aus ihrer Handtasche und schrieb ihre Adresse auf. Er steckte sie in die Brusttasche seiner Jacke und knöpfte wieder zu.

Wenn ich wiederkomme, sagte er, dann haben Sie einen runden, kleinen, kräftigen Sohn mit roten Backen. Und als sie nicht antwortete, fügte er hinzu: Oder ein süßes kleines Mädchen. Oder beides. Kann es bei diesen künstlichen Befruchtungen nicht passieren, dass man Zwillinge bekommt oder sogar Drillinge?

Das kann passieren, sagte Hélène.

Sie werden ein Kind haben, sagte er. Ich weiß es. Und hoffentlich werden Sie es mir dann zeigen.

Hélène nickte lächelnd.

Es muss passieren, und es wird passieren, ganz einfach weil es das ist, wofür wir da sind, sagte er, und als er sah, wie Hélène die Stirn runzelte: Wenn Sie alles andere abziehen, Geld und Besitz und Religion und Kriege und Macht und Reisen, dann haben Sie eine Mutter und ihr Kind, ich kann es nicht richtig ausdrücken, was ich meine, aber es ist etwas Heiliges, und Sie, Hélène, werden hier auch ein Kind bekommen.

Einen Augenblick lang hatte sie den paradoxen Eindruck, er habe sich mit ihrem Mann abgesprochen. Fast dieselben Worte, dieselbe quasireligiöse, insistierende Inbrunst. Einerseits tat es gut, sich von seinen Wünschen und Hoffnungen unterstützt zu fühlen. Zugleich hatte sein Beharren auch etwas Übertriebenes und Lächerliches und etwas von einem Übergriff, einer Anmaßung.

Als sie schon stand, um sich zu verabschieden, sagte er: Ach übrigens, ich habe den Ausflug gemacht.

Welchen Ausflug?, fragte sie perplex.

Den nach Moret-sur-Loing, den Sie mir empfohlen hatten.

Ach ja?, fragte sie verblüfft und zugleich erfreut.

Ja, ich habe eines Tages, als ich vom Regiment einen Fahrer hatte, einfach angeordnet, dort runterzufahren. Es ist ja wirklich nur ein Katzensprung von Fontainebleau aus.

Er erzählte, dass er den Fahrer am Stadttor hatte anhalten lassen und dann durch die Gassen des unscheinbaren Dorfes bis zu jener Kirche gegangen war, die Sisley gemalt hatte, von dort zu der Brücke, die er gemalt hatte, und, da ihm ein Passant dazu geraten hatte, die Ausfallstraße hinunter und dann rechts bis zum Anwesen Clemenceaus. Es war ein ruhiger Tag, und wären die donnernden Lastwagen auf der Ausfallstraße nicht gewesen, hätte man glauben können, es habe sich seit den Zeiten der Impressionisten kaum etwas verändert.

Ich hatte eine Monographie Sisleys mitgenommen, aber das soll man nicht tun. Entweder wirkt dann die Realität banal, oder die Bilder scheinen ungelenk. Es war das erste Mal, dass ich wirklich das Gefühl hatte, in Frankreich zu sein.

Und ging es?, fragte Hélène.

Er verstand, was sie meinte, und antwortete: Ja, es ging so. Vor einem Jahr wäre es noch nicht gegangen.

Es freut mich, wenn es Ihnen gefallen hat.

Er sah sie an. Ich war auch in der Auberge de la Vanne Rouge. Am Wehr. Aber es gibt keinen Papagei mehr, oder er hat sich vor mir versteckt.

Wann waren Sie da?

Warten Sie. Irgendwann Anfang März, glaube ich. Warum?

Wegen der Jahreszeit, sagte sie. Es ist ja in jeder Jahreszeit ein anderer Eindruck.

Ja, es war Vorfrühling. Grüne Spitzen an den Weiden und Pappeln am Ufer des Flusses, sagte er.

Auf dem Rückweg in der Metro am nächsten Tag saß sie auf einem der Klappsitze bei den Türen und blickte auf den Aufkleber mit dem erschreckten Häschen, das davor warnt, sich die Finger in den öffnenden und schließenden Türen einzuklemmen. An jeder Haltestelle sah sie das große Schlussverkaufsplakat von Tati mit dem charakteristischen rosa Pepitamuster als Hintergrund. Sie las die mit blauen Kacheln in die weißen gefügten Namen der Stationen: Wagram, Malesherbes, Saint-Lazare, Quatre-Septembre, Sentier. An der Place de la République stieg sie um in die Linie nach Créteil, und bei sich zu Hause angekommen, betrat sie zunächst den Monoprix an der Ecke des Faubourg und kaufte eine Flasche Chiroubles, Chicorée, Schinken, den Fromage blanc battu, den ihr Mann gerne gezuckert zum Nachtisch aß, und Brot. In der Wohnung fütterte sie die Katzen und wandte sich dann den Stoffen zu, die sie letztens bei Seymoun am Marché Saint-Pierre gekauft hatte. Besonders der seelenvolle Chenillestoff hatte es ihr angetan, aus dem sie einen Patchwork-Quilt machen wollte, aber auch der Posten alter Seidenbrokat, um den sie, obwohl sie noch nicht wusste, wozu sie die kleine, teure Bahn verwenden sollte, eine halbe Stunde lang mit Seymoun gefeilscht hatte.

Sie stellte sich vor, der Amerikaner hätte dort am Wehr gestanden, während sie oben im Hotelzimmer lag. Sie stellte sich vor, dort zu liegen und zu wissen, dass er unten am Ufer stand, nahe dem rauschenden Wasser am Wehr.

*

Wie einem die Jahre zwischen den Fingern zerrinnen, wenn man Schimären nachjagt oder fixe Ideen verfolgt.

Knapp vier Wochen nach dem Transfer im August 1993 verlor Hélène in einer nächtlichen Blutung, die weniger heftig war als das letzte Mal, den Embryo, wenn es denn in der kurzen Zeit, dachte sie, schon ein Embryo geworden war.

Vor einem Jahr war sie, um den zweiten Misserfolg zu vergessen, in Prag gewesen, vor zwei Jahren hatte sie voller Zuversicht und Naivität den Weg zu einem Kind begonnen. Jetzt war sie zweiunddreißig Jahre alt, immer noch jung genug, um es weiter zu versuchen, wie ihr jedermann bestätigte.

Im Oktober bekam Hélène eines Abends gegen zehn einen panischen Anruf aus der Eisenbahnerwohnung von ihrer Tante. Ihre Großmutter werde von entsetzlichen Krämpfen geschüttelt, sie habe bereits nach einem Notarzt telefoniert.

Als Hélène und ihr Mann mit dem Auto im 17. Arrondissement eintrafen, öffnete niemand die Tür. Sie klingelten bei der Concierge, die ihnen schlaftrunken mitteilte, Mutter und Tochter seien mit dem Krankenwagen ins Hôpital Bichat gebracht worden. Sie fuhren zurück auf den Boulevard des Batignolles, bogen am Wepler in die

Avenue de Clichy, an der Metro La Fourche in die Avenue de Saint-Ouen, umrundeten den Montmartre von Westen und erreichten zwischen der Porte de Saint-Ouen und dem Périphérique das Krankenhaus.

Hélènes Tante saß mit verweinten Augen in dem neonbeleuchteten Warteraum vor der Intensivstation. Sie erfuhren, dass Hélènes Großmutter hier noch einen zweiten mysteriösen Krampfanfall gehabt habe, aber am Leben sei, und wurden auf den nächsten Morgen vertröstet. Hélène wollte bleiben, wurde aber von den anderen überredet, lieber schlafen zu gehen, da sie doch nichts tun könne.

Am nächsten Tag war die Großmutter momenteweise bei Bewusstsein, aber halbseitig gelähmt und schien niemanden zu erkennen. Im Laufe der zehn Tage, die sie im Krankenhaus blieb, besserten sich die Symptome zum Teil. Sie hatte wieder ihre lichten Momente, erkannte ihre Verwandten, konnte auch wieder sprechen, wenngleich nur schwer verständlich. Auch die Lähmungserscheinungen ließen nach. Sie fuhren sie im Rollstuhl auf den Hof in die Sonne. Nach zehn Tagen wurde sie in die Geriatrie von Draveil verbracht, das berüchtigte Mouroir, die Sterbeklinik von Paris. Dort verschied sie an einem kalten Dezembertag. Kurz vor Weihnachten wurde sie auf dem Friedhof von Thiais beigesetzt, aber zwei Divisionen von ihrem Mann entfernt, da sie damals kein Familiengrab gekauft hatte, das zu teuer gewesen wäre.

Im Februar diagnostizierte Le Goff zunächst per Ultraschall und im Anschluss mittels einer Laparoskopie, einer Bauchspiegelung, eine Endometriose, die er für mitverantwortlich an den fortgesetzten Aborten hielt. Die Operation fand unter Vollnarkose statt. Zuerst ein kleiner Schnitt im Bauchnabel, durch den eine Veress-Kanüle eingeführt und Kohlendioxid in die Bauchhöhle gepumpt wurde, um einen Untersuchungsraum zu schaffen. Das Endoskop wurde durch einen Trokarzugang, der einen weiteren Schnitt nötig machte, eingebracht. Hélène litt noch wochenlang danach unter Schulterschmerzen, die durch die Reizung des Nervus phrenicus hervorgerufen wurden, eine häufige Nebenwirkung dieser Eingriffe.

Die Therapie bestand in einer Austrocknung der Endometriose, bei der Hélène durch drei Monatsspritzen Decapeptyl vorübergehend wieder in die Wechseljahre versetzt wurde. Sie bekam Kalzium verschrieben, um einer Osteoporose vorzubeugen.

Dr. Le Goff gab im Frühsommer zu, dass diesmal der Fehler bei ihm lag. Er hatte die nächste IVF so schnell wie möglich nach der Endometriose-Behandlung begonnen, wenn man sicher sein kann, dass sie ausgetrocknet ist, wie er sagte, aber es sei wohl zu schnell gewesen.

Er empfahl eine Pause bis zum Frühjahr kommenden Jahres, und die brauchte Hélène auch. Sie fühlte sich am Ende ihrer Kräfte, und die vier Sommerwochen, die sie in der Bretagne verbringen wollte, zwei mit ihrer Tante, danach zwei mit ihrem Mann am Meer, kamen gerade recht.

Das einfache Häuschen, das Hélènes Großmutter von ihren Eltern geerbt hatte, eine aus Strohlehm gebaute Kleinbauernkate, die nur ein außen liegendes Plumpsklo besaß, war nun herrenlos, und obwohl die Eigentümerin selbst schon mehrere Jahre nicht mehr hier gewesen war, machte ihr Tod einen Unterschied. Das Haus wirkte wie ein Nutztier, eine Kuh oder ein Schaf, dem der Bauer gestorben ist und das, an einen Pflock geleint, dasteht und der Dinge harrt, die kommen sollen.

Es befand sich auf halber Strecke zwischen Saint-Méen-le-Grand, einem grauen Dorf, das sich auf seinem Ortsschild rühmte, der Geburtsort des großen Radrennfahrers Louison Bobet zu sein, und Josselin am Rande des Waldes von Paimpont, etwas außerhalb des Weilers von Tréhorenteuc, dort wo das »Tal ohne Wiederkehr« beginnt, in dem der Artus-Sage nach die Fee Morgane untreue Ritter gefangen hielt.

Die Nächte im frühen August dort auf dem Land weit fort von den Städten und ihrer Lichtpollution sind sternenübersät, und in diesem Jahr gab es einen Sternenhimmel, wie Hélène ihn nie zuvor gesehen hatte. Sie lag nach Einbruch der Nacht auf der gemähten Wiese hinter dem Haus, die einem Bauern verpachtet war, und blickte hinauf an den Himmel, wie sie es zum letzten Mal fast fünfzehn Jahre zuvor getan hatte, in jenem langen Sommer, als sie auf dem Plateau von Revest-du-Bion westlich von Forcalquier und Banon fünfhundert Schafe gehütet hatte und manche Nacht draußen unter ihnen verbrachte.

Wie in Gionos *Sternenschlange,* das sie damals, idealistisch, rebellisch, naiv an andere Lebensformen und eine sich erneuernde Gesellschaft glaubend, verschlungen hatte, oder wie in seiner *Großen Herde* und in Aragons *Augustnacht* war die gleißende, funkelnde Dunkelheit kein Tuch, sondern ein saugender, pulsierender, dreidimensionaler Raum, greifbar, atmend, duftend. Schich-

ten um Schichten, Ordnungen um Ordnungen von Ster-
nen, Hallen und Säulengänge voller glitzernder Intarsien,
ein immenser Dom, der zwar erschütternd groß war, aber
nichts Kaltes, Abweisendes, Leeres und Steinernes hatte,
sondern auf paradoxe Weise schmiegsam und weich
sich über sie zu breiten, um sie zu hüllen schien wie ein
Schutzmantel, bergend, tröstend und zugleich verhei-
ßungsvoll.

Es war ein simples Himmel-und-Hölle-Spiel, ein
Sprung von Stern zu Stern dort hinauf oder hinein oder
hinab. Alle paar Minuten lud eine Sternschnuppe zu
einem feurigen Ritt durch die Schwärze. Die Konstellationen zogen ihren gravitätischen Reigen, das Vlies der
Sterne roch scharf und lebendig.

Wie jedes Jahr in der Bretagne begann der Herbst
unsichtbar und ohne Wetterumschwung an Mariä Him-
melfahrt. Er war nur daran zu spüren, dass Hélène sich,
wenn sie in der Dämmerung den Tisch vor dem Haus
deckte, einen Pullover oder eine Wolljacke überziehen
musste und sich nach Einbruch der Nacht nicht mehr
auf die Wiese legen konnte, die mit einem Mal feucht
war. Ihre Tante machte abends Feuer in dem riesigen
offenen Kamin.

Ihr Mann trat seinen Urlaub an, und sie fuhren an
die Küste, und Hélène erklärte ihm auf ihren Spaziergängen am Strand entlang oder auf der Promenade oder
dem Chemin des Douaniers, dem Hochweg über der
Steilküste, dass es so nicht endlos weitergehen könne,
dass sie sich ein Limit setzen müssten, dass die Anzahl
der Versuche, die ihnen noch blieb, endlich war, dass sie
irgendwann beginnen müssten, auch alternative Ent-

würfe und Pläne für ihr weiteres Leben zu bedenken und zu besprechen.

Von dem Amerikaner hörte sie das ganze Jahr über nichts. Aber im Februar 1995 bekam sie einen Anruf aus dem amerikanischen Hospital.

Sie verstand zunächst überhaupt nichts. Ein Dr. Woods, hörbar ein Amerikaner, meldete sich wegen David Cote, den sie doch kenne. Ihr erster Gedanke war, er müsse gestorben sein. Aber diese Frage wurde sogleich verneint, es gehe ihm gut, so weit gut, den Umständen entsprechend gut. Wo er denn überhaupt sei, in Frankreich?, wollte Hélène dann wissen. Ja, hier im AHP. Und warum er dann nicht selbst anrufe, oder sei er dazu nicht in der Lage? Hélène war sehr verunsichert, und jener Dr. Woods machte die Dinge nicht einfacher, indem seinen Versuchen, ihr die Situation zu erklären, andauernd seine ärztliche Schweigepflicht in die Quere kam, die ihn über manches gar nicht, über anderes nur verklausuliert oder bruchstückhaft reden lassen konnte.

Madame, ich bin hier Arzt in der Neurologie, und Major Cote ist unser Patient.

Seit wann? Seit wann wieder?, verbesserte sie sich.

Seit einigen Wochen. Ich rufe Sie auf seine Bitte hin an, aber zugegebenermaßen nicht nur.

Ja, aber warum ruft er nicht selbst an? Kann er nicht? Darf er nicht?

Er hat mich darum gebeten, er wird es Ihnen gewiss selbst erzählen, wenn Sie ihn sehen mögen.

Ja, warum sollte ich ihn denn nicht sehen wollen?

Madame, entschuldigen Sie bitte, sagte Dr. Woods. Er hatte eine tiefe, sympathische und vertrauenerweckende Stimme, sodass Hélène trotz der merkwürdigen Situation weiter zuhörte. Ich kenne Sie ja nicht. Major Cote hat mir gesagt, Sie seien eine gute Freundin, aber ich weiß ja nicht, ob Sie das ebenso sehen, verstehen Sie?

Ich verstehe. Aber er hat recht. Wir sind befreundet.

Gut, das freut mich zu hören, sagte Dr. Woods. Der Punkt ist, dass es Major Cote guttun würde, Sie zu sehen, und das wäre wiederum auch gut für seine Behandlung. Aber –.

Aber was?

Es wäre für Sie vielleicht nicht unbedingt eine reine Freude ...

Wie meinen Sie das?

Zum einen bekommt er Medikamente, an die er sich erst noch gewöhnen muss, und zum andern ist er, nun ja, nicht in der Form, die Sie vielleicht an ihm kennen.

Hören Sie, sagte Hélène, die dem Fremden am Telefon, mit dem eine Sekretärin oder Telefonistin des Krankenhauses sie verbunden hatte, so weit vertraute, ihm Dinge zu sagen, die er ohnehin wissen musste, wenn er der war, der er zu sein vorgab, hören Sie, ich habe Mr. Cote im Krankenhaus kennengelernt, während er wegen eines Kriegstraumas behandelt wurde. Das ist die Form, in der ich ihn kenne.

Sie hörte ihn lächeln. Dann wissen Sie ja, worauf ich hinauswill. Es würde Sie von seiner Seite voraussichtlich eine gewisse Apathie und Unkonzentriertheit erwarten, womöglich sogar ein depressiver Ausbruch, ich meine Tränen, auch wenn der Major sich darauf freut, Sie zu treffen.

Das ist mir schon klar, sagte sie ein wenig aggressiv, als müsse sie den Amerikaner gegen jemanden in Schutz nehmen, der ihm Vorwürfe machte.

Der Arzt seufzte. Verstehen Sie mich nicht falsch. Ich will Ihnen um Gottes willen keinen moralischen Zwang antun. Ich kenne Ihr Verhältnis zu Major Cote ja nicht –.

Ich sagte doch schon, wir sind Freunde –.

Aber Sie sind natürlich in keiner Weise verpflichtet, irgendetwas zu tun. Sie müssen sich auch nicht jetzt entscheiden. Sie können ablehnen, vertagen, sich verleugnen lassen, ich nehme das alles gern auf meine Kappe.

Warum ist er denn überhaupt wieder im Krankenhaus?, fragte Hélène. Er hat doch vor mehr als einem Jahr seine Behandlung beendet und war gesund –.

Was vor mehr als einem Jahr war, weiß ich nicht, antwortete Dr. Woods ausweichend. Jedenfalls wird er jetzt wieder bei uns behandelt.

Hélène sah ein, dass der Arzt ihr nichts verraten würde, und sagte: Sie meinten vorhin, Sie riefen mich nicht ausschließlich auf seine Bitte hin an.

Dr. Woods zögerte einen Moment, dann sagte er: Bei der Behandlung, die er bekommt, ist es wichtig, oder sagen wir nützlich, dass er Vertrauen hat. Vertrauen in uns, aber wenn möglich eben auch noch in andere Leute – in Freunde eben.

Ich verstehe.

Er nannte mir, als ich nach einem emotionalen Umfeld hier in Frankreich fragte, Ihren Namen. Ausschließlich Ihren Namen.

Ich verstehe.

Nun, das ist eine schwere Hypothek für Sie. Ich will auf jeden Fall vermeiden, dass Sie den Eindruck bekommen, Sie wären irgendwie verantwortlich für Erfolg oder Misserfolg der Behandlung.

Ich habe Sie schon verstanden. Was kann ich also tun?

Sie könnten einfach einmal auf einen Besuch vorbeikommen, wann immer Sie mögen und Zeit haben. Und wenn Sie danach immer noch wollen, dann wäre es schön, eine gewisse Regelmäßigkeit einzuführen. Immer nur im Rahmen Ihres Wollens und Ihrer Möglichkeiten, versteht sich.

Versteht sich, sagte Hélène. Sind das nicht die Dinge, die man für einen Freund tut?

Doch, das würde ich auch so sehen. Das sind die Dinge, die man für einen Freund tut. Freut mich für ihn, dass er offenbar einen hat.

*

Das Erste, was Hélène bemerkte, war, dass die Türen in diesem Raum anders eingehängt waren als sonst im Krankenhaus und dicke Gummiwülste die Zargen entlangliefen, sodass selbst, wenn jemand sie ins Schloss fallen ließ, kein lautes Knallen zu hören war, sondern nur ein leise schmatzendes Klicken.

Woods hatte recht gehabt. Der Amerikaner war nicht wiederzuerkennen. Hélène sagte nach den ersten beiden Treffen zu ihrem Mann, Cote habe sie an einen Zombie erinnert, an die Hülle eines Menschen, und als er fragte, warum sie sich das antue, wusste sie keine Antwort.

Der Amerikaner, auffallend blass und, wie es schien, dünner als zuvor, hatte sie mit einem vagen Lächeln begrüßt, als Dr. Woods sie in den Aufenthaltsraum führte, und einen Scherz versucht über die lange Zeit, die seit ihrem letzten Treffen vergangen war, der abbrach, noch bevor er eine Pointe oder einen Abschluss erreichte. Hélène hielt ihre Wiedersehensfreude zurück, zu weit schien der Mann ihr entfernt, und hütete sich nach fünf Minuten, so offen mit ihm zu reden wie vorher. Er war nicht in der Lage, schien ihr, irgendetwas aufzunehmen, was über den Austausch von Höflichkeiten oder Reminiszenzen hinausging.

Woods, ein großer, vielleicht fünfzigjähriger Mann mit einem gestutzten grauen Vollbart, in persona so angenehm wie am Telefon, hatte sie gewarnt, ihr Bekannter wirke heute kränker, als er sei, das liege an der neuen Medikation, die ihn, wie er sich ausdrückte, umhaue.

In zwei, drei Wochen wird es schon ganz anders sein, vielen Dank, dass Sie gekommen sind. Verstehen Sie, es ist schlimmer als beim ersten Mal. Wenn man glaubt oder sich einbildet oder glauben will, man habe so etwas überwunden, und dann kommt es zurück, dann ist es viel schlimmer als zuvor. Abgesehen davon, dass das Vertrauen in unsereinen darunter leidet. Zweifelsohne ist die medikamentöse Therapie zu früh abgesetzt worden beim letzten Mal, und da die traumatische Erinnerung ausschließlich im emotionalen Gedächtnis sitzt, ist es nicht möglich, damit analytisch zu arbeiten. Momentan ist jegliches Urvertrauen weg. Aber ich bin zuversichtlich, dass es zurückkehrt.

Also hat er eine falsche Therapie bekommen?, fragte Hélène.

Woods wurde gleich wieder zum Arzt. Nein, bestimmt nicht. Es kann, wenn die Krankheit chronisch-episodisch verläuft, auch nach einer erfolgreich beendeten Therapie zu einem Rückfall kommen.

Hélène hatte ihm von ihren beiden erfolglosen Versuchen in der Zeit seiner Abwesenheit berichtet, aber der Amerikaner hatte nur genickt und etwas wie Ja, bitter gemurmelt, schien aber kurz darauf schon wieder an anderes zu denken oder an gar nichts. Mehrmals begann er von Fort Leavenworth zu sprechen, dem Command and General Staff College, der Beförderung, aber dann öffnete sich die Tür, jemand kam herein, nahm ein Buch aus dem Regal, und die Konzentration war verloren. Die ganze Vertrautheit schien dahin. Er war introvertiert, schüchtern wie ein Halbwüchsiger, zog den Kopf ein wie ein geprügelter Hund, und Hélène begann, misstrauisch gegen Woods zu werden. Immerhin erfuhr sie, dass Cote seit Ende Dezember wieder in Paris war, als stellvertretender Heeresattaché an der Botschaft.

Ich wollte es unbedingt, sagte er. Ich wollte unbedingt zurück, obwohl ich schon gespürt habe, dass es wiederkommt. Als ich mich beworben habe, musste ich nachweisen, dass meine Sprachkenntnisse und mein Wissen von der Politik und Geschichte – und eben auch von der Kultur –.

Er unterbrach sich, als Dr. Woods den Kopf zur Tür hereinsteckte und dann eine abwehrende Geste machte, als wolle er sagen: Kümmern Sie sich nicht um mich. Aber dann hatte er den Faden verloren. Und als Hélène nachfragte, schien er sie nicht zu hören. Er lächelte und sagte: Verzeihung, können Sie das nochmal sagen?

Als Hélène die Station verließ, ging sie wortlos an Woods vorüber und überlegte, was sie tun könne, um ihm das Handwerk zu legen. Draußen brach ihr der Schweiß aus, und sie spürte, dass sie nicht mehr über dieselbe selbstverständliche Zuversicht und Kraft verfügte, um dem Amerikaner zur Seite zu stehen wie vor einigen Jahren bei ihren ersten Begegnungen.

Aber es ist immer wieder erstaunlich, und man erstaunt jedes Mal von Neuem darüber, wie viel die Medizin, das heißt Heilkunst und vor allem Medikamente, heute ausrichten kann. Nach dem vierten oder fünften Besuch begann Cote wieder der zu werden, an den sie sich erinnerte, es sei denn, dachte sie, ich habe mich an sei-

nen Zustand gewöhnt. Aber so war es nicht. Dr. Woods'
Behandlung begann erste Erfolge zu zeigen, ganz so wie
er es angekündigt hatte.

Und Hélènes halber Entschluss, sich nach ein, zwei
weiteren Besuchen zurückzuziehen und die neurologi-
sche Station nicht mehr aufzusuchen, wurde vergessen.
Ab März entwickelte sich der Donnerstag zum festen
Besuchstag, und für Hélène, die noch keine neue IVF
startete, hatte es etwas seltsam Erleichterndes, nur zu
Besuch in das Krankenhaus zu kommen, die Rampe entlang der altehrwürdigen Klinkerfassade hinaufzugehen
und das zugleich vertrauenerweckende und furchtein-
flößende High-Tech-Heilungszentrum zu betreten, das
dahinter summte und atmete.

Woods, der ihr Vertrauen zurückgewonnen hatte,
erklärte ihr im Beisein des Majors, dessen schlechter
Zustand zu Anfang habe daran gelegen, dass in der
Eindosierungsphase des Paroxetins und bei sukzessiver
Dosissteigerung depressive und apathische Schübe ver-
stärkt vorkommen und die Unruhe und das Angsterleben
größer würden, worauf der Körper wiederum mit Schlaflosigkeit, Albträumen und Übelkeit reagiere. Überhaupt
war jetzt in völliger Offenheit und ohne Zurückhaltung
von einer PTBS, einer posttraumatischen Belastungs-
störung, die Rede, es war erfrischend, dass der Arzt sie
sowohl beim Namen nannte als auch wie eine klassische
Krankheit behandelte, gegen die Kräutlein gewachsen
waren, und nicht wie eine Bewusstseinsstörung, etwas
Peinliches, zu Verheimlichendes, Abseitiges. Er setzte
für die medikamentöse Behandlung ein Jahr an, der
entscheidende Teil der Therapie war aber, was Woods

im Ärztejargon die CBT nannte, die kognitive Verhaltenstherapie, mit der er, wie er sagte, den Teufelskreis der Angst durchbrechen wolle, und das entspannte und offene Ansprechen der Probleme gehörte bereits in den Umkreis der Behandlung. Von Dr. Mehran und seiner Psychoanalyse war nicht mehr die Rede.

Nun sind wir wieder am Anfang, sagte der Amerikaner zu ihr und blickte aus dem Fenster des mittlerweile vertrauten, wohnzimmerhaften Sprechzimmers hinaus auf die von Wohnhäusern begrenzte karge Vorfrühlingsnatur. Ganz am Anfang und müssen uns wieder hinaufarbeiten. Wie war Ihr Jahr?

Nicht ganz leicht, sagte Hélène. Und Ihres?

Auch nicht ganz leicht. Ich hab Ihnen verschwiegen, dass ich, kaum wieder hier angekommen, eine Dummheit gemacht habe.

Eine Dummheit?

Ja. Aus Verzweiflung. Aus Müdigkeit. Aus Scham. Und aus Feigheit hab ich es nicht richtig gemacht…

Sie wollen sagen –.

Ich will sagen, dass ich es, wie Hemingway einmal geschrieben hat, besser mit der *heimatlichen Tradition von Colt oder Smith & Wesson* hätte versuchen sollen, *jenen gediegenen Werkzeugen, die Schlaflosigkeit kurieren, Schuldgefühle beenden, Krebs heilen und den Bankrott vermeiden helfen.*

Sie sind zynisch, sagte Hélène bedrückt.

Ich bin vor allem darüber hinaus. Ich bin glücklich, dass wir uns sehen, auch wenn alles wieder am Nullpunkt steht.

Ach, wissen Sie, sagte Hélène, ich habe oft nachgedacht über all diese Erlebnisse im Krieg, von denen Sie mir erzählt haben. Ein jedes davon reicht aus, um einen zu traumatisieren, um einen für den Rest des Lebens zu verfolgen und nicht mehr wegzugehen. Wahrscheinlich muss man wirklich Soldat sein, um deswegen ein schlechtes Gewissen zu haben. Sie hielt einen Moment inne und sagte dann: Manchmal glaube ich, dass eigentlich jeder Mensch, der es lange genug aushält, die Augen zu öffnen, von dem, was er sieht, traumatisiert werden müsste. Unsere einzige Rettung ist, dass wir die Augen eben nicht zu lange aufhalten.

Und so etwas sagen Sie, die das Leben liebt!

Hélène lächelte. Ja, manchmal macht es mich selbst verrückt, dass es beides gibt. Das Schreckliche erlaubt einem nicht, glücklich zu sein, und das Schöne erlaubt einem nicht, sich in der Verzweiflung einzurichten.

Ich war im Oktober zum fünfundsechzigsten Geburtstag meines Vaters zum ersten Mal seit langer Zeit wieder in Worcester. Es hat mir nicht gutgetan. Ich wusste schon, dass mein Zustand labil war. Solange ich in Leavenworth war, hatte ich alles im Griff, aber dann die Feier, die Uniformen, die Anekdoten, und verrückterweise packte es mich im harmlosesten Moment: Wir stehen auf der Veranda, weil der Kinderchor von Notre-Dame ein Ständchen bringt, lauter kleine adrette Mädchen und Jungs, ein paar Gelbe und Schwarze dabei, plötzlich knallt die Terrassentür vom Luftzug – Sie erinnern sich, wie damals hier unten in der Cafeteria –, und ich liege flach und zittere und bebe ... Meine Mutter hat das vor den Gästen vertuscht, mein Bruder blieb dann eine Stunde bei mir. Und am nächsten Tag, als ich mit dem Fernglas im Wald war, da habe ich es keinen Meter weg vom Auto geschafft. Woods hat mir erklärt, was er den Teufelskreis der Angst nennt, ein Kreislauf zwischen irgendeinem Auslöser, meiner falschen, also übertriebenen (er lachte bitter auf bei dem Wort) Wahrnehmung und der darauffolgenden hormonellen Reaktion, die sich bis zum Ausnahmezustand aufschaukelt. Sie haben ja so beruhigende Wörter dafür, die Ärzte: Vegetatives Hyperarousal nennen sie das.

Und was sagt die Armee dazu?, fragte Hélène.

Sie meinen, weil es schon wieder losgeht? Ob sie es nicht langsam satt ist, mich durchzufüttern? Sie unterschätzen die Gluckenhaftigkeit der US-Army, Hélène. Wer dazugehört, wird mit durchgeschleppt. Außerdem haben sie alle ein Interesse an vollständiger Heilung, um sich hinterher bestätigt fühlen zu dürfen, dass es so schlimm nicht gewesen sein kann. Quod erat demonstrandum. Wäre ich ein Zeitsoldat oder ein Mannschaftsdienstgrad, sähe die Sache anders aus. In der Botschaft bin ich ohnehin nur der vierte Mann. Die können meinen Ausfall problemlos kompensieren.

Wann fangen Sie wieder an?, schloss er dann unerwartet an.

Womit?

Mit Ihrer Schwangerschaft. Sie hatten mir versprochen –.

Hatte ich das?, unterbrach sie ihn, und er sah die Falten um ihren Mund.

Nicht vor dem Sommer.

Nicht vor dem Sommer, echote er und fragte dann ironisch: Gibt es ein Leben außerhalb dieses Krankenhauses?

Sie ging auf seinen Ton ein und antwortete: Angeblich, aber es ist zu lange her. Ich erinnere mich nicht.

Das Thema wurde aber rasch aktuell.

Bei einem ihrer Gespräche erwähnte der Amerikaner, der mittlerweile nicht mehr stationär behandelt wurde, sondern einmal die Woche zu einer Therapiesitzung ins Krankenhaus kam, dass Woods ihm geraten habe, sich die Welt Schritt für Schritt zurückzuerobern, mit anderen Worten, es zu wagen, wieder auf eigene Faust auf die Straße zu gehen.

Um Ihnen die Wahrheit zu gestehen, Hélène, ich traue mich nicht recht. Ich traue mich nicht mehr oder noch nicht wieder alleine in eine Situation, in der mich so ein Anfall packen könnte. Letztes Jahr, als ich das Fernglas um den Hals fünf Schritte vom Auto weggemacht hatte und in den Wald wollte, da hat es mich erwischt wie bei einem Herzinfarkt, das heißt, so stelle ich mir einen Herzinfarkt vor.

Sie sah ihn aufmerksam an.

Deswegen wollte ich Sie fragen… Woods wäre sehr dafür, sagt er mir…

Ja?, forschte Hélène.

Ob Sie, wenn Sie das nicht lächerlich finden, ein wenig mit mir spazieren gehen wollten? Er lief rot an vor Scham und sah zu Boden, fügte dann hinzu: Nur ein wenig um den Block zu Anfang…

Spazieren gehen?, fragte sie, verblüfft, dass es ihm so schwerfiel, eine so simple Bitte zu äußern. Aber natürlich. Aber sehr gerne. Ich liebe Spaziergänge.

Am Anfang konnte man es schwerlich so nennen. Sie verließen das Areal des Krankenhauses, gingen den

Boulevard Victor Hugo hinauf, bogen dann rechts in den Boulevard du Château, die nächste wieder rechts in die Rue Chauveau und erreichten nach einer Viertelstunde das Krankenhaus über den Eingang Boulevard de la Saussaye. Der Amerikaner sagte nicht viel, blickte meist zu Boden, blieb stehen, wenn ihm jemand auf demselben Trottoir entgegenkam, und hielt sich dann manchmal sogar mit einer Hand an der schmiedeeisernen Stakete eines Zauns fest, als fürchte er, vom Zugwind des vorübereilenden Passanten wie ein trockenes Herbstblatt hochgewirbelt und davongeweht zu werden.

Das besserte sich nach ein paar solcher Rundgänge, und er begann, zugleich gehen und reden zu können. Auf ihre Nachfrage erklärte er ihr, wie die CBT funktionierte.

Wissen Sie, es geht kurz gesagt darum, alles das, was in meinem Gefühlsgedächtnis sitzt, umzustrukturieren, umzupolen. Woods versucht, jeden Punkt, jede Minute sozusagen dieses Kriegs zu erfassen und mit mir durchzugehen. Was ist passiert? Wie war der Tag, die Situation, die Befehlslage? Wie habe ich reagiert? Warum habe ich so reagiert? Was haben andere getan? Was war mit meiner Truppe? Und er analysiert jedes einzelne Detail, jede Aktion und Reaktion im Kontext, um mir zu zeigen – na, kurz gesagt, um mir zu beweisen, glaubhaft zu schildern, dass ich mir nichts vorzuwerfen habe.

Und was ist mit den Jugenderlebnissen?, fragte Hélène.

Er zuckte die Achseln. Lass die Toten ihre Toten begraben, das ist so ungefähr sein Credo. Was nutzt es mir zu erfahren, dass ich als Kind mit meiner Mutter schlafen wollte, wenn ich König von Theben bin und meine Stadt nicht schützen kann? Woods meint, das Einzige, was in der CBT zählt, ist die Gegenwart und vor allem die Zukunft. Es ist verrückt, was plötzlich alles wieder hochkommt, wenn man gezwungen wird, dieses emotionale Präsens quasi Einzelbild für Einzelbild zu rekonstruieren, zusammenzusetzen wie ein Mosaik oder ein Puzzle.

Und wird denn ein Gesamtbild daraus?

Wissen Sie, da war so viel... Wie soll ich es ausdrücken? Man geht in so einen Krieg hinein und versucht, nicht leichtsinnig zu sein, zu jedem Zeitpunkt die ganze Situation im Auge zu behalten, alle sinnlichen Reize, die auf einen einstürmen, zu verarbeiten, zu beurteilen und entsprechend zu handeln. Sie müssen schließlich Ihre Männer und sich selbst schützen. Aber sich selbst unter Kontrolle zu haben reicht nicht, denn die Situation ist größer als man selbst. Sobald man einmal drin ist, ist man gefährdet. Denn der Krieg ist eine Situation, die ihrem Wesen nach außer Kontrolle ist, vor allem außerhalb meiner Kontrolle. Diese Hyper-Wachsamkeit, die man dabei aufbaut, so lebensrettend sie im Feld sein kann, so nervenzerrüttend ist sie im Frieden... Und manchmal, da kommt so eine jähe, bodenlose Wut in Ihnen hoch, ein Zorn, der aus dem Nichts auftaucht wie eine Eruption... Und dann wieder erleben Sie mitten im Horror etwas, das Ihnen die Tränen in die Augen treibt vor Freude und Trauer und Stolz, und dann sagt man sich – Sie werden es idiotisch finden, ich weiß –, ja, schrecklich wie sie ist, ist dies meine Heimat...

Sie sah ihn skeptisch an.

Es war am frühen Morgen des 27., glaube ich, kurz nach dem Angriff auf das Rollfeld, den Flughafen von

Jalibah. Den ganzen Abend war der Highway 8 blockiert worden, weil die Division auftanken musste, wobei sie extrem verwundbar ist – wir waren zu schnell vorangekommen, zweihundert Meilen in zwei Tagen, und hatten schlicht kein Benzin mehr –, jedenfalls, es war früher Morgen, mein Bradley kommt auf dem Highway 8 an – Sie müssen sich das vorstellen, Sie fahren durch eine Wüste, die bis zum Horizont geht, es gibt nichts anderes, das Ende der Welt, einer völlig desolaten Welt abseits von allem, und plötzlich rollen Sie eine Böschung runter und kreuzen eine perfekt ausgebaute, sechsspurige Autobahn, mit Standspur und Überführungen und Verkehrsschildern, als wäre man irgendwo in Arizona. Zivilisation, verstehen Sie? Und dort also waren während der Blockade mehrere Militärlaster zerstört worden, und eine Reihe toter irakischer Soldaten lag auf der Fahrbahn herum. Einer davon, steif und verkrümmt, genau auf dem Mittelstreifen, aber jemand hatte ihn mit einem unserer schwarzen Plastiksäcke zugedeckt. Soldaten kennen den Anblick dieser Säcke, er ist einer der schlimmsten, er heißt tote Kameraden, aber da hatte irgendeiner von uns, wahrscheinlich nachdem er den Iraker erschossen hatte, ihm die letzte Ehre erwiesen, bevor er weiterfuhr, und hatte den Leichnam mit diesem Plastiksack bedeckt. Mitten im Töten und Getötetwerden hat er daran gedacht, diesem unbekannten Feind, diesem Menschen Respekt zu erweisen ...

Haben Sie denn viele Ihrer Kameraden sterben sehen?, fragte Hélène.

Fallen sehen, verbesserte der Amerikaner. Nein, ich habe nur von sehr wenigen Toten bei uns gehört. Gott sei Dank keiner von meinen Leuten. Nein, die Toten, die ich gesehen habe, waren die anderen.

Und viele von denen?, fragte Hélène.

Der Amerikaner nickte. Viele.

Hélène war kurz davor, etwas zu sagen. Sie wollte sagen: Und Ihr Dr. Woods lässt Sie jeden dieser Toten Revue passieren und polt Ihre Reaktionen um, damit sie nichts mehr mit Ihnen zu tun haben. Aber sie sagte es nicht. Sie biss sich auf die Lippen.

Cote schüttelte den Kopf. Eigentlich müsste fast jeder, der dabei war, Gedichte schreiben ...

Hélène starrte ihn entgeistert an.

Doch, doch, sagte er, mehr zu sich selbst. Die Nadeln der Bilder unter den Nägeln. Jedes Detail eine Nadel, bei jedem Atemzug gehen sie tiefer ins Fleisch. Daraus hat sie ihre Gedichte gemacht ... *Die Flamme rann hinab. Wir sahen das Pärchen Eulen, die dort nisten, auf- und hochflattern, ihr wirrendes Schwarz-Weiß von unten her rosig befleckt, bis sie schreiend außer Sicht gerieten ... O fallendes Feuer und durchdringender Schrei und Panik und eine schwache hürnene Faust, ahnungslos geballt gegen den Himmel ...*

Sie hatten ihren Spaziergang beendet und verabschiedeten sich am Tor.

*

Im Juni bat der Amerikaner Hélène, die Spaziergänge von der Basis des Krankenhauses wegzuführen und ihm stattdessen Orte in Paris zu zeigen, die ihr etwas bedeuteten.

Sie trafen sich weiterhin in Neuilly im amerikanischen Hospital, der Erste wartete auf den anderen in dem kleinen Clubraum, vor dessen Tür sie einander zuerst begegnet waren. Dann bestiegen sie eines der immer unten auf dem Parkplatz wartenden Taxis, die der Amerikaner bezahlte.

Hélène hatte mit zusammengebissenen Zähnen, und ohne sich große Hoffnungen zu machen, ihre fünfte IVF begonnen und von Dr. Le Goff ihre Decapeptyl-Injektionen zur Down-Regulierung bekommen. Die täglichen Spritzen, die auf die Blutung folgen würden, waren zu einer Selbstverständlichkeit geworden wie Waschen und Zähneputzen. Den Reaktionen ihres Körpers darauf stand sie mittlerweile so fatalistisch gegenüber, wie sich ihre Großeltern in die nicht enden wollende graue Zeit der deutschen Besatzung ihrer Stadt und ihres Landes geschickt hatten.

Am Anfang hatte Hélène das Gefühl gehabt, ihrem Körper nur mit Hilfe verschiedener Stimulanzien über ein Hindernis hinweghelfen zu müssen wie einem scheuen Pferd, um den gemeinsamen Wunsch zu verwirklichen, den sie, wann immer sie wollte oder musste, in intensiven Bildern heraufbeschwören konnte: ein Baby auf ihrem Arm und die stolzen, sanften, glücklichen Augen ihres Mannes. Oder: Ihr Mann, der den Kinderwagen über die Wege der Buttes-Chaumont schiebt, sie eingehängt bei ihm, das Knirschen der Räder auf dem Kies, das Vogelgezwitscher in den Bäumen, die winzigen, runzligen Finger des Säuglings an den Rasselkugeln, die quer über den Wagen gespannt sind.

Sie hatte immer mit gelassener Selbstverständlichkeit im Rhythmus des Zyklus gelebt, des Kreises, des an- und abschwellenden Mondes und seiner Entsprechungen in ihrem Bauch, in ihren Brüsten. Es gab die schmerzhaften, zur Depression neigenden Tage vor der Menstruation, es gab die enthusiastische Phase, die darauf folgte. Im Rahmen der IVF war dieser Kreislauf, den sie in seinen angenehmen wie unangenehmen Momenten nie infrage gestellt hatte, zum ersten Mal von außen beeinflusst und verändert worden. Zu Anfang in Gleichklang und Harmonie mit ihrem Gefühl von sich selbst. Ob es bei ihrem ersten Versuch, der so weit gedieh, die Schwangerschaft oder das Gonadotropin gewesen war, das ihre Brüste wachsen und anschwellen und arbeiten und ziehen ließ – sie hatte sich sogar einen Push-up-BH angezogen, um den Effekt zu verstärken, und genoss den begehrlichen Blick ihres Mannes –, hatte keine Bedeutung gehabt.

Irgendwann war es ihr entglitten, und der Eindruck stellte sich ein, nicht mehr Herrin ihres Körpers zu sein, einen Rhythmus aufgezwungen zu bekommen, Spielball willkürlich in sie eindringender Stimmungen, Gefühle, Hormone und körperlicher Reaktionen zu sein – einen

Kampf gegen sich selbst zu führen oder, besser gesagt, der hilflose Zeuge zu sein, wie Dr. Le Goff seinen Kampf gegen ihren sterilen und widerstrebenden und störrischen Leib führte.

Die Pergamentisierung ihrer Schleimhäute während der Endometriose-Behandlung, die trockene Haut, die leeren Brüste, die Hitzewallungen, die Schlaflosigkeit, die Kopfschmerzen und die plötzlichen Angstzustände, all das auch in geringerem Maße bei jeder Down-Regulierung – dieses Gefühl, wie in einem Horrorfilm im Zeitraffer zur alten Frau zu vertrocknen, oder die in ihrem Bauch fühlbar anschwellenden, drückenden, wachsenden Eierstöcke bei der Stimulation, die keinem normalen Erleben und Fühlen entsprachen, sondern zu wuchern schienen wie Geschwülste, all die Kniffe und Krankheiten und Funktionsstörungen, die sich ihr Körper auszudenken schien, um sich zu wehren gegen ihre tiefsten Wünsche und Hoffnungen und gegen seine Bestimmung. Dass ihre Eileiter verklebt waren, dass sie eine Endometriose hatte, dass sie an Hyperandrogenämie litt, was Le Goff gleich zu Anfang diagnostiziert hatte, einem leicht erhöhten Androgenspiegel, der, wie der Arzt sagte, Grund für die sehr unregelmäßigen und häufig schmerzhaften Monatsblutungen sei, mit denen sie seit ihrem vierzehnten Lebensjahr gelernt hatte zu leben, und gegen die er ihr im Vorfeld der Stimulationsphase jeweils zwei Monate lang die Pille verschrieb, deren Wirkung er durch Gaben von Prednisolon zu verstärken hoffte – und das, was sie in diesem Kampf, der gegen ihren und in ihrem Körper geführt wurde, als Stecken und Stab mit sich trug: jene Bilder, ihr Mann, das Baby, sie, ein Kinderwagen, ein Park, friedvolle Erfüllung in den Augen, diese Bilder beschlugen und verblassten und wurden stockfleckiger mit jedem Versuch und jedem Jahr wie alte Spiegel, in denen man kaum mehr etwas wahrnimmt.

Das Taxi hatte sie an der Rue Caulaincourt abgesetzt, und sie stiegen die Avenue Junot aufwärts, bogen um die Ecke und erreichten an der Place Dalida Hélènes Ziel, die kleine, grüne, überwachsene, aquariumsdüstere und nur für Fußgänger begehbare Allée des Brouillards. In violetten Kaskaden fielen Glyzinien über die moosigen Treppenstufen, und sie mussten sie zur Seite streifen, um den Durchgang zu finden. Hohe Mauern links und rechts, flechtenübersät, gelb und grün schimmernd wie Reliefseekarten, strahlten die Wärme ab und formten zusammen mit den Bäumen dahinter einen lichtgesprenkelten Hohlweg. Der Amerikaner, dessen Stirn feucht war, bat Hélène verlegen, sich bei ihm unterzuhaken.

Mir wird sonst schwindlig, sagte er.

Die Allée des Brouillards sei das versteckte, verschwiegene Privatreich von Gérard de Nerval in Paris gewesen, erklärte Hélène ihre Wahl, oder vielleicht besser von Gérard de Nervals Geist, der hier gewiss noch umgehe. Hatte er hier in diesem schmalen Gässchen gelebt oder sich erhängt, in einer einsamen, kalten Novembernacht, sie wusste es nicht mehr, tendierte aber zur zweiten Hypothese.

Cotes Unterarm, auf dem Hélènes Hand lag, war unter dem Hemd hart wie ein Buchenast, er hatte große Hände mit langen Fingern und sehr großen, die Fingerkuppen vollständig überwölbenden, kurz geschnittenen Nägeln.

Auch der Oberarm, gegen den Hélène leicht stieß, als der Amerikaner sich bückte, um unter dem Glyzinienvorhang hindurchzuschlüpfen, gab nicht nach, sondern schien aus Hartholz gewachsen. Er musste sich tief bücken, er war groß, Hélène schätzte ihn auf fast einsneunzig. Sein Knöchel war ein wenig rau. Die Armbanduhr mit dem elastischen Stahlband trug er am rechten Handgelenk. Der Handrücken war kaum behaart.

Hélène erzählte, es sei vor allem ihr Lieblingsgedicht Nervals, *El Desdichado* aus den *Schimären*, das sie diesen stillen und ein wenig unheimlichen Ort habe entdecken lassen, dessen Atmosphäre der des Gedichts entspreche.

Vielleicht, meinte sie lachend, beharre ich auch deshalb darauf, dass er sich hier erhängt hat.

Sie setzten sich auf eine Bank.

Gehen Sie aus diesem Grund mit mir hierher, fragte der Amerikaner, weil ich Ihnen erzählt habe, dass ich mich umbringen wollte?

Hélène sah ihn entsetzt an. Um Gottes willen, nein! Ich wusste nicht – ich gestehe, ich habe nicht nachgedacht… Entschuldigen Sie. Wollen wir wieder zurück?

Cote lächelte müde. Nein, nein, im Gegensatz zu Nerval ist es ja eben nicht mein Geist, ich bin ja noch in Fleisch und Blut gegenwärtig. Wissen Sie, diese Sache ist peinlich und dumm, aber mehr nicht. Ich glaube, diesen halbherzigen Versuch mit Whisky und Schlaftabletten hat ein kranker Mann gemacht, und er war ein Teil seiner Krankheit. Ich erinnere mich daran wie an einen Albtraum, aber nicht wie an einen bewussten Entschluss. Wenn ich mein Schulwissen noch im Kopf habe, dann kann man Desdichado mit der Unglückliche aber auch mit der Enterbte übersetzen. Können Sie den Anfang rezitieren?

Hélène runzelte angestrengt die Stirn: *Ich bin der Düstere – der Witwer – der Untröstliche, der Prinz Aquitaniens vom zerborstenen Turm: Mein einziger Stern ist tot – und auf meiner bestirnten Laute lastet die schwarze Sonne der Melancholie.* Ich kriege jedes Mal eine Gänsehaut davon.

Müsste es nicht der Dunkle heißen? Der schwarze Mann? Der Fürst der Finsternis? Oder der Dunkelmann, der Dunkelmann aus der Fremde?, sinnierte der Amerikaner, und im Weitergehen mussten sie vor der Helligkeit des Nachmittags die Augen zusammenkneifen, um dann unter dem Blätterdach einer Blutbuche schräg gegenüber dem verbarrikadierten Château des Brouillards fast in völliger Blindheit und Schwärze zu stehen.

Sie sprachen über den neuen Präsidenten, den »Wahlbetrüger« Chirac, wie Hélène sagte, der Präsident werden musste, um nicht als Bürgermeister von Paris vor Gericht gestellt zu werden, und über seinen »Handlanger«, den »arroganten und herzlosen Technokraten« Juppé, den frischgebackenen Premierminister. Sie sprachen über Sarajewo und die dreihundert festgeketteten und zur Schau gestellten Geiseln, und Cote zeigte Hélène seine bei der Evokation dieser Geschehnisse feucht gewordenen, rosigen Handflächen.

Wissen Sie, woran mich das erinnert, ich meine dieses Gefühl, eigentlich dort sein zu müssen, etwas tun zu müssen? Ich war, nachdem ich einige Jahre gerudert hatte und kräftiger geworden war, auch ins Footballteam unserer Schule gewählt worden, obwohl ich ein lausiger Spieler war. Aber ein guter Rammbock eben.

Kurz vor dem entscheidenden Spiel gegen eine Mannschaft, die besser war als wir, musste ich mit Verdacht auf Blinddarmentzündung ins Krankenhaus. Ich weiß noch genau, wie ich halb erleichtert und halb schuldbewusst in meinem Zimmer lag und aus dem Fenster in den blauen Himmel hinaussah, während das Spiel lief. Verstehen Sie, ich hatte Angst davor gehabt, denn die anderen scheuten vor Verletzungen nicht zurück, und hatte nun eine bombensichere Entschuldigung wegen der Krankheit und schämte mich doch und war zugleich überglücklich, in Sicherheit zu sein. Und dennoch hatte ich mich immer in Verdacht, ich hätte diese Blinddarmentzündung auch vermeiden können, wenn ich wirklich und ehrlich hätte dabeisein wollen.

Aber noch greift die amerikanische Armee dort ja nicht ein. Keiner greift richtig ein, sagte Hélène. Sie sehen nur zu.

Er sah sie an, als erinnere er sich an etwas, und sagte: Sie alle wollen das Schwein essen, aber schlachten wollen Sie es nicht.

Nun sind wir doch wieder bei Krieg und Tod, sagte Hélène.

Das waren wir auch mit Nervals untröstlichem schwarzen Ritter –.

Der sich aber wenigstens zum schwarzen Orpheus wandelt.

Aber erst, meinte Cote, nachdem er den Acheron zweimal siegreich durchschwommen hat. Das ist der Preis.

Einige Wochen später war das Massaker von Srebrenica publik geworden, und sie kamen wieder auf das Thema zurück.

Das Schlimme ist, erklärte Cote, die Übergänge sind fließend im Krieg. Was ist noch Kriegshandlung, und was ist schon Massaker?

Das scheint mir aber doch sehr klar zu sein!, protestierte Hélène.

Nein, das ist es nicht. Ein Soldat im Gefechtsumfeld ist kein normal funktionierender Mensch, darf gar keiner sein, da andernfalls jede Ordnung sofort auseinanderbräche. Sie machen sich keine Vorstellung, Hélène. Die absolute Anspannung, die tierische, bloße, nackte Angst vor dem Tod! Die Wut zugleich, als wären Sie auf einem schlimmen, aggressiven Drogentrip. Und dazu kommt noch, dass Sie trainiert sind, Befehle auszuführen. Ohne Fragen zu stellen. Ohne irgendetwas infrage zu stellen. Ohne nach einem größeren Zusammenhang zu fragen. Das wäre tödlich in so einer Situation. Ich sitze in meinem Bradley. Und dann knistert es, und ein Frago kommt rein, und dann noch eines. Feind gesichtet, Planquadrat sowieso. Aktion! Wo sind Sie? Was sehen Sie? Sind das da vorne Soldaten, die angreifen wollen oder sich ergeben? Und wir haben eingeschärft bekommen, keiner weißen Fahne zu trauen. Sie halten die weiße Fahne hoch, und wenn ihr dann die Waffen runternehmt, schießen sie. Oder sie liegen scheinbar verletzt am Boden, und wenn du zwei Mann und einen Sanitäter rüberschickst, sprengen sie sich selbst und alles in die Luft. Also schießt man zuerst, schießt immer, schießt für unsere Sicherheit und unser Überleben…

Sie versuchen noch immer, mit jedem Satz, den Sie sagen, alles zu entschuldigen, alles zu rechtfertigen, sagte Hélène erbost. Sie sind hier ins Krankenhaus gekommen als ein Wrack, wie Sie gesagt haben, weil der Krieg Ihre Seele kaputtgemacht hat, und trotzdem ist alles richtig, was im Krieg passiert, jede Unmenschlichkeit!

Der Amerikaner schüttelte den Kopf. Nein, glauben Sie mir, Hélène, ich will gar nichts rechtfertigen. Ich versuche nur, meine Haut zu retten. Ich versuche, aus diesem Inferno herauszukommen, und Woods zwingt mich, den ganzen Weg über die Augen offenzuhalten. Ich muss an allen meinen Toten noch einmal mit offenen Augen vorbeigehen, wenn ich jemals wieder hinauf ans Licht will ...

Und was für ein Mensch bin ich?, fügte er hinzu. Man erkennt sich selbst ja immer erst an seinen Taten, nicht an den hunderttausend Möglichkeiten, die es zuvor gab ...

Hélène schwieg. Diesmal führte der Spazierweg sie durch die Buttes-Chaumont. Es war ein kühler, wolkiger Sommertag unter der Woche. Der Amerikaner sah sich, während sie langsam die Rundwege abschritten, in den Gesprächspausen sorgfältig um. Sah junge Leute, die auf einer steilen Wiese lagen, manche mit einem Buch, andere hatten die Augen geschlossen und hörten Musik über Kopfhörer. Ein schönes junges Mädchen mit einer verspiegelten Sonnenbrille, in der die treibenden Wolken schwammen. Einen Angestellten in kurzärmligem Hemd und Krawatte, der auf der Kante einer Bank hockte und einen Hamburger aß. Der Pappkarton mit Papierservietten darin stand auf einem schwarzen Aktenköfferchen mit goldenem Zahlenschloss. In den Bäumen und Büschen sah er Amseln, Zaunkönige, Meisen, Spottdrosseln. Die Tauben auf den oberen Ästen eines Ahorns ließen ihr regelmäßiges Gruugruu hören. Ihr Gefieder glänzte blaugrau, und sie waren auch weniger struppig als ihre Vettern in der Stadt. Um den nackten Stamm einer Buche, der türkis schimmerte wie ein von Grünspan bedeckter kupferner Kirchturm, lief in Spiralen ein Kleiber. Ein Eichelhäher schickte seinen grellen Warnruf. Beim Teich saßen zwei ältere Damen, sehr gepflegt und stark geschminkt und maniküt, mehrere Ringe an den Fingern, und diskutierten laut und gestenreich, wobei die Armreife der einen leise klirrten und die andere immer wieder ihre riesige Brille, die an einem goldenen Gliederkettchen um ihren Hals hing, aufsetzte und wieder abnahm. Oben auf der Selbstmörderbrücke standen zwei kleine Jungen, das schmiedeeiserne Gitter mit einer Faust umklammernd, und schossen mit dem hochgereckten Daumen und ausgestreckten Zeigefinger der freien Hand auf die Passanten herab. Der kleine Tempel oben auf dem Fels erinnerte an die Beschwörungen arkadischer Landschaften auf manchen manieristischen Gemälden des frühen neunzehnten Jahrhunderts. Von fern war ein Zug zu hören, der aus einem Tunnel kam. Cote betrachtete das alte, handbemalte Holzschild Guignol, das über dem Eingang des von Hecken umsäumten Kasperletheaters hing. Aus einem Beet buttergelber englischer Rosen duftete es betäubend. Ein Mann im Anzug und mit langen, grauen Locken blieb, sein Mobiltelefon am Ohr, abrupt mitten auf dem Weg stehen, begann, laut und von hilflosen Gesten der freien Hand unterstützt, zu sprechen. Von Weitem musste er wirken wie ein Irrer, der glaubt, ein Orchester zu dirigieren. Ein junger Araber im Muskelshirt schritt stolz eineinhalb Meter vor seiner

Freundin einher, der die Monoprix-Tüte, die sie trug, den Arm langzog.

Weshalb mögen Sie diesen Ort hier?, fragte der Amerikaner Hélène. Wie im Falle von Moret-sur-Loing wollte er von ihr hören, was er wahrnahm, als sei er blind und brauche ihre Beschreibung als Ersatz für sein Augenlicht. Hélène dachte lange nach und wandte dabei den Kopf nach links und rechts, als könne die Antwort irgendwo in der Parklandschaft abzulesen sein.

Schließlich sagte sie zögernd: Es gibt doch sogenannte Phantomschmerzen, bei Amputierten zum Beispiel, denen ein Glied wehtut, das sie gar nicht mehr haben... Nun, vielleicht gibt es dann auch so etwas wie eine Phantomfreude, ein Phantomglück.

Er sah sie verwundert an und lächelte, ohne dass sie es in ihrer Konzentration bemerkte.

Ein Glück, das man empfindet, obwohl in einem selbst gar kein Grund dafür vorhanden ist. Etwas, das im Betrachten entsteht. Dessen was ist und was war. Vielleicht ist ja an solchen Orten wie hier die Zeit träger, und die Bilder halten sich länger, und wenn ich hier bin, kann ich noch lange Zeit später ihren Duft riechen.

Sie unterbrach sich und fügte dann noch hinzu: Es sind Bilder, die wir sagen, nicht ich, und das Glück sagt »einst« und muss es nicht genauer wissen...

Ich danke Ihnen dafür, mit Ihnen hier sein zu dürfen, Hélène, sagte der Amerikaner. Wissen Sie, ich bin fremd hier. Nicht nur, weil ich Paris nicht kenne. Ich bin fremd hier wie Ethan Edwards in den *Searchers,* kennen Sie den Film?, der von draußen, von der Wüste her kommt und das Haus seiner Schwägerin betritt, die Zivilisation, und sich nicht mehr in ihr zurechtfindet. Und ich komme ja tatsächlich aus der Wüste, und jetzt muss ich noch einmal durch sie hindurch ...

Wie war sie eigentlich, die Wüste?, fragte Hélène. Ich meine die Wüste als Wüste. Jenseits des Kriegs. Wenn man das denn trennen kann.

Jetzt war es der Amerikaner, der nachdachte.

Am ehesten wie das Meer. Ja, ziemlich genauso wie das Meer. Endlos, ohne Horizont. Auf den ersten Blick leer, aber nur auf den ersten. Auf den ersten Blick eintönig, aber nur auf den ersten. Zugleich auch beängstigend. Wenn man in die Hitze tritt, ist das, als würde ein Mensch mit Fäusten auf einen losgehen. Ein fürchterlicher Angriff, der einen bis ins Mark erschreckt und lähmt. Die Hitze presst dich zusammen wie eine Schraubzwinge, es ist, als würdest du Flammen einatmen. Es ist feindliches Gebiet, und genauso wie auf dem Meer weißt du, dass du alleine rettungslos verloren bist, du verschwindest einfach, als hätte es dich nie gegeben ...

Er sah sie an. Aber ich kann es nicht trennen. Die Wüste, das ist die, durch die wir mit dem Panzer gerast sind, in der wir geschossen haben, durch die die Kinder mit durchtrennten Sehnen gekrochen sind, in der ich diese wunderschönen, elend sterbenden Vögel erlöst habe, wo wir am dritten Tag das Flugfeld von Jalibah zu Klump geschossen und überrollt haben und wo die Toten auf dem Highway 8 lagen, die uns beim Auftanken in die Quere gekommen waren. Ich erinnere mich an einen toten irakischen Soldaten, der in seiner halb verkohlten Uniform auf dem Rücken lag, der Reißverschluss seiner Jacke am Hals offen, als wäre ihm heiß gewesen. Schwarzes Haar, schwarzer Schnurrbart, schwarz verkohlte Haut. Nur um die geschlossenen Augen herum ganz hell. Und sein Mund stand weit offen unter dem schwarzen Schnurrbart. Er sah aus, als hätte er sich totgelacht. Als wäre er mitten in einem wilden Lachanfall hinübergegangen. Oder in einem untröstlichen Schluchzen. Es konnte beides sein. Auch die Hand, leicht gekrümmt, als wolle er den Sand, auf dem sie lag, nehmen und durch die Finger rieseln lassen, verkohlt. Nur der Ehering glänzte. Ein schöner, schlichter, breiter Goldreif. Deswegen bin ich nähergetreten. Wegen des Glanzes. Die Zähne glänzten, und der Ehering glänzte. Aber wenigstens war er in einem Stück ... Und da stand dieser Lazarettbus. Ausgebrannt. Man konnte den grünen Halbmond noch erkennen. Aber was heißt das im Gefecht. Ausgebrannt, der Bus. Die Scheiben zerplatzt, und alle saßen sie noch drin und schienen aus den Fenstern zu blicken. Starr und mit diesen ungeheuer weißen, gebleckten Gebissen, so weiß, weil die Gesichter verkohlt waren und die Lippen weggeschmort und die Nasen. So blickten sie da aus dem Lazarettbus hinaus, reglos. Aber wenigstens in einem Stück. Anders als der Rest Mensch, der plattgedrückt war, nur nicht sein Arm. Der Unterarm ragte hoch, und die in der Todesstarre steifen Finger waren gekrümmt, im Schmerzenskrampf erstarrt, und das Kinn ragte steil nach oben, als hätte er nach Luft geschnappt und –.

Genug!, rief Hélène.

Er sah sie verwirrt an.

Genug! Bitte! Lassen Sie es genug sein! Ich kann es nicht mehr ertragen.

Der Amerikaner schreckte auf wie aus dem Schlaf gerissen und blieb ruckartig stehen. Verzeihen Sie, stotterte er, verzeihen Sie ... Er fuhr sich mit der Hand übers Gesicht, als müsse er sich den Schlaf aus den Augen reiben, und sagte dann: Warum tun Sie sich das an? Hélène, ich bin ein kranker Egomane! Ich mache Sie hier fertig mit diesen widerwärtigen – mit diesen –. Er wusste nicht weiter und sagte schließlich: mit diesen Sachen, dabei tragen Sie ein Kind aus! Er schlug sich mit der Faust gegen die Stirn.

Es ist schon gut. Hélène legte ihm flüchtig die Hand auf den Unterarm, um seine Selbstbezichtigungen zu stoppen. Dabei hatte er recht. Seit der Punktion hatte sie sich alle Hoffnung verboten, aber diesmal entwickelte sich etwas in ihrem Bauch. Sie wollte noch immer nicht daran glauben, um nicht ein weiteres Mal enttäuscht zu werden, und wusste doch zugleich, dass man sich selbst nicht überlisten kann. Jeden Tag hörte sie zitternd in sich hinein, und jeden Abend hakte sie einen weiteren Tag ab, ohne an das Glück des nächsten glauben zu wollen.

Ich weiß nicht, ob ich etwas austrage, sagte sie. Aber das war gar nicht der Grund. Nein, ich gestehe Ihnen, ich mache mir keine Hoffnungen mehr. Dazu ist es zu oft schiefgegangen. Dann lächelte sie beschämt und errötete ein wenig. Das stimmt natürlich so nicht. Leider hoffe ich gegen meinen Willen trotzdem weiter.

Aber Hélène. Hoffnung darf einem doch nicht peinlich sein! Für sein Hoffen darf man sich nicht schämen. Ich hoffe auch. Ich hoffe bis zum letzten Atemzug. Das ist ein Instinkt. Er zögerte, sagte dann: Und ein ungleich edlerer als der Überlebensinstinkt ...

Und wenn die Hoffnung dann enttäuscht wird ...

Ist es doch nicht Ihre Schuld!, rief er beschwörend. Wer zu hoffen aufhört, der ist in der Hölle.

Vielleicht ist er auch nur einfach in der Welt angekommen, sagte sie.

Sie gingen weiter. Es war früher Nachmittag, und die Sonne hatte die Wolken vertrieben. Hinter der Hecke des Puppentheaters war die krähende Stimme des Kaspers zu hören, dann hastige, klatschende Schlaggeräusche, ein ebenso rhythmisches Au-Au-Au und Kaskaden von Kindergelächter.

Darf ich Ihnen eine persönliche Frage stellen, Hélène?, sagte der Amerikaner.

Sie nickte.

Haben Sie schon einmal mit dem Gedanken an eine Adoption gespielt?

Sie gingen weiter, und sie schwieg, als habe sie die Frage nicht gehört.

Ich meine ..., sagte er vorsichtig.

Doch, sagte sie schließlich. Doch, natürlich.

Aber?

Aber es ist sehr schwierig. Ein ungeheurer administrativer Aufwand. Anfragen, Kontrollen, Kosten. Sehr viel Frustration. Im Krankenhaus hat man uns auch davon abgeraten.

Aber, sagte er zögernd, was Sie jetzt tun, ist doch auch nicht ganz einfach.

Sie nickte. Sie waren am Ausgang des Parks angekommen. Wir haben Angst, dass wir ein adoptiertes Kind vielleicht nicht so lieb haben könnten wie ein eigenes, sagte sie schließlich und blickte auf die Uhr. Deshalb. Ich meine, deshalb wollen wir keine Adoption.

Cote nickte, aber sagte nichts.

In der darauffolgenden Woche musste Hélène auf den Amerikaner warten. Sie war bei Le Goff gewesen, der bei der Ultraschalluntersuchung Herztöne festgestellt hatte, das erste Mal seit ihrem ersten Versuch, dass sie wieder so weit kam. Muss ich irgendetwas tun, irgendetwas beachten?, hatte sie gegen ihren Willen gefragt. Le Goff zuckte die Achseln. Madame, wenn alles so geht, wie die Natur es eingerichtet hat, dann dürfen Sie alles tun, was Sie wollen, und das Kind wird sich festkrallen, weil es leben will. Und wenn es das nicht soll, dann können Sie sich behandeln wie ein rohes Ei, und es wird nichts nutzen. Ich drücke Ihnen alle Daumen. Wenn Sie einen Schutzengel haben, dann bitten Sie ihn um Beistand.

Cote hatte eine Therapiesitzung bei Dr. Woods, die sich hinzog.

Als sie schließlich mit dem Taxi vor dem Haupteingang der Buttes-Chaumont an der Place Armand-Carrel hielten, wo Cote des schönen Wetters wegen noch einmal hatte spazieren gehen wollen, war er in Gedanken noch in der Sitzung mit Woods.

Der hatte von Anfang an versucht, die traumatischen Kriegstage in vivo zu beschwören, das heißt unter Zuhilfenahme allen verfügbaren Bild- und Filmmaterials, das er finden konnte, anstatt es ausschließlich dem Amerikaner zu überlassen, aus der Erinnerung zu schildern. Sie rekonstruierten quasi jede Minute jedes Tages minutiös. Sie saßen nebeneinander vor dem Fernseher wie ein altes Ehepaar, auch wenn er gerade nicht lief, vor sich einen viereckigen Beistelltisch, auf dem aber keine

Erdnüsse standen, sondern Stapel von Fotos lagen, und Cote redete, den Blick wie auf einen Teleprompter auf den blinden Bildschirm gerichtet.

So gehen wir in jeder Sitzung die Tage durch, als würden wir uns gemeinsam einen Film ansehen und wie in einem Cineastenclub darüber diskutieren. Nur ist es der Film meines Lebens. Woods zeigt Fotos und Filmaufnahmen und CNN-Berichte, sofern er welche hat. Ich erkläre sie ihm. Das ist in Kuwait, sage ich. Da waren wir gar nicht. Wenn er meint, ich müsse noch tiefer hinein in eine Erinnerung, spult er zurück, spult sozusagen mich zurück. Und versucht dann das, was mich fertigmacht, von einer anderen Warte aus zu beleuchten.

Von welcher?, fragte Hélène.

Von einer außerhalb meiner Eingeweide. Heute waren wir beim 2. März. An den 1. erinnere ich mich nicht. Der Waffenstillstand ist uns ja schon am 28. bekanntgegeben worden, als wir bei Jalibah waren, und danach sind wir einfach weiter vorgerückt. Frago vom Stab. Highway 8 runter Richtung Basra bis zu der Kreuzung, wo die Straße zum Damm abbiegt. Diese Verbindungsstraße und der Damm, hieß es, sind jetzt bis auf Weiteres unsere Stellung. Kontrolle des Abzugs der Iraker, die mehrere Korridore bekommen hatten, um nach Hause zu fahren. Der 2. März. Am 1. kann dementsprechend nicht viel los gewesen sein.

Fangen wir am Morgen an, hatte Woods gesagt. Wie begann der Tag?

Es war von Anfang an ein komischer Tag gewesen. Was machen wir hier? Wo genau sind wir? Es gab nämlich, sagte Cote zu Hélène, weil wir so weit östlich von unserem vorgesehenen Operationsgebiet standen, keine Generalstabskarten mehr. Mit dem Sonnenaufgang direkt über den Marschen war von einem Moment zum andern die Hitze da. Vorher in der Nacht Eiseskälte. Meine Kompanie war auf einer Anhöhe, etwa eine Meile diesseits der Verbindungsstraße. Ich konnte im Dunst die Marschen erahnen, den Hammarsee, durchs Fernglas, nördlich des Damms. Im Süden, etwa zwanzig Meilen entfernt, die Rauchschwaden von den brennenden Ölquellen bei Rumailah. Der Funkverkehr war chaotisch. Sollen wir den Damm blockieren, oder sollen wir sie durchfahren lassen? Negativ, hören Sie mich? Was negativ? Blockieren oder durchfahren? Wir standen da und wussten nicht, was tun. Es wird Tag und unter uns ein steter Strom von Fahrzeugen, eine fast geschlossene Kolonne. Einer meiner Platoon-Leader steht neben mir und deutet sich an den Kopf. Da fahren sie gemütlich nach Hause. Panzer, Lafetten, Munition, alles hübsch sauber aufgeladen. Haben wir uns dafür den Arsch aufgerissen? Und immer wieder der hektische Austausch über Funk. Lassen wir sie über den Damm? Was sollen wir tun? Wozu sind wir hier, wenn wir sie jetzt durchlassen? Irgendwann, nein, nicht irgendwann, um kurz nach acht Uhr morgens ist Stau. Es geht nicht mehr weiter. Die Fahrzeuge in zwei Reihen auf der Straße. Das Morgenlicht glitzert in Fensterscheiben und Rückspiegeln. Ein Anblick wie die morgendliche Mass. Turnpike während der Rushhour. Aber in den Sechzigern. Wegen der alten Autos und Lastwagen, meine ich. Erstaunlich viele Chevys. Tieflader, darauf die T-72, brav mit nach hinten gedrehtem Rohr.

Irakische Soldaten mit freiem Oberkörper, die sich auf dem Turm sonnen. Mannschaftswagen, Autobusse, Laster mit Planen, Taxis aus Kuwait, alte Mercedesse mit dem gelben Schild auf dem Dach. Und dazwischen und auf der linken Spur Personenwagen, Chevys, Mercedesse, Peugeots. Dann geht das Hupen los. Warum geht's nicht weiter? Wir erfahren, dass es einen Befehl gegeben hat, die Überfahrt über den Damm zu verweigern. Warum? Keine Ahnung. Eine halbe Stunde lang steht alles still. Die Luft summt vor Hitze, der Lack der Autos flimmert, die Konturen der Fahrzeuge werden unscharf, die Dieselmotoren sind zu hören, wie sie im Leerlauf brummen. Wir stehen oben auf der Anhöhe und warten auf Befehle. Irgendwann wurde es den ersten Irakern zu blöd, und sie versuchten umzukehren. Ein paar Tieflader kommen vom Deich her zurück und können nicht durch, weil beide Spuren dicht sind. Lastwagen versuchen zu wenden und graben ihre Räder heulend in den weichen Untergrund seitlich des Asphalts. Die Leute steigen aus den Fahrzeugen, gestikulieren, schreien einander an, deuten hierhin, deuten dorthin. Das totale Chaos. Ich meine, wo sollten sie hin? Wieder zurück zum Highway? Aber bei Jalibah stand die ganze 11. Armee und blockierte den Weg nach Norden!

Und dann war es passiert, so überraschend, unerwartet und schockierend, wie Katastrophen immer ausbrechen. Gegen neun. Das Unwetter, das aus elektrisch geladener Stille heraus zuschlägt.

Eine gigantische Explosion im Norden, eine weißglühende Stichflamme in den Himmel, eine wütend eruptiv anschwellende Qualmwolke, die sich durch den Himmel fraß wie im Zeitraffer, als hätte Gott die Plagen losgelassen. Das Herz blieb mir fast stehen. Und es explodierte wieder und weiter, eine Explosion schien aus der anderen zu erblühen wie ein Feuerwerk.

Ein Munitionstransporter oben am Damm. Und dann überschlugen sich die Meldungen und Befehle aus dem GPS: Wir sind angegriffen worden! Wie? Wo? Wann? Aus dem Konvoi. Sie versuchen einen Angriff. Sofortige Gegenwehr. Ich meine, die hockten da unten auf ihren Pritschen, stritten sich übers Durchkommen, sonnten sich mit freiem Oberkörper oder in ärmellosen Unterhemden auf den Tiefladern, und jetzt standen alle und starrten auf die Rauchsäule und die Feuerwerksraketen, die dort hochzugehen schienen, und die Ersten, die mit Instinkt, rannten wie besessen los in die Wüste hinein, in Richtung der Marschen. Was machen wir, Captain?

Was haben Sie befohlen?, hatte Woods gefragt.

Es war wie die zehn Plagen, sagte der Amerikaner kopfschüttelnd zu Hélène. *Recke deine Hand gen Himmel, dass eine solche Finsternis werde, dass man sie greifen kann.* Und dann kamen die Heuschrecken. Plötzlich standen sie über uns brüllend und reglos am Himmel, der sich immer mehr verfinsterte vom Qualm des brennenden und noch immer weiter explodierenden Munitionstransporters, und feuerten ihre Raketen auf den Konvoi. *Ja, um Mitternacht will ich durch Ägyptenland gehen, und alle Erstgeburt soll sterben von Mensch und von Vieh.* Und mein Gott, so geschah es, aber es waren nicht nur die Erstgeburten. Wir haben uns alle flach hingeworfen, wir hatten seit dem ersten Kriegstag mehr Angst vor friendly fire als vor den Irakern.

Und die steckten fest, sie konnten nicht vor noch zurück. Ein paar Autos und Laster versuchten seitlich in die Wüste zu entkommen. Sie haben sie alle erwischt... Es ist keiner davongekommen.

Hélène, Sie machen sich keine Vorstellung davon, was passiert, wenn so eine Hellfire-Rakete aus einem Apache-Hubschrauber einen T-72 trifft. Der Turm fetzt ab wie ein Sektkorken, fliegt fünfzig Meter steil in die Luft wie ein startendes Raumschiff, und hundert Meter weiter schlägt er wieder auf. Es war ein infernalischer Lärm. Es war ein Lärm, in dem keine menschliche Stimme mehr hörbar war.

Und was haben Sie gemacht?, fragte Hélène.

Die Befehle befolgt. Wir sind runtergerollt, bis auf eine halbe Meile an die Straße ran, und haben gefeuert. Einer unserer Bradleys blieb stecken und wäre ein leichtes Ziel gewesen, hätte denn jemand auf ihn gezielt. Aber die Iraker haben keinen einzigen Schuss abgegeben.

Aber warum?

Angeblich ist irgendeine Einheit der Division von irakischen Bimps mit Sagger-Raketen beschossen worden. Ich weiß nicht, wo die Iraker angegriffen haben und warum. Es war purer Selbstmord. In meinem Sektor jedenfalls hat keiner auf uns geschossen. Und dann kamen von Süden her Panzer, unsere Panzer, eine aufgefächerte Phalanx, die Rohre im Sechzig-Grad-Winkel zur Fahrtrichtung, und schossen im Fahren, schossen in die rauchenden Trümmer, die die Helikopter übriggelassen hatten. Warum bringt ihr uns alle um? Warum bringt ihr uns denn alle um?, hat uns ein irakischer Panzerkommandant gefragt, den wir verarzteten, weil ihm der

Unterarm weggeschossen worden war. Wir sind doch nur nach Hause gefahren! Ja, aber das konnten wir uns nicht gefallen lassen. Das konnten wir nicht mitansehen nach all der Angst und Anspannung.

Verbrannter Metallschrott, Feuer und Rauch, verkohlte Leichen, Autos und Lastwagen und Panzer kreuz und quer, wie von einem irrsinnigen, tobsüchtigen Kind, das sein ganzes Spielzeug aufgebaut hat, um es zu zerstören, hochgeworfen, zertrampelt, auseinandergerissen. Zwei Stunden lang hatte der Beschuss gedauert.

Am Nachmittag waren sie zu Fuß das Trümmer- und Leichenfeld entlanggegangen, es stank nach Öl und Rauch und Gummi, und dann, aber das erzählte er Hélène nicht, das hatte er Woods erzählt, dieser vertraute Geruch: Barbecue an einem Sommernachmittag. Nach angebranntem Steak. Über der ganzen Dammstraße hing in der Hitze des Nachmittags der Geruch von verbranntem, verbrutzeltem Menschenfleisch.

Als ich beim fünfundsechzigsten Geburtstag meines Vaters war und schon einmal einen Anfall bekommen hatte und dann im Garten gegrillt wurde, Massen von Steaks, und ich den Geruch in die Nase bekam, da ...

Ja?, hatte Woods gesagt.

Der Amerikaner hatte sich zusammengerissen. Nun ja, da war mir der ganze Nachmittag wieder gegenwärtig.

Irgendwo zwischen den Trümmern stand umgekippt ein Schulbus voller toter, verkohlter Kinder. Sollte er Hélène davon erzählen? Auf keinen Fall. Tote, verbrannte Kinder, in der Totenstarre waren ihre schwarzen Ärmchen hochgereckt und ihre schwarzen Finger zu Krallen gekrümmt, als hätten sie sich wehren wollen gegen etwas.

Mein Bataillonskommandeur, erzählte er stattdessen Hélène, mit dem ich am Abend diese Straße des Todes entlanggegangen bin, sagte zu mir: Cote, heute habe ich als Infanteriemann mehr Panzer geknackt als mein Daddy, der Panzerkommandeur war, im gesamten Zweiten Weltkrieg. Diese ganze Operation war eine praktische Demonstration, was passiert, wenn man die Dinge richtig macht. Und einen Krieg ohne Jane Fondas führt.

Wie wollen Sie mir verübeln, wenn Sie mir so etwas erzählen, dass ich alle Soldaten für Mörder halte?, sagte Hélène.

Sie hatten sich auf eine Bank gesetzt, gegenüber der ein Leierkastenmann stand und spielte. Auf dem Kasten hockte ein Rhesusäffchen in einer blauen Jacke, blinzelte heftig und hielt eine Tasche für das Geld. Die Lochkarte, die sich aus der Seite des Kastens schob, fältelte sich sorgfältig zusammen. Der Leierkastenmann, einen verbeulten Zylinder auf dem Kopf, sang mit:

Au temps des roses rouges
Mon cœur sera glacé
Car mon œuil offensé
Taira les infortunes

Um dann in den Refrain zu fallen: *Et la roue tournera, comme tourne la vie. Mon couteau s'en ira, faire de la poésie.*

Ein Mädchen, das an der Hand seiner Mutter vorüberkam, bat sie um eine Münze, bekam sie und steckte sie, ängstlich Abstand wahrend, in die aufgehaltene Tasche des Äffchens.

Vom Eingang des Parks her näherte sich ein schwarzer Luftballonverkäufer, der einen Strauß wild bedruckter Ballons ums Handgelenk gebunden hatte.

Und der bocksfüßige Ballonverkäufer, zitierte der Amerikaner, pfeift fern und weh –.

Nein, sagte Hélène. Keine Poesie jetzt.

*

Das ist aber kein Park, bemerkte der Amerikaner, als sie das Portal durchschritten.

Wie man's nimmt, antwortete Hélène. Es könnte ein Märchenwald sein voller Zeichen und Geschichten. Vielleicht ist es auch eine Elfenstadt mit all den kleinen Tempeln und Schreinen, die von Bäumen und Büschen beschattet und überwuchert werden. Oder eine Art archäologisches Ruinenfeld, in dem wir nach unserer Vergangenheit graben – oder nach unserer Zukunft. Oder einfach eine Stadt in der Stadt, eine gated community, für die wir uns einen Passierschein erschlichen haben.

Es ist und bleibt ein Friedhof, sagte der Amerikaner.

Gehen Sie nie auf Friedhöfen spazieren?

Nur um die eigenen Toten zu besuchen.

Nun, hier weitet sich der Begriff eigen eben ein wenig. Wir können nachher bei Gérard de Nerval vorbeischauen, der ganz bescheiden im Schatten Balzacs liegt.

Vielleicht plaudert er ja mit uns, sagte der Amerikaner, der sich noch nicht an den Gedanken gewöhnt hatte.

Vielleicht. Wenn wir still sind und lauschen.

Sie hatten den Friedhof Père Lachaise von Osten her betreten, von der Place Gambetta kommend, nicht durch den Haupteingang an der Avenue Philippe Auguste und die breite Prachtallee hinauf. Hélène wählte den offenen Rundweg nach links, Richtung Süden, wo die Gedenk-

stätten und Denkmäler standen. Sie ließen das Krema-
torium und die großen, lichten Divisionen hier oben
rechts liegen, hinter denen sich dichter Wald zu schließen schien, und gingen langsam an der hohen Mauer
und ihrem blühenden Heckenrosenmassiv entlang.
Gedenktafeln wechselten sich mit Friesen ab, Denkmäler
mit Skulpturen. Es gab ein Mahnmal für die russischen
Widerständler, eines für die tschechischen Soldaten, ein
anderes für die Armenier, die für Frankreich gefallen
waren. Am südlichen Ende vor der Mauer, unterhalb
deren die Rue de Bagnolet verlief, begannen die Mahn-
male der Konzentrationslager. Der Amerikaner blieb vor
einem stehen, das eine expressionistisch hagere und in
ihren gemarterten Verwindungen in Metall erstarrte
männliche Gestalt zeigte, die in einem riesigen, dornigen
Geäst hing, das so aussah, als hätte der Künstler sich die
starken Zweige der Heckenrose zum Vorbild genommen,
die dahinter an der Friedhofsmauer emporwuchsen.

Es war ein Spätsommertag, in jedem kühlen Windstoß,
in jedem Erblassen der Farben, wenn sich eine Wolke
vor die Sonne schob, kündigte sich bereits der Herbst
an. Noch befand die Stadt sich in träger Augustlethargie,
an der auch die Massen schwitzender Touristen nichts
änderten, eine der Ebbegezeiten im Puls der Stadt, die
erst in der ersten Septemberwoche mit der Rentrée enden
würde, wenn wie eine Springflut das hektische Leben in
die Kapitale zurückdrängt.

Den Grabmälern von Paul Vaillant-Couturier und
Guy Môquet und den erschossenen Märtyrern folgten
die Skulpturengruppen und steinernen Trauermauern
für Auschwitz-Birkenau, Bergen-Belsen, Neuengamme,

Oranienburg-Sachsenhausen, Buchenwald-Dora, Flos-
senbürg, Natzweiler-Struthof und Mauthausen.

Vor der Skulptur der Deportierten von Buchenwald
blieb Cote lange stumm stehen, deutete dann auf den
abgezehrten, skelettartigen Menschen, dessen Gelenke
dicker waren als seine Glieder. Er räusperte sich, wollte
Hélène etwas sagen, brachte dann aber nur ein Nicken
zustande und ging weiter.

Von Ihrer Familie liegt aber niemand hier?, fragte er,
als sie die breite Allee verließen und auf einem schmalen Weg bergab in den dicht überwachsenen Bereich
wechselten, wo in den kleinen Totenhäuschen ab und
zu einzelne Lichter brannten und scheue Katzen Wasser
aus abgestellten Untertassen leckten, die Sprünge hatten
oder deren Email abgeschlagen war.

Nein, leider nicht. Meine Großeltern liegen beide in
Thiais draußen. Um hier begraben zu werden, waren sie
nicht reich und nicht berühmt genug. Und mein Vater
ist gar nicht in Paris beerdigt.

Ist Ihre Großmutter denn auch tot?, fragte der Amerikaner.

Ja, sie ist im vorletzten Winter gestorben.

Das haben Sie mir gar nicht erzählt.

Nein? Vielleicht, weil ich nicht daran denken will. Es
war zu schrecklich.

Ein Sonntagmorgen im Dezember. Früh. Sie waren
gestern nicht rausgekommen zum Besuch, und Hélène
hatte ein ungutes Vorgefühl, eine unbestimmte Furcht.
Sie hatte es eilig. Eine blasse Wintersonne spannte eine
fadenscheinige Lichtgaze über Häuser und Straßen. Die
Landschaft wirkte wie unter Zellophan schockgefroren.

Auf den Wiesen und umgepflügten Äckern, an denen sie zwischen den Vororten vorüberfuhren, lag Reif. In den kahlen Bäumen glitzerte der Frost wie Diamantsplitter. Es war kaum ein Auto unterwegs. Menschen sahen sie überhaupt nicht. Auch Draveil war menschenleer. Geschlossen die meisten Fensterläden der kleinen ein- und zweistöckigen Häuser des ehemaligen Dorfes, das von der Urbanisierungsschlacke überflutet worden war, seine abgegrenzte Form verloren hatte und nur noch ein unbedeutender Nexus im Siedlungslabyrinth von Suburbia war. Irgendwo fernes Kirchenglockenläuten. Das Neun-Uhr-Läuten. Ein Straßenhund schlich verängstigt an den gelben Häusermauern entlang, auf denen verblichene Anschläge klebten. Die Geriatrie ragte zwischen den Giebelhäuschen empor, ein Hochhaus aus den Siebzigern, ebenso heruntergekommen wie alle Wohnblöcke aus der Pompidou-Zeit, an denen sie seit Créteil vorbeigefahren waren. Graue Schlieren von herabgeflossenem Regenwasser auf den Mauerverkleidungen. Herausgebrochene Kunststoffplatten, darunter die rostige Armierung.

Die Autos auf dem Krankenhausparkplatz waren von einer schmutzigen Reifschicht bedeckt. Kein Mensch war zu sehen oder zu hören. Ein überdachter, offener Säulengang führte zur Eingangstür des Hochhauses. Vor der Tür stand ein zusammengeklappter Rollstuhl. Die dünnen Raseninseln zwischen den kahlen Stellen des Krankenhausgartens waren silbern überwebt wie von Spinnennetzen. Im niedrigen Foyer, das von einer Neonröhre beleuchtet wurde, deren Milchglasabdeckung mit den schwarzen Punkten toter Fliegen und Falter gesprenkelt

war, befand sich niemand. Sie warteten vor dem ver-
kratzten blauen Lack der Aufzugstür quälende Sekunden
lang, bis das Lämpchen des Erdgeschosses aufleuchtete
und die Tür sich rumpelnd aufschob. Sie fuhren in den
sechsten Stock. Im Treppenhaus herrschte Stille.

Sie öffneten die Tür in den Krankensaal. Nach der
trockenen Kälte draußen schlug ihnen schale Wärme
und der Gestank nach sauren alten Körpern, nach Urin
und Desinfektionsmittel und Zersetzung entgegen. Ein
leise auf- und abschwellendes Lamento aus Dutzenden
von Kehlen erfüllte den riesigen Raum, der das gesamte
Stockwerk einnahm, ein schmerzerfüllter und zugleich
kraftloser Klagechor, grabestief wie eine endlos gestri-
chene Baßseite, dann wieder jenseitig und grausig wie
ein Orchester singender Sägen. Links und rechts Fenster-
fronten, daran aufgereiht die elfenbeinfarbenen Metall-
betten. In der Mitte zwei Reihen viereckiger Säulen,
deren Putz grau und fleckig war von unzähligen Händen, die sich über Jahrzehnte hin an ihnen abgestützt
und festgehalten hatten, und an den Kanten abgestoßen
von Rollstühlen, Servierwagen oder zu schnell davonge-
schobenen Betten. Einige der Greise tappten in auf dem
Rücken und dem Gesäß offenen Nachthemden durch
den Korridor. Einige brabbelten. Einige saßen aufrecht
im Bett, abgezehrt, in den tiefen Augenhöhlen irrende,
flackernde Blicke. Andere hoben die Arme und starrten
die Eindringlinge hilfesuchend und erschreckt zugleich
an, als erinnerten sie sich nur dunkel an die Welt der
Lebenden. Eingefallene Münder formten lautlose Worte,
aber die Augen waren jenseits von Hoffnung. Es war der
Saal der verlorenen Seelen, die von diesem Ufer nicht

loskamen und das jenseitige nicht erblickten. Ein dürrer alter Mann an der rechten Fensterseite stand neben seinem Bett, eine zittrige Hand hielt sich an den Gitterstäben fest, und sah an sich hinunter, wo unter dem Nachthemd hervor, an seinem violetten Bein mit den offenen Stellen dünner, flüssiger Kot in Rinnsalen sich seinen Weg zwischen weißen Haaren hindurchbahnte, über Knie und Kniekehlen und Waden lief und sich rund um die Füße zu einer braunen Pfütze sammelte. Er sah die Besucher und mümmelte mit dem zahnlosen Mund, aus dem kein Ton kam, und blickte sie aus verzweifelten Augen an, als bitte er um Vergebung. Keine drei Meter davon fegte eine kleine Maghrebinerin in rosa Kittelschürze achtlos den schmutzigen Linoleumboden. Sie blickte kurz auf, sagte aber nichts. Sie nickten ihr zu. Pflegepersonal war nicht zu sehen, nicht zu hören. Vielleicht gab es keines. Es gab auch keine Klingel.

Das Bett von Hélènes Großmutter war das achtzehnte auf der linken Seite. Hélène beschleunigte ihren Schritt, ihre Absätze knallten wie Hammerschläge auf das Linoleum. Die letzten Meter rannte sie. Zuerst glaubte sie, sich getäuscht zu haben, denn auf dem scheinbar leeren Bett lag nur ein Laken. Erst auf den zweiten Blick sah sie die spitze, pyramidenförmige Ausbuchtung des Lakens auf Kopfhöhe. Aber dann vermochte sie nicht, das Leichentuch fortzuziehen, bevor ihr Mann neben ihr stand.

Sie muss fürchterlich gekämpft haben, sagte Hélène. Sie muss um jeden Atemzug gerungen haben mit dem Tod, der ihr auf der Brust hockte. Sie muss entsetzlich gelitten haben. Und sie war vollkommen alleine während dieses Kampfes dort in der Hölle von Draveil.

Das rundliche Gesicht ihrer Großmutter war verformt, als hätten brutale Hände eine Wachsskulptur gequetscht und zusammengepresst. Die weit aufgerissenen Augen starrten schreckgeweitet, aber leblos zu den Neonleuchten an der Decke hinauf. Die Nase, spitz wie ein Schnabel, war ebenfalls nach oben gereckt, als hätte ein Untergehender mit letzter Kraft versucht, sie über Wasser zu halten. Auch das Kinn, ebenso spitz, war in der Agonie steil nach oben ragend erstarrt. Der zahnlose Mund war weit aufgerissen, die Wangen durch die Anstrengung ausgehöhlt, als sei alles Fleisch, das sich einmal unter der Haut befunden hatte, weggeschmolzen oder aus dem Leib hinausgepresst worden. Die von der Polyarthritis verkrümmten Finger waren zu zwei Krallen versteinert, die erschreckend dünnen Unterarme, voller gelber und purpurner Flecken von Kanülen und Spritzen, in hilfloser, vergeblicher Abwehr halb aufgerichtet. Die Totenstarre hatte bereits eingesetzt. Hélène konnte ihr weder die Augen noch den Mund schließen, auch die Finger nicht lösen.

Ich hätte ihr so sehr einen friedlichen Tod gewünscht, ein Hinübergleiten. Wir hatten gerade ein schönes, privates Pflegeheim in Montereau gefunden, wohin sie eine Woche später hätte gebracht werden sollen. Ich werde in meinem Leben den Anblick dieses fürchterlichen Kampfes nicht vergessen. Wie dieses flackernde Flämmchen Leben sich gegen den Wind des Todes gewehrt hat. Und was war es denn noch für ein Leben? Gott, was muss sie für eine Angst gehabt haben vor dem Sterben und dem Jenseits, dass sie sich so dagegengestemmt hat. Ich frage mich die ganze Zeit, was sie denn gesehen hat, das ihr eine solch entsetzliche Angst einjagte. Ich frage mich seither jeden Tag: wozu ...

Sie gingen hintereinander die schmalen Wege am oberen Rand des Hanges entlang. Efeu wucherte über den Kies, die seitlichen Einfassungen waren von Baumwurzeln gesprengt. Hier waren viele Grabplatten eingesunken oder zerbrochen, viele der kleinen Wächterhäuschen halb verfallen. Sie stiegen treppab und treppauf, bis sie schließlich am anderen Ende des Friedhofs auf eine breitere, gepflasterte Allee trafen und kurz darauf vor dem imposanten Grab Balzacs und dem unscheinbaren Gérard de Nervals standen. Aber keiner sprach zu ihnen.

Der Amerikaner überlegte die ganze Zeit fieberhaft, ob er auf das Erlebnis eingehen sollte, das Hélène ihm geschildert hatte, oder nicht besser das Thema wechseln.

Schließlich sagte er: Meinen Sie, dass man hier Vögel beobachten darf?

Hélène musste lachen. Warum nicht? Die Toten stört es nicht, und solange Sie nicht auf den Grabsteinen herumturnen ...

Ich weiß nicht. Hat es nicht etwas Pietätloses? Und die Franzosen sind doch sehr streng in solchen Fragen der Etikette ...

Hélène zuckte die Achseln.

Ich glaube nämlich, ich habe eben oben in einem Baum einen Pirol gesehen. Aber ich bin nicht ganz sicher. Sie sind ja sehr selten.

Mein Mann hat mir einmal ein Gedicht vorgelesen, das beginnt mit: *Kindheit, da hab ich den Pirol geliebt.*

Cote nickte. Ja, das stimmt, sagte er.

Sie gelangten an einen großen runden Platz, in dessen Mitte ein Springbrunnen stand, dessen Fontäne immer wieder von Windstößen zur Seite geblasen wurde wie ein Perlenvorhang, sodass das Wasser auf die Sandstein- umrandung klatschte, die sich rostrot gefärbt hatte.

Sie setzten sich auf eine der Bänke.

Ich möchte irgendwann einmal wieder Vögel beobach- ten und rudern können. So wie früher. So ganz –. Er wusste nicht weiter und dachte nach. Dann wiederholte er: So wie früher.

Auf einer Bank saßen zwei alte Frauen, schwere Ein- kaufstüten neben sich abgestellt. Die eine war sehr dick, die andere, schwarz gekleidet, sehr dünn. Hélène sah bei- den ihre Altpariser Armut aus fehlenden Badezimmern in den Loi-1948-Wohnungen und schlechter zahnärzt- licher Betreuung an. Aus einer der Alleen bogen zwei weitere Frauen. Ein paar Minuten später gesellten sich noch mehrere, die um den Springbrunnen herumkamen, zu ihnen. Sie besetzten die drei Bänke links von der Hélènes und des Amerikaners. Alle trugen Tüten. Alle waren alt und sahen ärmlich aus. Eine stand auf und rief, sich dem Gebüsch zuwendend: Miezmiezmiez!

Hélène lächelte ein wenig, sie wusste, was geschehen würde.

Plötzlich strich unter einer der Bänke eine magere Katze hindurch, deren Schwanz hochschlug wie eine Stahlfeder, sobald sie unter den Holzlatten hervorkam.

Zwei weitere folgten aus dem Rhododendronmassiv, andere standen plötzlich da, wie aus der Luft gezau- bert, eine kam ungeniert um den Brunnen herum über den Kiesweg getrabt. Sie rieben sich an den Beinen der Frauen, stellten die Schwänze auf, buckelten und maunzten, während die Frauen den Inhalt ihrer Tüten auspackten. Sie bückten sich, knieten sich hin, zogen Plastik- und Blechnäpfe, die zuvor unsichtbar gewesen waren, unter den Ranken und Büschen und dem Efeu hervor, stellten zusätzliche auf, die sie mitgebracht hatten, und füllten das Katzenfutter hinein. Dabei redeten sie unaufhörlich in einer Art Katzen-Kauderwelsch zu den Tieren: Miezmiezmiez. Ah, il fait le beau. Que tu es fier, minet. Ah, quel voyou, çui-là. Oh, regardez-moi ce patapouf. Ah, le joli panache!

Bald waren mehr als dreißig Katzen aufgetaucht und drängten sich um die Näpfe. Die alten Frauen versuchten, die Nahrungsaufnahme zivilisiert und in der Reihenfolge des Eintreffens vonstattengehen zu lassen, womit die Katzen nicht einverstanden waren. Es gab Rangkämpfe, Gefauche und Pfotenhiebe, aber es war genug für alle da, selbst für die Schwächsten. In den kurzen Pausen, in denen keine der alten Frauen auf die Katzen einredete, konnte man deren sonores Geschnurre hören, das die Luft kräuselte wie Regentropfen den glatten Wasserspiegel eines Sees.

Es waren magere Katzen, verglichen mit den meisten Hauskatzen, einige trugen die Spuren von Kämpfen, es gab kranke und dreibeinige und solche mit Schwanzstummel, aber alles in allem war es nicht das Bild einer Armen- oder Krankenspeisung, sondern eher die Travestie einer Tempelszene, in der greise Vestalinnen den herbeibeschworenen Ortsgöttern opfern.

Wo kommen um Himmels willen all die Katzen her?, fragte Cote fasziniert.

Es gibt Hunderte, vielleicht sogar Tausende hier auf dem Père Lachaise, antwortete Hélène. Es gibt sogar einen Verein, bei dem ich auch Mitglied bin, allerdings nur passives, die Association du Chat Libre. Er sorgt dafür, die Tiere zu impfen, zu kastrieren, aber in ihrem natürlichen Lebensraum frei existieren zu lassen.

Sie dachte an den Druck, der in ihrem Schlafzimmer hing, die Reproduktion eines Gemäldes von Léonor Fini für den Verein. Es zeigte das großformatige Porträt einer dreifarbigen Katze auf grünem Hintergrund, und darunter stand: Vive le Chat Libre.

Und die alten Weiblein?, fragte der Amerikaner. Gehören die auch zu diesem Verein?

Ich weiß es nicht. Ich glaube nicht. Sie kommen nur einfach jeden Nachmittag hierher und füttern die Katzen. Aus Einsamkeit vielleicht.

Sie schwiegen eine Weile und sahen dem Kommen und Gehen essender, sich putzender Katzen zu.

So werde ich auch enden, sagte Hélène schließlich, den Blick immer noch auf die Tiere und die alten Frauen gerichtet. Als Katzenmama. Ein altes Weib, wie Sie sagen, das jeden Tag auf den Friedhof geht und Katzen füttert, weil es sonst niemanden hat, den es bemuttern kann.

Der Amerikaner starrte sie entgeistert an. Sie saß auf der Bank, die Fäuste im Schoß geballt, dass die Adern auf den Händen hervortraten. An den Falten, die von ihrem Ohr zu ihrem Kiefer liefen, konnte man sehen, dass sie kein junges Mädchen mehr war.

Ja, sagte sie nickend und begann zu zittern, so werde ich auch enden.

Cote erstarrte und spürte, wie eine Gänsehaut über seine Arme, seine Schultern, seinen Rücken lief. Er empfand ein ähnliches Grauen wie bei seinem Albtraum, aber diesmal galt es nicht ihm, sondern kam aus der jähen Erkenntnis, dass er etwas Entscheidendes übersehen hatte. Es war ihm, als zersplittere eine Milchglasscheibe, die ihn umhüllt hatte. Grell und scharf umrissen sah er Hélène neben sich, deren Gesicht jetzt die Spannung nicht mehr zu halten vermochte, es zog sich zusammen, und sie begann zu schluchzen.

Aber nein!, rief er heiser. Sie werden überhaupt nicht so enden! Was für ein Unsinn! Sie werden Mutter!

Sie winkte ab mit einer Bewegung wie der eines wütenden Kindes, das Nähe verweigert.

Mein eigener Körper verspottet mich!, sagte sie zwischen den Schluchzern, die sie mit tiefen Atemzügen erfolglos unter Kontrolle zu bringen suchte. Mein eigener Körper ist mein Feind! Diese erste Fehlgeburt, die hat mich so unerwartet erwischt, so schutzlos, so ganz blöd und naiv hoffend und glaubend und selbstgewiss. Wissen Sie, wie sich das anfühlt? Nein, das können Sie nicht wissen. Wie Wehen fühlt sich das an! Wie Wehen! Das heißt, alle Frauen, die Kinder haben und Kinder haben können, haben mir das bestätigt. Es kommt in Wehen! Es ist eine so perfide, so gemeine Mimikry der Geburt. Es äfft sie nach! Du hast Wehen, aber du presst kein Baby ans Licht, da speit dein Leib, da wirft dein Leib nur einen blutigen, abgestorbenen Klumpen raus ...

Sie schlug die Hände vors Gesicht, und Cote, der zugleich fror und schwitzte, wusste nicht, wie er reagieren sollte. Seine Hände zuckten vor in der Absicht, sie zu beruhigen, zu trösten, zu umarmen, aber er ließ sie nicht frei.

Das ist Spott, das ist echter Teufelsspott, brachte Hélène atemlos hervor, und als ich das Le Goff gestanden habe, als ich ihm das erzählt habe, dass ich keine Kinder werde bekommen können, wenn mein eigener Körper mich bekriegt und verhöhnt, da hat er gesagt: Nein, nein, Sie sehen das völlig falsch. Ihr Körper führt keinen Krieg gegen Sie, er beschützt Sie, indem er abstößt, was ohnehin nicht zu retten ist. Wenn Ihr Körper diese Reaktion hat, dann um Ihnen zu helfen.

Verstehen Sie, wo ist der Unterschied? Wenn nicht mein eigener Körper mein Feind ist, dann ist es diese bloody mess, die in mir wächst anstatt eines Kindes und die ohnehin nicht zu retten ist, ohnehin nicht zu retten!

Um Gottes willen, stotterte der Amerikaner und versuchte jetzt doch, seine Hand auf ihre Hände zu legen, die sich nervös ballten und öffneten, die Kante der Bank umfassten, sich in ihren Rock krallten, dann mit den Nägeln in das weiche Holz der Bretter kratzten.

Sie schüttelte seine Hand ab wie ein lästiges Insekt.

Ich werde alt und immer älter und bin steril und vertrocknet wie ein altes Weib. Mein eigener Mann begehrt mich nicht mehr. Er fasst diesen Körper nicht mehr an. Er setzt jeden Tag seine Spritzen in meinen Hintern, sorgfältig und schmerzfrei, aber er schaut ihn nur an, um zu prüfen, ob die Nadel auch ins Muskelgewebe gegangen ist und keine Adern angestochen hat, sodass ich riesige Blutergüsse kriege, und er packt mich in Watte und redet leise mit mir, damit ich endlich austrage, und ich bin sein heiliges Gefäß, sein Scheißgefäß, in dem nichts wächst, aber anfassen tut er mich nicht mehr, Liebe machen will er nicht mehr mit diesem Körper, der austragen soll und nicht gestört werden soll dabei und der es nicht kann und nicht will...

Er hatte jetzt doch beide Hände um ihre Oberarme gelegt und drückte ein wenig zu, und das beruhigte sie.

Sie wischte sich mit einer Faust über die Augen und sagte: Entschuldigen Sie den hysterischen Anfall. Ist schon wieder gut...

Aber vielleicht ist es ja besser so, sagte er und blickte mit glasigen Augen durch sie hindurch, während seine Hände noch immer ihre Schultern umfasst hielten.

Ist was besser so?, fragte sie entgeistert.

Er ließ sie los, stieß sich fast ab und ließ sich gegen die Lehne fallen.

Keine Kinder in die Welt zu setzen, sagte er, und im Weitersprechen wurde sein Blick wieder klar und seine Stimme immer ruhiger.

Es ist am 1. März passiert. Der erste richtige Tag des Waffenstillstandes. Wir waren ja den ganzen Vortag weiter nach Süden und in Richtung Basra gerückt, am Highway 8 entlang, bis zu der Dammstraße, wo dann am Tag darauf die Schlacht stattfand. Die Schlacht! Ein Übergangstag eigentlich. Eigentlich. Vielleicht hatte ich ihn deshalb bis jetzt vergessen. Rast. Zelte aufbauen. Lagebesprechung. Kartenspiel. Rauchen. Latrinen ausheben. Die Routine.

Wovon reden Sie?, fragte Hélène.

Von Kindern. Warten Sie nur. Ich komme gleich darauf.

Unser Lager befand sich vielleicht anderthalb Meilen von einem kleinen Dorf entfernt. Was sich dort so Dorf nennt. Die Masten, an denen die Stromleitungen hingen, die Masten, an denen die Telefonleitungen hingen, führten am Straßenrand darauf zu. Von Weitem sah es aus wie eine Barackensiedlung. Schnell hochgezogene Betongerippe, mit Hohlblocksteinen hastig vermauert. Obendrüber ein flaches Betondach, aus den Pfosten stehen die Moniereisen, die Drähte des Stahlbetons. Wenn sie Geld haben und Kinder kriegen, bauen sie ein zweites Geschoss obendrauf. Überall das Gewirr von Elektroleitungen, die auf den Dächern ankommen und mit selbstgebastelten Anschlüssen in die Häuser verlegt sind. Draußen liegt Schrott rum: Benzintonnen, Müll, Steine, Plastik in allen Formen. Ich habe mich immer gefragt, warum die Araber, in deren Häusern man vom Boden essen kann, sich so wenig darum scheren, wie es draußen vor ihren Türen aussieht. Aber sei's drum. So ein Dorf war das. Ich weiß es, weil wir hinbeordert wurden. Ich bekam die Nachricht, dass man in diesem Dorf ein Waffenlager gefunden hatte. Das Dorf musste gesichert, und die Waffen mussten konfisziert und vernichtet werden.

Welche Einheit diese Entdeckung gemacht hatte? Keine Ahnung. Und warum, wo wir doch bei diesem Dorf lagen, überhaupt eine andere Einheit schon dort gewesen war, ein Scout-Platoon von einer anderen Kompanie oder wer auch immer, ich weiß es nicht. Ich sagte Ihnen ja schon, wir hatten kein verlässliches Kartenmaterial für diese Gegend, weil wir zu weit von unserem Planquadrat weg waren. Hören Sie zu? Das wird nämlich noch eine Rolle spielen. Keine Einheit wusste genau, wo die nächste war und warum.

Er sah Hélène prüfend an, und sie nickte.

Aber weiter. In einem verlassenen Schulhaus sollten die Waffen sein. In einem Schulhaus. Was immerhin bedeutet, dass es in diesem gottverlassenen Dorf eine Schule gab oder gegeben hatte. Wir sicherten die beiden Ausgänge des Orts, den Richtung Marschen und den anderen Richtung Highway 8, von wo wir gekommen waren. In der Mitte war ein etwas größerer Platz, dort stand auch ein Wasserturm. Überall also diese kleinen Betonhäuschen und das Kabelgewirr. Blicke aus den dunklen Fensterhöhlen. Wir sahen ja aus wie Marsmenschen, Helme, Kugelschutz, Gläser, die Waffen entsichert. Ein alter Mann mit Turban zeigt uns das Schulhaus. Bänke, Tische, eine Tafel, wie bei uns. Da musste noch bis vor Kurzem Unterricht stattgefunden haben, auf der Tafel war noch Kreideschrift zu sehen. In einem kleinen Raum, in dem aufgerollte Leinwände mit Karten und ausgestopfte Vögel und ein paar Ersatzmöbel lagerten, stand eine große Bretterkiste. Wir stemmen sie auf und tatsächlich: eine Ladung Karabiner, alle noch in Wachspapier und mit Schutzschmiere drauf. Nie benutzt. Nie abgefeuert. Wir tragen die Kiste raus, solche Waffenfunde werden dann immer irgendwo in die Wüste gestellt und in die Luft gesprengt. Also alles ganz einfach und problemlos. Ich stehe wieder auf dem Platz mit drei Mann, während die anderen die Kiste zum Lastwagen tragen. Immer noch die Waffen entsichert, aber nicht mehr so angespannt. Es war heiß. Und es war totenstill. Offenbar hatte jeder sein Radio abgestellt, in den Werkstätten hatten die Leute aufgehört zu hämmern. Sie hatten alle Angst, dass wir sie erschießen, wenn sie uns irgendwie auf sich aufmerksam machen. Der Alte, der uns in die Schule geführt hat, geht in ein Haus hinein. Man hört mehrere Leute reden. Dann kommt ein anderer Alter mit weißem Bart langsam heraus. Er hat ein bodenlanges Gewand an, geht am Stock, und mit der freien Hand hält er einen anderen Stock hoch, an dem ein weißes Bettlaken hängt. Er setzt langsam einen Fuß vor den andern und blickt uns unsicher an, als existiere bei jedem Schritt wieder eine Fifty-fifty-Chance, dass wir schießen. Ein paar andere Alte, die ebenfalls in diesem Haus waren, schließen sich ihm an, unser Führer im blauen Turban auch. Nachdem wir den Anführer nicht erschossen haben, dachten sie wohl, werden wir sie auch nicht erschießen. So gingen sie im Gänsemarsch, Schritt für Schritt, über den Platz, aus dem Schatten in die Sonne hinaus.

Ich verlor das Interesse an ihnen, während meine Leute sie weiterhin beobachteten. Ich verliere das Interesse, weil ich sehe, dass uns aus einer der dunklen Fensterhöhlen eines anderen Hauses Kinder beobachten. Warum ich weiß, dass es Kinder sind? Ihre Augen leuchten anders. Kinder wie Kinder überall. Neugierig und abenteuerlustig bei aller Angst und jetzt gerade offenbar hin- und hergerissen zwischen dem Verbot, das Haus zu verlassen, und ihrer Lust, sich diese Aliens mit den Tarnuniformen, den Ameisenaugen und Stiefeln und riesigen Maschinenpistolen näher anzusehen.

Und ich dachte, hilfst du ihnen ein wenig über ihre Vorbehalte hinweg und lockst sie raus. Gehe also in die Hocke dort auf dem Platz und ziehe, was ich noch von meinen MRE-Rationen übrig habe, aus den Taschen.

Kräcker, Erdnussbutter, Schmierkäse. Kaugummi hatte einer meiner Leute. Gehe also in die Hocke und locke die Kinder raus, wie man Katzen mit einem Milchnapf lockt. Erleichtert auch, dass der Einsatz sich als harmlos herausgestellt hat.

Es war ein Spiel. Erst ein Gesicht im Türrahmen, das gleich wieder verschwindet. Dann ein Fuß, vorgestreckt, wieder fort. Dann steht ein großer Junge, vielleicht zehn oder elf, in der Tür und beobachtet mich. Wie ein Reh, das in den Wind schnuppert. Fluchtbereit. Schließlich stehen dann fünf Kinder auf der Türschwelle. Drei Mädchen, zwei Jungs, zwischen fünf und zehn, schätze ich. Ziemlich zerlumpt, ziemlich verdreckt, aber Kinder. Das eine Mädchen wunderschön. Sechs, sieben Jahre alt. Dichtes, verfilztes schwarzes Haar, weiße Zähne, strahlende Augen. Kleine klebrige Schmutzhändchen. Und schon recht kokett. Sie war vielleicht die Einzige, die noch nicht wusste, was das heißt: der Feind. Sie spielte einfach Verstecken mit mir.

Die Kinder sehen das Essen und die Wrigley's-Packungen, und das ist natürlich eine starke Verführung. Ich mache ihnen Zeichen, dass ich gutes Essen habe, halte mir die Hand vor den Mund, reibe mir den Bauch. Der ältere Junge steht jetzt vor mir und gibt mir zu verstehen, dass er nichts anrühren wird, weder er noch die Kleineren, aus Angst, dass wir das Zeug vergiftet haben und sie umbringen wollen. Er sieht mich ernst und misstrauisch und verschlossen und furchtsam zugleich an. So ganz anders als das Mädchen. Wie kann ich sie überzeugen, dass ich es ehrlich meine? Also stecke ich mir demonstrativ einen Kräcker mit Erdnussbutter in den Mund, kaue demonstrativ und schlucke ihn demonstrativ hinunter. Und halte dem Jungen dann den nächsten hin. Und plötzlich sehe ich, wie seine Anspannung abfällt und er anfängt zu weinen, zu schluchzen, der ganze magere, kleine Körper bebt, und die Tränen bilden helle Kanäle im Staub auf seinem Gesicht, und er streckt die Hand aus und öffnet sie.

Und dann kamen natürlich auch die anderen und nahmen die Kräcker und aßen, und das süße Mädchen flirtete weiter mit mir, und wir haben ihnen alles ausgepackt, was wir dabeihatten, und dann zieht einer meiner Männer aus seiner Brusttasche eine kleine Plastikfigur, einen Captain America, und drückt sie dem großen Jungen in die Hand, dem misstrauischen. Ja, und während sie da mitten auf dem Platz essen und spielen und wir schon wieder auf halbem Wege zurück sind zu unserem Jeep, da – er unterbrach sich und schluckte –, da bricht die Hölle los.

Jemand hat eine Bombe gezündet, denke ich zunächst, aber es sind Einschläge von Mörsergranaten, ein Volltreffer in den Wasserturm, ausgerechnet in den Wasserturm, der zerbirst, und man sieht in der Sonne wie ein breites Seidentuch, das hochsegelt, einen Moment lang den Wasserschwall, und dann spritzen der Sand und die Kiesel auf dem Platz plötzlich in lauter kleinen Explosionen und Eruptionen hoch – Maschinengewehrfeuer, und ich brülle noch: In Deckung! Und wir werfen uns unter den Jeep, da explodiert noch ein zweites Haus, und die Querschläger jaulen, und ein in der Seitengasse abgestelltes rostiges Auto geht in Flammen und Qualm auf, und unter dem Jeep hervor sehe ich den Platz in einer Staubwolke verschwinden und irgendwo in der Staubwolke die Kinder, und ich schreie: Funkkontakt! Kontaktieren Sie die Wahnsinnigen! Aufhören! Die sollen das Feuer einstellen! Und mein Sergeant kriecht unter dem Jeep durch und hangelt nach der Einstiegsöffnung und zieht das Funkgerät runter und brüllt wie ein Wahnsinniger gegen den Lärm an, aber es dauert noch fünf Minuten, bis das Feuer eingestellt wird und wir uns wieder unter dem Jeep hervorgetraut haben.

Ja, und da lagen sie. Da lagen sie alle. Auf dem Platz lagen die Kinder, und hundert Meter weiter lagen die alten Männer, das weiße Bettlaken halb über ihnen wie ein Leichentuch. Nun wird Woods mich fragen: Wie sahen sie aus? Aber daran will ich mich nicht erinnern. Wie sehen Kinder aus, die von Maschinengewehrgarben zerfetzt sind, Hélène? Nur das kleine Mädchen lag da und sah ganz unversehrt aus. Allein die Augen standen ihm offen. Und der eine meiner Männer, als er sich nieder-kniet und in der Faust des toten Jungen den Captain America sieht, da fängt er an, Rotz und Wasser zu heulen. Captain, sagt er, Captain, das Ding da, das hat mir mein Sohn mitgegeben, als Talisman, und damit ich möglichst viele Araber umbringe. Aber doch nicht so! Nicht so! Und ich dachte doch, der verdammte Krieg ist zu Ende, es ist doch Waffenstillstand seit gestern, Captain, wir können wieder nach Hause, mir ist nichts passiert, und da dachte ich, geb ich dem Jungen hier den Captain America, weil, ich brauch ihn doch nicht mehr, und vielleicht hilft er ja ihm, dacht ich, Captain. Aber den nehm ich ihm jetzt nicht aus der Hand! Den hab ich ihm geschenkt. Den behält er, Captain!

Ja, und dann haben wir sie begraben. Wir haben sie alle begraben. Wir haben die Kinder begraben und die alten Männer begraben, alle Toten, die wir auf der Straße gefunden haben, ich weiß nicht, ob es noch weitere gab.

Er atmete tief ein und aus. Am Abend habe ich meinem Oberst die Hölle heißgemacht, hab mich sehr unbeliebt gemacht, weil ich verlangt habe zu erfahren, wer der verdammte Sauhund war, der das Dorf hat beschießen lassen, und ich hab eins auf den Deckel bekommen, weil der Kommandant der Kompanie, die das getan hatte, geschworen hat, seine Leute hätten durchs Fernglas entdecken können, dass die Zivilisten mit der weißen Fahne Waffen trugen und versucht haben, ins Schulhaus zu schleichen, um weitere, dort versteckte Waffen an sich zu bringen. Mit einem Wort, ich musste auch noch Danke sagen, dass die Umsicht der Kameraden meine Leute und mich davor bewahrt hat, einem terroristischen Anschlag zum Opfer zu fallen…

Er lehnte sich zurück und sah Hélène mit erwartungsvoll hochgezogenen Brauen an.

Das ist entsetzlich, das ist furchtbar, sagte die, aber Sie müssen sich doch keine Vorwürfe machen. Sie haben doch etwas ganz Normales, Menschliches getan.

Er schüttelte den Kopf. Sie verstehen nicht, Hélène. Wenn ich die Kinder nicht aus dem Haus gelockt hätte, wäre ihnen wahrscheinlich nichts passiert. Aber warum habe ich sie aus dem Haus gelockt?

Er beugte sich vor.

Das will ich Ihnen sagen: Ich habe sie aus ganz egoistischen Gründen aus dem Haus gelockt. Es hat mir wehgetan, dass sie sich vor mir verstecken, dass sie vor mir Angst haben, als wäre ich der böse Feind und Mörder, den ihre Propaganda in mir sieht. Ich fand das ungerecht, Hélène. Ich wollte von diesen Kindern bestätigt bekommen, dass ich ein anständiger Kerl bin. Ich wollte in ihren Augen, aus ihren Blicken eine Rechtfertigung, eine Entschuldigung für mich lesen. Ich wollte, dass diese Kinder mir vertrauen, zum Beweis dafür, dass man mir vertrauen kann. Ich habe sie benutzt. Und sie haben meinen Wunsch, von ihren Augen und Händen und lachenden, vertrauensvollen Gesichtern mein Ego te absolvo zu bekommen, mit dem Leben bezahlt.

Das ist meine Schuld.

Er beugte sich mit hängenden Schultern nach vorn, blickte auf die Erde vor seinen Schuhen und fingerte nach einer Zigarette.

Das ist meine Schuld, sagte er noch einmal. Meine Schuld, die mich nicht verlässt, und wenn ich sie zehnmal vergesse, und ich bin gespannt, mit welchen Mitteln Woods, wenn ich sie ihm morgen erzähle, versuchen wird, sie umzustrukturieren und umzupolen und mir weiszumachen, dass in jedem negativ wahrgenommenen Akt etwas Positives steckt.

Aber Sie sühnen doch jetzt schon fünf Jahre dafür, murmelte Hélène.

Er hob den Kopf und sah sie an.

Reicht das?, fragte er.

Sie gab ihm ein Taschentuch, und er nahm es.

Die alten Frauen waren fort, die Katzen auch.

Was ich eigentlich sagen wollte, das war, wenn keine Frau mehr ein Kind bekäme, dann könnte es auch keine vierzehnjährigen Soldaten mit durchtrennten Achilles-sehnen mehr geben und keine kleinen wunderschö-nen schwarzhaarigen Mädchen, die im Krieg in Stücke geschossen werden. Aber das ist natürlich Blödsinn.

Hélène drückte seine Hand und lächelte traurig.

Danach saßen sie schweigend auf der Bank und blick-ten auf den Springbrunnen. Rund um seine Einfassung verlief, in den roten Sandstein gehauen, ein Fries, der, soweit es noch zu erkennen war, irgendwelche mytholo-gischen Kampfszenen zeigte. Krieger, Frauen, geflügelte Tiere. Der Amerikaner machte Hélène darauf aufmerk-sam, dass die über den Rand des Brunnens tropfenden Spritzer an den Gesichtern der Basreliefs hinunterliefen wie Tränen.

Hélène nickte. *Sunt lacrimae rerum,* sagte sie.

In einem Gedicht des andern Lyrikers aus meiner Hei-mat, aus Worcester, Kunitz heißt er, ein uralter Mann mittlerweile, steht die Frage: *How shall the heart be recon-ciled to its feast of losses?,* sagte der Amerikaner leise. Wie soll das Herz je mit der Fülle seiner Verluste ausgesöhnt werden?

Es fiel ihnen nicht auf, dass keine Besucher mehr unterwegs waren. Dann bog ein schwarzer Friedhofsgärt-ner im grünen Arbeitsanzug um die Ecke, einen Besen in der Hand, blieb stehen, riss die Augen auf, stemmte in gespielter Empörung eine Hand in die Hüfte und sagte dann in vorwurfsvollem Ton, der bedeuten sollte, Nehmen Sie doch auch ein wenig Rücksicht auf meine Arbeitszeit: Ah, M'sieurdame. S'ju plaît! Wir schließen!

Sie entschuldigten sich, standen auf und folgten dem Mann Richtung Ausgang. Sie kamen an einem kleinen steinernen Wasserbecken mit einem Wasserhahn vorbei, und der Amerikaner fragte, ob sie sich eben noch die Hände waschen könnten.

Sicher, sicher, sagte der Friedhofsbedienstete, und als er sah, wie Hélène, nachdem sie sich das Gesicht gewaschen hatte, den Hahn abdrehen wollte: Lassen Sie ruhig laufen. Ja, ja, die Becken sollen randvoll sein. Da trinken nämlich auch die Vögel und die Eichhörnchen draus. Und wenn die sich zu tief bücken müssen... Dies Jahr sind uns schon zwei Eichhörnchen ertrunken.

Sie bedankten und verabschiedeten sich.

Kurz vor dem Ausgang kamen sie an einem imposanten alten Grabmal vorüber, aber Cote wollte nicht nachfragen, ob Hélène es kannte. Es war das Grab von Héloïse und Abaelard. Der Blick des Amerikaners ging über das Grab nach oben und hakte sich hinter der nahen Friedhofsmauer im zweiten Stock eines heruntergekommenen Mietshauses auf einem Balkon fest, der außen an die schwarze Brandmauer angebracht war und auf dem eine junge schwarze Frau in einem hellgemusterten Turban und einem weiten bunten Kleid ihre Wäsche aufhängte. Das Kleid und die kleinen und großen Wäschestücke, T-Shirts und Strampelanzüge leuchteten durchs Laub der Platanen. Hélène blickte geradeaus, sie sah die Frau nicht.

Eine Woche später erlitt sie eine Fehlgeburt und musste stationär behandelt werden, da seit dem Transfer volle drei Monate vergangen waren.

*

Es war der November 1996. Hélènes Mann stand unten neben dem Empfangstresen des amerikanischen Hospitals und wartete auf seine Frau.

Er hatte sie in langen Gesprächen beredet, versucht zu überzeugen, weichgeklopft, beschworen, es noch einmal zu versuchen. Vielleicht sei es gerade dieses eine letzte Mal, das es noch gebraucht haben würde. Dr. Le Goff, der kaum mehr verhehlte, mit seinem Latein am Ende zu sein, und ohne es explizit zu sagen, ihr eher nahelegen wollte zu verzichten, es sei denn, natürlich, ein Wunder könne immer passieren, Dr. Le Goff hatte, um noch einmal etwas Neues zu versuchen, einen Blastozystentransfer vorgeschlagen.

Dabei wird anders als bei der klassischen IVF der Transfer der Embryonen nicht am zweiten oder dritten Tag nach der Punktion vorgenommen, sondern es wird vier, fünf Tage gewartet, bis die Embryonen das so genannte Blastozystenstadium erreichen, das heißt den Zeitpunkt, an dem sie sich auch im Verlauf einer normalen Schwangerschaft in der Gebärmutter einnisten würden. Le Goff erklärte, er erhoffe sich davon eine bessere Auswahl vitaler Embryonen, da nicht alle das Blastozystenstadium erreichen und die Forschung annehme, die mit der besten Qualität verfügten auch über das beste Einnistungspotenzial.

Hélène war also telefonisch auf diesen fünften Tag nach der Punktion bestellt worden, am Vortag hatte noch ein Zellklumpen sich weiterentwickelt, der nun eingesetzt werden sollte. Während ihr Mann, zu aufgeregt, unten wartete, erfuhr Hélène in Le Goffs Büro vor den Fotos der segelnden bretonischen Familie, dass seit dem Morgen auch die Entwicklung des letzten verbliebenen Embryos Unregelmäßigkeiten aufweise und Le Goff daher von einem Transfer abrate.

Hélène bedankte sich, verabschiedete sich, verabschiedete sich beim Hinausgehen auch von Anne-Laure und nahm den Aufzug nach unten. Als sie eben im Korridor um die Ecke biegen und zum Ausgang gehen wollte, kreuzte ein Mann ihren Weg, den sie kannte.

Sie hielt inne und konnte sich nicht mehr bewegen. Sie sah aus den Augenwinkeln ihren Ehemann an der Tür und den Amerikaner in der Tür des Clubraumes stehen. Aber direkt vor ihr ging sehr langsam und vorsichtig, einen Fuß vor den anderen setzend, ohne ihn vom Boden zu heben, der Mann vorüber, der Marcello Mastroianni gewesen war.

Er war es noch: die etwas gebeugte Haltung, der große Kopf nach vorn geschoben, das füllige graue Haupthaar, das an den Schläfen zurückwich, die Himmelfahrtsnase, die tausendmal gesehene, bewunderte, vertraute Erscheinung. Aber er war es zugleich auch nicht mehr: Er hatte ein Pinocchio-, ein Pulcinellagesicht, das sein Puppenspieler, der Tod, mit seinem Schnitzmesser bereits Lage für Lage abgehobelt und abgetragen hatte; unter der gespannten Haut, unter deren Bräune wie eine Wachsschicht gelbliche Blässe lag, zeichnete die knochige Schädelstruktur sich deutlich ab. Die Ohren standen weit vom Kopf, der unter ihnen weggeschrumpft schien. Kiefer- und Jochbeine gaben tiefe Orbite frei, in denen schwarze, glanzlose Augen sich versteckten wie Tiere in einer Höhle. Die Nase stand spitz vom Gesicht ab, ebenso das Kinn. Er trug einen dunkelroten Bademantel, der die eingefallene Brust und die dünnen Arme ahnen ließ. Die Handgelenke waren fast breiter als die Unterarme, und unten aus dem Bademantel ragten dünne, rote Schienbeine. Die klobig wirkenden Füße mit nach außen weisenden großen Zehen und arthritisch verformten Ballen steckten in blauen Adiletten.

Er war es nicht, denn es fehlte seine unvergessliche, rauchige Stimme. Stumm, schwer atmend, schlurfte der Sterbende an Hélène vorüber, mit schiebenden Schritten, quälend langsam, ohne bemerkt zu werden, ohne angesprochen zu werden, passierte er die Lobby, starr geradeaus blickend, den Kopf mit dem kurzen Hals ein wenig vor dem Oberkörper tragend, so geriet Marcello Mastroianni außer Sicht.

Bevor das Grauen noch von ihr Besitz ergreifen konnte, schüttelte Hélène es ab, steuerte schnellen Schritts auf ihren Mann zu, blieb vor ihm stehen, sah ihm in die Augen, bis er ihren Blick erwiderte, und sagte laut und deutlich: ICH-KANN-NICHT-MEHR.

Dann ging sie, ohne eine Reaktion abzuwarten, wie betäubt zur Tür hinaus in den düsteren Novembernachmittag.

Ihr Mann blieb reglos stehen, den Blick immer noch auf den leeren Raum gerichtet, den soeben Marcello Mastroianni durchquert hatte, aber nach einigen Sekunden stieß der Amerikaner sich von der Wand ab und ging ebenfalls zur Tür hinaus. Von dort konnte er, die Rampe hinabblickend, Hélène gerade noch durch den Torbogen im Boulevard Victor Hugo verschwinden sehen.

Hélène ging die Straße hinab, schlug den Mantelkragen hoch gegen den einsetzenden Schneeregen. Die Absätze ihrer Stiefeletten hämmerten auf die Gehwegplatten. Sie eilte, als wolle oder könne sie ihr Schicksal abhängen, es hinter sich lassen, es zurück im amerikanischen Hospital lassen oder es unter ihren Schuhen in Stücke treten.

Sie hatte kein Auge für die Veränderungen, die der Streik im Straßenbild Neuillys hervorgerufen hatte. Die Straße war wie ausgestorben, an vielen Fenstern der noblen Apartmenthäuser waren die Rolläden heruntergelassen oder die Läden geschlossen. An schmiedeeisernen Toren hingen Vorhängeschlösser. Mülleimer und Müllcontainer, überquellend, übertürmt und eingefasst von süßlich stinkenden, quellenden Plastiktüten, säumten ohne Zwischenraum das Trottoir.

Der Streik, der wie jeden Herbst als Eisenbahnerstreik begonnen und sich zu einem Generalstreik ausgeweitet hatte, ging in die sechste Woche. Er hatte sich zu einem Machtkampf zwischen der Bevölkerung und Premierminister Juppé gesteigert, die erstarrten Fronten waren ineinander verkeilt, zu den streikenden Eisenbahnern hatten sich die U-Bahn- und Busbetriebe gesellt, dann nach und nach der Rest des öffentlichen Dienstes. Kindergärten waren geschlossen, die Schulen, Universitäten solidarisch, im staatlichen Radio liefen nur noch Endlosschleifen Musik, von Kurznachrichten unterbrochen, die Müllabfuhr und die Stadtreinigung waren dazugekommen, die Krankenhäuser (außer den privaten wie dem amerikanischen Hospital) fuhren Minimaldienst, Air France streikte, sodass es quasi unmöglich wurde, das Land zu verlassen oder hineinzukommen, Renault streikte, es war ein Generalstreik, und Paris, erstarrt im Herbstregen, war dabei, einen Infarkt zu erleiden, alle Lebensadern, alle Gefäße waren blockiert.

Hélène und ihr Mann hatten bereits am Vormittag fast zwei Stunden gebraucht, um mit dem Auto durch den anschwellenden und immer zäheren Verkehr quer durch die Stadt bis nach Neuilly zu kommen. Hier war ein Teil der Bevölkerung, der es sich leisten konnte, aufs Land geflohen, und der Bürgermeister, Sarkozy, ließ die CRS durch die Straßen patrouillieren, um Vorstadtbanden, die, wie er sagte, Ratten gleich, die Futter gewittert haben, in die gefesselte Stadt strömten, am Plündern zu hindern.

Aber weder auf dem Boulevard Victor Hugo noch auf dem Boulevard du Château war irgendetwas von Jugendlichen aus den Vororten zu sehen, was die drei blauuniformierten, mit Helmen und Plexiglasschilden gewappneten CRS-Beamten hätte aufschrecken müssen, die breitbeinig in ihren Schnürstiefeln, die weißen Schlagstöcke am Gürtel baumelnd, vor ihrem Panzerwagen standen und ausdruckslos durch die Passanten hindurchsahen, die an ihnen vorbei zum Kiosk gingen oder das Ortsschild passierten und nach Levallois hinüberwechselten. Auf der Brust jeder Uniform prangte das Abzeichen der Truppe mit der aufgestickten Trikolore. Die Menschen machten einen Bogen um die Milizionäre. Man sprach vielleicht Polizisten an, auch noch Gendarmen, aber keine CRS.

Hélène, im Hallraum der Endgültigkeit gefangen, in dem ihre Schritte tönten und aus dem kein Entkommen war, wusste nicht, wohin sie ging als weg. Sie hatte kein Ziel, fasste keinen Gedanken, lenkte sich nur automatisch in die Richtung, die sie immer einschlug, zur U-Bahn, um nach Hause zu kommen. Zugleich wusste sie, dass keine U-Bahn fuhr. So schnell ging sie, dass der Amerikaner sie erst am Ende des Boulevard Victor Hugo einholte, erst im Boulevard du Château auf ihre Höhe kam, in Sichtweite der drohend-provokant den Ein- und Ausgang von Neuilly kontrollierenden Uniformierten. Auch er wusste nicht, was er eigentlich vorhatte, außer Hélène nicht aus den Augen zu verlieren. Er war hinaus auf die verlassene Straße gestürmt, hatte die verbarrikadierten Fenster wahrgenommen, und dort erfasste ihn plötzlich ein Schwindel, der die drei Dimensionen durchschüttelte, sodass der Amerikaner schwankte, als sei er aus einem schaukelnden Boot gestiegen, und zunächst die Kanten der Häuser schräg werden und auf sich niederstürzen zu sehen glaubte – eine Perspektivenverschiebung, ein irrsinniges Zusammenbrechen der Fluchtlinien wie auf einem expressionistischen Großstadtgemälde. Er konzentrierte sich, biss die Zähne zusammen und eilte Hélène hinterher wie ein soeben vom Himmel gefallener, desorientierter und verängstigter Schutzengel.

Als er sie am Arm fasste, fuhr sie herum und starrte ihn ungläubig an. Sie hatte ihn nicht bemerkt. Was machen Sie um Himmels willen hier?

Er zuckte beschämt die Achseln und atmete ein paar Mal tief durch, so unkoordiniert und in halber Apnoe war er hinter ihr hergelaufen.

Ihnen nachgehen. Ich hatte das Gefühl, Sie wollten, Sie sollten nicht alleine sein ...

Sie lächelte ihn müde an und dachte, dass wahrscheinlich in ihren Augen eine ähnliche Traurigkeit zu lesen sein müsse wie damals in denen des Amerikaners, die sie jetzt aber weit geöffnet, besorgt, konzentriert musterten.

Danke, das ist lieb, sagte sie. Aber es geht mir sehr gut, ich brauche –.

Ich glaube nicht, dass es Ihnen gutgeht, sagte er entschieden, und sie sah ihn verblüfft an. Ich glaube, es ist gut, wenn Sie – wenn Sie nicht alleine hier durch die Gegend laufen. Was ist denn hier überhaupt los? Das sieht ja aus wie in der Bronx!

Auch Hélène musste durchatmen und lächelte dann. Streik ist los. Ein richtiger französischer Streik. Nichts bewegt sich mehr. Ist Ihnen das noch gar nicht aufgefallen? Er läuft doch schon seit Wochen.

Der Amerikaner zuckte die Achseln. Wir leben ziemlich autark in der Botschaft. Und ziemlich isoliert, zugegebenermaßen. Wo wollen Sie denn überhaupt hin?

Hélène blickte um sich, als bemerke sie überhaupt erst jetzt, wo sie war. Keine Ahnung, sagte sie. Nach Hause, nehme ich an. Ich weiß es nicht.

Ich komme ein Stück mit Ihnen mit, sagte der Amerikaner. Sie haben mir Angst gemacht, wie Sie da zur Tür hinausgestürzt sind. Ich hatte Angst, Sie könnten eine Dummheit begehen.

Hélène lächelte. Sie meinen, von einer Brücke springen oder so? Da hinten ist die zur Île de la Jatte. Das war mal ein romantischer Ort, ist aber lange her. Nein, ich mache keine Dummheiten. Da schätzen Sie mich falsch ein.

Darf ich Sie denn begleiten?, fragte der Amerikaner.

Sicher, sagte Hélène. Und dann: Können Sie es denn wieder? Ich meine, so auf eigene Faust durch die Stadt laufen?

Er lächelte. Ich hab Sie ja dabei …

Hélène musterte ihn. Das kann heiter werden. Zwei Krüppel, die sich gegenseitig stützen …

Der Amerikaner zuckte ein wenig zusammen, dann sagte er: Meinen Sie, das sind wir? Ich wusste nicht, dass Sie so schonungslos sein können.

Ich auch nicht, sagte Hélène. Aber die Ehrlichkeit sich selbst gegenüber, das ist das, was bleibt. Tut mir leid, wenn Sie auch darunter leiden müssen.

Was ist denn passiert?, fragte der Amerikaner. Schlechte Nachrichten?

Hélène sah ihn mit etwas verengten Augen an, als wundere sie sich plötzlich darüber, dass er neben ihr stand.

Definitive Nachrichten, sagte sie. Ich werde mein Leben neu orientieren müssen.

Dann sah sie wieder das betretene Gesicht Le Goffs, der sie über seine Goldrandbrille schief anblickte und ihr mitteilte, dass der Embryo sich nicht korrekt weiterentwickele. Seine Hände lagen ausgestreckt auf der Schreibunterlage. Sie nahm den goldenen Ehering wahr, die teure Uhr, die feinen grauen Haare, die Sehnen und Adern und die sauber geschnittenen Nägel. Es war ihr, als flehten diese Hände sie an, endlich eine Entscheidung zu treffen, die kein anderer, nicht Le Goff, nicht ihr Mann, für sie treffen konnte und wollte. Sie blickte über den Arzt hin auf die Seglerfotos und dachte: ein letztes Mal. Sie blickte wieder auf die Hände, auf die Manschetten des fein linierten blau-weißen Hemdes unter dem Arztkittel, und ihr wurde bewusst: Diese Hände, dieser Mann sind nicht verantwortlich für mein Leben. Und dachte weiter: Auch der andere Mann dort unten am Eingang, so aufgeregt, so verkrampft hoffend, dass er sich nicht getraut hat, mit heraufzukommen, um nicht dabei sein zu müssen, wenn das Urteil sie trifft, auch dieser Mann, ihr Mann, trug nicht die Verantwortung für ihr Leben. Sie hörte seine Stimme, leise, beschwichtigend, horchend, lauernd, insistierend, er würde es aus Pietät zunächst nicht wagen, etwas zu sagen, und später dann doch wieder: Lass es uns noch einmal versuchen, würde er sagen. Aber plötzlich war ihr klar, dass auch er nicht die Zuständigkeit für ihr Leben hatte. Nur ich selbst habe sie, dachte sie. Ich kann darüber entscheiden. Und dieser Gedanke war so verblüffend, als hätte sie jahrelang vergessen gehabt, dass es schon immer so gewesen war, nie anders. Nur ich kann darüber entscheiden, und ich kann tatsächlich entscheiden. Ich bin nicht irre, ich bin nicht krank, ich kann es tatsächlich beenden. Und indem sie das dachte, wusste sie zugleich, dass die Entscheidung soeben gefallen war.

Es mischte sich, während sie aufstand und sich von Le Goff verabschiedete, eine ungeheure Erleichterung mit einem eiskalten Gefühl vollkommener Einsamkeit, das einen immer befällt, wenn man alleine und unbeeinflusst einen wichtigen Entschluss fasst.

Und in diesem transparenten Eiskubus des einsamen Entschlusses bewegte sie sich vorwärts, sah die Patienten, sah Le Goffs Sekretärin, sah die Station, die Aufzugstür, die Aufzugskabine, sah unten den todgeweihten Mastroianni, sah den Amerikaner, sah ihren Mann, teilte ihm ihre Entscheidung mit und trat hinaus.

Ich werde mein Leben neu orientieren müssen, hatte sie eben zu dem Amerikaner gesagt. Und schloss jetzt an: Warum sind *Sie* eigentlich hinter mir hergekommen?

Cote, der die Frage verstand, sagte nichts.

Hélène musste vor dem heruntergelassenen Gitter am Fuß der Treppe hinab zur Endhaltestelle Pont de Levallois stehen und sehen, was sie wusste, um zum ersten Mal innezuhalten und sich darauf zu besinnen, was sie wollte.

Der große, blau verglaste Büroturm, der seit Kurzem den Platz beherrschte, verschwand in seinen oberen Geschossen im tiefhängenden, graugrünen Wolkenmeer, aus dem es abwechselnd regnete und schneite. Der Verkehr hinaus aus der Stadt in Richtung Seine floss, aber hinein nach Paris staute er sich, eine hupende Autoschlange bewegte sich im Schritttempo an den zu beiden Seiten der Fahrbahn hochragenden Müllbergen vorüber. Die aufsteigenden Auspuffgase, ein wallender Bodennebel, waberten bis auf Höhe des ersten Stocks, während die kalte Feuchtigkeit aus den Wolken sich auf die Dächer senkte, die Fassaden der Häuser sich vollsogen, dunkel wurden wie durchnässtes Leder. Es war ein Vorstadtbild voller Trostlosigkeit, in das Hélène sich jetzt hineinbewegte, sie deutete, um dem Amerikaner zu verstehen zu geben, wohin sie wollte, mit dem Finger in die Rue Anatole-France, in Richtung Innenstadt.

Die enge Straße, in die der Schneeregen fiel und auf deren schmalem Trottoir Hélène und der Amerikaner einmal neben-, einmal hintereinander gingen, war nicht trostloser, ärmlicher oder verlorener als irgendeine andere hier, und doch schien sie – anders als die weiteren, stolzeren, selbstbewussteren Straßen von Neuilly, das sich selbst genügte und der Anziehungskraft der Kapitale trotzte – die Quintessenz der Vorstadtmisere zu verkörpern: ein existenzielles Problem, für das es Lösung und Erlösung nur gab in Paris. Die Banlieue, deren Seele, herausgesogen wie von einem Inkubus, verloren war; nur tote Haut, tote Hülle blieb übrig, wogegen die Stadt alles Blut, alle Hoffnung, alle Lebenskraft an sich riss. Und tatsächlich zog es nicht nur Hélène und Cote zur Stadtgrenze, ein zunehmender Strom unfreiwilliger Fußgänger, Männer und Frauen aus Büros, die nicht so aussahen, als seien sie hier normalerweise zu Fuß unterwegs, alle drängten auf beiden Seiten der Straße mit ihren Umhängetaschen und Aktenkoffern in Richtung Paris.

Als die Vorstadt sich zu der riesigen Brache des Boulevard Périphérique hin öffnete, war das ganze Ausmaß des Chaos erstmals zu überblicken.

In der beginnenden Dämmerung schimmerte die immer tiefer hängende Wolkendecke violett, und durch den Nebel sah man, im ohrenbetäubenden Lärm ihrer Motoren, verteilt über die Stadtautobahn und versetzt in der Höhe, drei riesige, unheilvolle Libellen, gebannt in den Wirbel ihrer Rotoren, drei Polizeihubschrauber, die das Verkehrsgeschehen in bedrohlicher Tatenlosigkeit überblickten. Eine vierspurige Phalanx gelber Frontscheinwerfer bis zum Horizont, eine vierspurige Phalanx roter Brems- und Rückleuchten bis zum Horizont, zerfetzt und quellend im Tröpfchenschleier von Nebel und

Nieselregen. Auch auf der Brücke, auf den Zubringern und Abfahrten, stand der Verkehr still, die Motoren brummten und dröhnten, jaulten und heulten hilflos und hungrig im Leerlauf auf, von Zeit zu Zeit initiierte ein Verzweifelter ein Hupkonzert, das sich wie ein Trompetensignal durch die Schlange fortpflanzte, irgendwo erstarb, irgendwo wieder aufgenommen wurde.

Die Situation war so ausweglos, dass Anarchie sich breitmachte: Man sah die ersten Vespas und Motorroller gegen die Fahrtrichtung drehen, sich durch den erstarrten Strom schlängeln und winden, es folgte viel Gestikulieren aus offenen Fenstern, Einbahnstraßen wurden von Ungeduldigen und Oberschlauen missbraucht, was wiederum zu unlösbaren neuen Konfrontationen führte, Trottoirs wurden als Zusatzspuren zweckentfremdet, und lautstarker Streit entbrannte zwischen Fußgängern und Autofahrern. Einige verloren die Nerven und stellten ihre Wagen auf Kantsteinen, Gehwegen, am Straßenrand in doppelter Reihe ab und gingen einfach davon. Außer den Drohnen am Himmel war nirgendwo Polizei zu sehen, nur näher und ferner heulten Sirenen auf und verhallten wieder. Die Masse der Fußgänger, die in die Stadt hineinstrebte, scherte sich nicht mehr um Ampeln, Zebrastreifen, Gehwege. Zwischen den Autos hindurch, vor ihnen her gingen sie, stur, ohne sich umzusehen, überall, wo Raum war, fluteten sie hinein, ergossen sich auf die Straße, schlossen sich zur undurchdringlichen Menschenmauer, wenn ein Lastwagen sein Recht erhupen wollte.

Am Rand der Brücke über den Périphérique blieb der Amerikaner stehen. Müssen wir da hinüber?, fragte er und hielt sich mit einer Hand am Geländer fest, als drohe er andernfalls in den Mahlstrom, in die gelb und rot züngelnde Schlangengrube zu stürzen.

Hélène lächelte ihm zu: Ich muss, fürchte ich, sonst komme ich nie mehr nach Hause oder sonstwohin. Aber Sie –.

Nein, nein, ich komme mit. Sind Sie so lieb und nehmen meinen Arm, nur über die Brücke hier. Gottverdammt, das ist eine Rosskur. Es ist wie –.

Hélène, die ahnte, was folgen würde, unterbrach ihn: Nein, schauen Sie genau hin. Es herrscht zwar Chaos, aber keine Aggressivität – oder jedenfalls keine, die uns gefährlich werden könnte. Ich kenne das vom Hörensagen. Wenn die alte Stadt anfängt, sich auf ihre Lust an der Anarchie zu besinnen, dann wird es gefährlich nur für die da oben.

Cote blickte unwillkürlich zu den donnernden, kreischenden Helikoptern hinauf, die in weniger als fünfzig Metern Höhe standen, um unter der Wolkendecke zu sein, und die Kegel ihrer Suchscheinwerfer über die dämmrige Bühne schweifen ließen, auf der Auflösung gespielt wurde.

Nein, sagte Hélène. Die meine ich nicht. 1968 muss es so gewesen sein, da ist sogar de Gaulle geflohen. Wenn die Pariser mit débrouillardise anfangen, dann fallen Regierungen.

Mit was?, fragte der Amerikaner.

Entschuldigung, ein unübersetzbares Wort. Was ich meine, ist, wenn die öffentliche Ordnung zusammenbricht und die Pariser auf eigene Faust reagieren und anfangen, sich irgendwie durchzumogeln, wenn die

Stadt auf stur schaltet, einen runden Rücken macht, alle Appelle an Vernunft und Bürgersinn an sich abprallen lässt …

Apropos Vernunft, sagte der Amerikaner. Wo wollen wir eigentlich hin?

Erst einmal in die Stadt hinein. Und dann sehen, wie wir weiterkommen. Wer weiß, wie es jenseits der Petite Ceinture aussieht. Hier wollen alle auf die Autobahn und können nicht, und die runterwollen, stecken auch fest. Kommen Sie, wir müssen hier irgendwie durch.

Es begann wieder zu schneien, sogar in dicken Flocken, die vor der düsteren Mauer der Vorstadt, erleuchtet von der Lichtorgel der Autoscheinwerfer, aussahen wie Theaterschnee, der vor einem schwarzen Vorhang sackweise ausgeleert wird. Sie taumelten in aufreizender Langsamkeit, Ruhe und Stille herab, als wollten sie die aufgeregte Stadt zur Entschleunigung mahnen oder einfach alles bedecken und verschwinden lassen. Aber Hélène und der Amerikaner hatten die breite Schneise der Petite Ceinture noch nicht erreicht, da wandelte der Schnee sich schon wieder zu Regen. Die Flöckchen, die eben noch auf dem Haar Cotes liegen geblieben waren und ihm im Dämmerlicht das Aussehen eines Graumelierten verliehen, schmolzen und flossen seine Stirn und Schläfen herab. Hélène hatte längst die Kapuze ihres Kamelhaarmantels übergezogen, auf dem tausend Tröpfchen glitzerten, aber der sich langsam voll Wasser sog und dunkler wurde.

Sie kämpften sich über den Boulevard Gouvion-Saint-Cyr, wie der nach den napoleonischen Marschällen benannte Ring um Paris herum in diesem Abschnitt hieß. Die hohen, verrußten und von der Nässe noch zusätzlich nachgedunkelten Backsteinwände der Sozialwohnungsblocks, die den gesamten Gürtel rahmten und zu einer zugigen Schlucht machten, zwei Ringe einer neuen Stadtmauer, höher und abweisender als die alte, an deren Stelle sie getreten war, sahen aus toten Augen auf die reglose Reihe dicht an dicht stehender Autos und Lastwagen und die ameisengleich zwischen ihnen hindurchwimmelnden Fußgänger, die sich wie Hélène und der Amerikaner, über Stoßstangen steigend, sich auf Motorhauben abstützend, ihren Weg über die vierspurige Straße suchten.

Wie auf einer Massenflucht oder bei einer Belagerung strömten die Menschen in die ohnehin schon überfüllte Stadt hinein, in einem von der absurden Hoffnung auf Klärung der Situation, Orientierung und dem Drang nach Hause zu kommen geborenen Lemmingszug.

Die kahlen Platanen, deren grünschwarz schimmernde Stämme, von riesigen nassen Eisengittern umgeben und geschützt, aus dem Asphalt wuchsen, wiesen den Weg an der verbarrikadierten Metrostation Porte de Champerret vorbei in die großbürgerliche Avenue de Villiers, von der Hélène sich Raum zum Atmen und Entlastung versprach. Allerdings fiel ihr auf, dass sie unwillkürlich zu Fuß die U-Bahn-Trasse nachging, was vielleicht nicht der kürzeste und geradeste Weg war. Wohin?, dachte sie. Am schnellsten würde sie von hier in die Eisenbahnerwohnung in der Rue des Batignolles kommen. Aber sie hatte keinen Schlüssel und wusste nicht, ob ihre Tante zu Hause sein würde – eher unwahrscheinlich in dieser Situation. Nach Hause quer durch die Stadt bei diesem

Wetter war ein endloser Weg, aber obwohl es objektiv gesehen keine Alternative dazu gab, tendierte Hélène eher in Richtung Innenstadt, als ob sich dort alles klären würde oder ungeahnte Optionen auftauchen könnten.

Der riesige runde Platz des Maréchal Juin mit dem Pavillon des RER-Bahnhofs am Rande und dem baumbestandenen Rondell, das normalerweise der Verkehr umtoste, war eine Wasserscheide. Jenseits davon war die Avenue de Villiers noch befahrbar. Überall rund um den Platz hatten Menschen ihre Autos stehen lassen, in waghalsigen Manövern wendeten hier Fahrzeuge, die Hälfte der Autos umrundete hupend, die Warnblinker eingeschaltet, den Kreisverkehr in Gegenrichtung, um sich vor dem finalen Stau zu retten, der in Richtung Périphérique allen Verkehrsfluss erstickte. Die Cafés waren voll von Menschen, die sich vor dem Schneeregen und der Aussichtslosigkeit in Wärme und Trockenheit flüchteten und miteinander ins Gespräch kamen. Wildfremde Menschen fingen unter den Markisen, wo sie Schutz vor dem Regen suchten, an, miteinander über die Lage und den Streik und die Regierung zu diskutieren. Auf dem überfüllten Platz redeten Fußgänger, die sich zwischen Kotflügeln und Stoßstangen ihren Weg bahnen mussten, mit den Insassen der Autos, die Fußgänger hatten im Gegensatz zu diesen ein paar Meter mehr Überblick und gaben ihre fatalistischen Prognosen den blind in ihren Metallkästen Eingeschlossenen weiter. Einer deutete erklärend in die Ferne, der Autofahrer winkte verdrießlich ab.

Dann sah Hélène auf der Ladefläche eines schmalen, dreirädrigen Piaggio-Lieferwagens, der auf dem Trottoir gewendet hatte und jetzt in bollerndem Zweitaktknattern die Avenue de Villiers nach Osten zurückrollte, einen Manager im dreiteiligen Anzug mit angezogenen Knien zwischen Bierkästen hocken, der, den Schirm aufgespannt, mit dem Rücken ans Führerhäuschen gelehnt, gegen die Fahrtrichtung sitzend, stoisch auf das Chaos hinabblickte, über das er hinwegglitt. Hélène stieß den Amerikaner an. Was für Allianzen!, sagte sie. Dass es einmal so weit kommt, dass die Todfeindschaft zwischen Autofahrern und Fußgängern in dieser Stadt aufgehoben ist!

Cote nickte und stellte dann fest, dass seine Kiefer schmerzten, weil er seit geraumer Zeit die Zähne aufeinanderbiss. Sie standen unschlüssig am Rand des Platzes, was ihm Gelegenheit gab umherzublicken und sich zu orientieren.

Nein, das ist kein Krieg, dachte er. Und das schaffe ich auch wieder. Ich muss mich zusammenreißen, aber ich schaffe es. Aber das andere, wurde ihm in aller Schärfe bewusst, als er an die ähnlichen und doch so unterschiedlichen Bilder von verkeilten Autos und dröhnenden Hubschraubern am Himmel zurückdachte und sich der Anspannung und Angst und Konzentration und des Abscheus erinnerte, das andere, das geht nicht mehr. Nie mehr. Das will ich nicht mehr. Das kann ich nicht mehr.

Hélènes Augen folgten währenddessen voller Bewunderung und Zuneigung der Göttin der Wirrsal, der Luftgöttin, die unberührt über den Mahlstrom glitt. Eine junge Fahrradfahrerin, wie man sie jetzt öfter in der Stadt sah, schlank, durchtrainiert, auf einem Männerrennrad, einen kleinen Rucksack, aus dem eine Wasserflasche ragte, auf dem Rücken, Ohrstöpsel in den Ohren, deren Kabel in ihrer Anoraktasche verschwanden, Radfahrerhandschuhe an den Händen, schwarze Schnürstiefel, die in die Pedale traten, androgyn und doch weiblich, zutiefst unabhängig – mit gleichmütigem Gesicht erfuhr sie, quer zu den herkömmlichen, neue Wege durch die Stadt, ihren eigenen Songlines folgend, die einzige Gewinnerin des Spiels, ihrer Zeit voraus oder vielleicht als Einzige in ihrer Zeit geborgen, während alle Welt Rückzugsgefechte führte.

Der Anblick der Radfahrerin und des Managers vorhin auf der Ladefläche bewog Hélène, selbst mit der Tradition zu brechen. Sie stellte sich zwei Meter auf die Fahrbahn der Avenue de Villiers hinaus und hob den Daumen, in der Hoffnung, eines der vor dem Kreisverkehr drehenden Autos werde sie mitnehmen – irgendwohin. Hauptsache, Bewegung.

Der Amerikaner stand zwei Schritte hinter ihr, durchweicht und mehr denn je ein abgerissener und überforderter Schutzengel, der selbst eher Hilfe brauchte, als er welche spenden konnte. Als er sich in Gedanken so sah, musste er schmunzeln.

Es dauerte keine zwei Minuten, da hielt ein R5-Kastenwagen, der gegen den Verkehr auf dem Rond Point gedreht hatte und wieder dorthin zurückfuhr, wo er hergekommen war, vor Hélène an. Auf der fensterlosen Seite waren die Apothekenzeichen Paracelsusstab und Natter zu sehen. Ein pharmazeutischer Kurier. Eine Frau mittleren Alters, eine Zigarette im Mund, beugte sich zur Beifahrerseite und kurbelte das Fenster herunter. Sie wollen mit? Keine Garantie, dass ich es weit bringe. Es ist überall voll. Ich hab nur einen Platz, den müssen Sie sich irgendwie teilen.

Als sie Hélène zögern sah, schloss sie an: Wegen Sicherheitsgurt machen Sie sich mal keine Gedanken. Die Bullen haben heute andere Sorgen.

Hélène lächelte und sah Cote fragend an: Schaffen wir das?

Er stieg kurzerhand ein, reichte ihr dann die Hand und zog sie ins Auto, wo sie halb auf ihm, halb zwischen seinen Schenkeln auf der Sitzkante zu hocken kam und den Kopf nach hinten gegen seine Schulter oder zur Seite legen musste, um nicht gegen den unverpolsterten Dachhimmel zu stoßen.

Was für ein Wetter, hm?, sagte die Frau. Ausgerechnet heute. Wo wollen Sie denn hin?

Hélène zuckte die Achseln. Ein bisschen weiter in die Stadt rein.

Na, mal sehen, sagte die Fahrerin und bot beiden von ihren Zigaretten an. Rund um den kleinen, vollen Aschenbecher lag überall verstreute Asche, auf der Schaltkonsole, dem Armaturenbrett, den Gummimatten. Die Scheiben beschlugen, und wann immer sie hielt, wischte die Frau mit dem Ärmel ein Sichtfeld frei.

Ich dachte, ich komme raus auf den Périphérique, sagte sie. Ich hab ja zum Glück meine Lieferungen durch für heute, ich will so einen Tag nicht noch einmal erleben. Dass es auch verderbliche Ware gibt, die in den Kühlschrank muss, das interessiert ja keinen. Ich bräuchte ein Blaulicht. Da ist ja an normales Arbeiten nicht zu denken. Ich muss nach Créteil runter. Aber hier ist das ja hoffnungslos. Na, mal sehen, wie weit wir kommen.

Wenn alle Stricke reißen, krieche ich heut Nacht bei einer Freundin unter. Die wohnt bei Denfert. Müssen die Kinder kalt essen, ich kann es nicht ändern. Ich habe nämlich so ein Gefühl, dass da unten auch kein Durchkommen mehr sein wird. Wenn es mein Auto wäre, würde ich es auch einfach am Straßenrand abstellen. Kann die Leute schon verstehen. Aber ich kann mir alles Mögliche leisten, aber nicht, den Wagen zu verlieren. Naja. Und Sie? Auf dem Rückweg von der Arbeit? Wo wohnen Sie?

Hinter der Bastille, sagte Hélène.

Na, das geht ja noch. Da sind Sie ja heute Abend zu Hause.

Ganz schön verfluchtes Chaos, sagte Cote, aus dem Fenster hinaus in den Schneeregen blickend und auf die schwarzen, nackten vielarmigen Skulpturen der Platanen, während sie im Stop-and-go meterweise die Avenue de Villiers hinabrollten. Komisch, dass die Leute nicht ausrasten.

Sie sind nicht von hier, das merkt man. Wer hat uns denn diesen Schlamassel eingebrockt? Die Gewerkschaften doch nicht. Die haben ja nur reagiert. Der Schnösel Juppé ist schuld! Könnte ihm so passen, dass wir uns gegenseitig an die Gurgel gehen. Aber wenn er meint, er kann diesem Land seinen Willen aufzwingen, dann ist er schief gewickelt!

Ich weiß nicht, sagte Hélène. Der Typ ist so weit weg, der bleibt stur, solange Chirac ihn deckt.

Keine drei Tage mehr, prophezeite die Frau grimmig grinsend und dann hustend, weil sie sich an ihrem Rauch verschluckt hatte. Sie wischte wild die Scheibe frei. Keine drei Tage mehr, und er lässt ihn fallen wie eine heiße Kartoffel. Warten Sie mal ab, wenn es hier richtig losgeht. Dann bleibt ihm gar nichts anderes mehr übrig.

Es war eine unbequeme, aber unterhaltsame Fahrt. Der Amerikaner rückte mehrmals auf seinem Sitz hin und her, und Hélène wäre bei mehreren scharfen Bremsmanövern beinahe mit dem Kopf gegen die Scheibe geknallt, hätte sie sich nicht rechtzeitig abgestützt. Auf der Höhe von Saint-Augustin auf dem Boulevard Malesherbes war Schluss.

Dort wo der Verkehr von der Gare Saint-Lazare in die breite Straße mündete, war kein Weiterkommen mehr. Sie warteten zehn Minuten im Auto, das sich keinen Zentimeter mehr vorwärtsbewegte, das Hupkonzert schwoll zum Dauergeheul an. Dann sagte die Fahrerin: Ich fürchte, das war's.

Was werden Sie jetzt machen?, fragte Hélène.

Die Frau zuckte die Achseln. Vielleicht hole ich mir ein Sandwich und warte, was passiert. Und wenn es mir zu blöd wird, steige ich aus und gehe zu Fuß weiter.

Viel Glück, sagte Hélène.

Ihnen auch viel Glück.

Ein Stück weiter den Boulevard Malesherbes hinunter in Richtung Madeleine, vorüber an den typischen sandfarbenen Haussmann'schen Blocks mit ihrer erhöhten Beletage, ihren fein ziselierten schmiedeeisernen Balkongittern und ihren vor Nässe schieferfarben glänzenden Zinkdächern verdichtete die Menschentraube auf dem breiten Trottoir sich, und der Amerikaner sah am Hin- und Herwanken der Masse, dass dort etwas nicht in Ordnung war.

Aber es war bereits zu spät, die erregte Menge hatte sich bereits um sie geschlossen, es gab kein Zurück. Sie hörten die ersten explodierenden Böller. Dann war der Grund für den Aufruhr mehr zu erahnen als zu sehen. Das Schaufenster eines Schuhgeschäfts war eingeschlagen, Plünderer stiegen ein und aus, Schaulustige blieben stehen, andere versuchten fortzukommen, andere zögerten, ob sie zugreifen oder anständig bleiben sollten, und standen wie gebannt da, von außen drängten Gaffer und potenzielle Diebe ins Zentrum des Gedränges.

Hélène hatte es einmal, anlässlich eines Freiluftkonzerts zum 14. Juli auf dem Platz der Republik miterlebt, dass betrunkene oder sonst außer Kontrolle geratene Jugendliche mutwillig Böller und Feuerwerkskörper in eine Menschenmenge warfen. Sie war mit Mühe und dem Schrecken und Ohrenklingeln davongekommen, hatte aber am nächsten Tag von den vielen im Gesicht Verletzten gelesen, von denen zwei das Augenlicht verloren hatten.

Von irgendwoher ertönten Trillerpfeifen, und das Geräusch rennender Stiefel ließ die Erregung überschwappen wie ein hin- und hergeschwenktes volles Glas. Jetzt explodierten überall Böller, Rauch stieg in die feuchte Luft, die Leute begannen zu schreien, Panik griff um sich, irgendwo war jemand hingefallen und kreischte.

Dem Amerikaner war es mit einem Mal, als habe er eine Brille aufgezogen, die alles sowohl klar und scharf kontrastierte, als auch viel langsamer, in Zeitlupe vor ihm ablaufen ließ und ihm Überblick, Konzentration und völlige Ruhe verschaffte. Er spähte über die Menge hinweg, griff Hélène am Arm, und als ein Böller direkt vor ihre Füße fiel, so lang und so dick wie eine teure Havanna, legte er sein Gewicht aufs Standbein und schoss wie ein Fußballer, ohne eine Zehntelsekunde des Zögerns, mit dem anderen Fuß den Feuerwerkskörper weg, Richtung Straße, wo er, eine halbe Sekunde später und sechs Meter entfernt, mit ohrenbetäubendem Krachen explodierte. Dann riss er Hélène, die die Hände vor die Ohren geschlagen und die Augen geschlossen hatte, mit sich, rammte mit der Schulter brutal zwei Männer aus dem Weg und zerrte Hélène im Laufschritt hinter sich her in eine schmale Gasse, die er einen Moment zuvor entdeckt hatte. Nach zwanzig Metern kletterte er auf den Kofferraum eines Autos, das dort abgestellt war und die Passage versperrte, zog Hélène hinauf, stieg rücksichtslos übers Dach und über die Motorhaube wieder ab, half ihr herunter, und nach weiteren fünfzig Metern entlang einer Brandmauer trafen sie auf eine Quergasse und erreichten, während Lärm, Geschrei, Geknalle und Gepfeife hinter der Ecke verhallten, eine ruhige Seitenstraße, wo sie stehen blieben.

So viel dazu, dass es hier für unsereinen ungefährlich sei, sagte Cote missbilligend.

Hélène keuchte und lehnte sich atemlos an eine Hauswand.

Woher wussten Sie, dass das keine Sackgasse war?

Stand kein Schild davor.

Wie haben Sie das in dem Trubel so schnell gesehen?

Übung.

Hélène orientierte sich. Die Seitenstraße war die Rue La Boétie. Direkt an der Ecke befand sich ein Café, Le

Rallye, durch dessen beschlagene Scheiben man nichts sehen konnte.

Kommen Sie hier rein, sagte Hélène. Wir haben uns eine Pause verdient. Zum Trocknen und Aufwärmen.

Das Café, gedrängt voll, dampfig, vibrierend von Stimmen wie eine Voliere, war offenbar in stilistischer Nachfolge des Drugstores von Saint-Germain in den sechziger Jahren eingerichtet und seither nicht verändert worden. Die niedrigen Decken waren mit silbrig spiegelnden Lamellen getäfelt, große orange-ockerfarbene Plastikkuben dienten als Raumteiler, an den Wänden entlang hinter den rostroten Bakelittischen liefen senfgelbe kunstledergepolsterte Bänke. Das Licht war so dämmrig, als läge der Staub und die Fettschicht der Jahrzehnte auf den Neonröhren und Appliken. Immerhin gab es das klassische Café- und Bistroangebot samt dem Drahtgestell, in dem die harten Eier standen, und den Viandox-Flaschen auf dem Tresen.

Sie fanden zwei freie Plätze am Tisch eines Paares, das bereitwillig zusammenrückte. Ein Mann mit kurzgestutztem weißem Bart, der eine Brille trug und in einen Tweedanzug gekleidet war, dessen Schultern dunkel vor Nässe waren, und eine vielleicht fünfzigjährige gepflegte Frau in einem blauen Hosenanzug. Sie waren ins Gespräch vertieft. Hélène bestellte zunächst zwei Grogs. Sie zogen die nassen Mäntel aus und hängten sie über die Stuhllehnen. Das Café dampfte vor Feuchtigkeit und Hitze wie ein türkisches Bad.

Es ist also nichts geworden mit der Schwangerschaft?, sagte Cote, das Gespräch dort weiterführend, wo sie es vor einer Stunde unterbrochen hatten. Und fügte dann nach kurzem Zögern hinzu: Und es wird auch nichts mehr?

Nein, sagte Hélène. Es wird auch nichts mehr. Und es macht mich kaputt, seelisch und körperlich. Deshalb habe ich mich entschlossen, die Reißleine zu ziehen. Ich will nicht noch tiefer in diese Spirale eines vertanen Lebens geraten.

Sie sah ihn an. Ich habe keinen Grund dazu.

Und nun?, fragte der Amerikaner.

Werden wir uns anders orientieren müssen. Werden wir uns einen anderen Lebenszweck und Lebensinhalt suchen müssen.

Sie trank ihren Grog aus und bestellte beiden ein Bier.

Wissen Sie, es war ja, bevor diese IVF zur Obsession geworden ist, ein schönes Leben. Wir können reisen, Bücher lesen, Musik hören. Wir könnten wieder häufiger ins Konzert oder ins Kino. Früher waren wir dauernd im Kino. Wir könnten aufs Land ziehen. Ich hätte gern einen großen Garten. Wir könnten uns engagieren. Es gibt so viel, wofür es sich lohnt zu kämpfen. Sie deutete nach draußen. Der Erhalt des öffentlichen Dienstes. Die kulturelle Ausnahmestellung Frankreichs. Sie musste lachen. Unser Rohmilchkäse … Dann winkte sie ab. Entscheidend ist, diesen Gedanken aus dem Kopf zu kriegen, man sei verflucht oder verkrüppelt. Ich meine, ich bin gesund. Ich kann mir endlich wieder Arbeit suchen. Richtige Arbeit. Ich bin noch nicht alt. Wenn man diese eine Sache vergisst, dann steht uns alles offen, alles.

Der Amerikaner nickte. Er spürte, dass er fröstelte. Eine Gänsehaut überlief ihn, es war, glaubte er sich zu erinnern, ein ähnliches Gefühl wie einst als Kind, als er eine Eisenbahnreise ohne Begleitung antreten musste, und der Zug hatte Verspätung, und er saß ganz alleine vier Stunden lang im Wartesaal der South Station von Boston, und panische Angst kroch in ihn, von aller Welt vergessen worden zu sein und völlig einsam und verloren im All zu treiben.

Zugleich schwitzte er in der dumpfen Wärmeglocke des Cafés, in dem alle nassen Mäntel und Jacken langsam ihre Feuchtigkeit ausdünsteten und wo es mittlerweile roch wie in einer Umkleidekabine.

Und Sie?, fragte Hélène. Ihre Therapie ist doch abgeschlossen. Sie sind doch, wie es so schön heißt, »geheilt«.

Cote lächelte ihr schwermütig zu. Ja, ich bin geheilt. Nun, was werde ich tun? Ich werde die restlichen fünf Jahre meiner Dienstzeit irgendwie abreißen. Ich kann es mir nicht leisten, den Dienst jetzt zu quittieren. Ich würde mehr als dreißig Prozent meiner Pensionsansprüche verlieren. Ich habe keine berufliche Alternative. Ich kann froh sein, wenn die Armee mich behält, bei dem record, den ich mittlerweile habe. Nun, das wird auch zu schaffen sein. Solange ich noch hier an der Botschaft arbeite, bin ich ja dort, wo ich immer sein wollte ...

Verzeihen Sie, sagte Hélène, das »geheilt« war ein bisschen flapsig. Ich meine, haben Sie denn das Gefühl, dass wirklich alles wieder im Lot ist?

Ach, Hélène, sagte Cote, Woods hat geleistet, was zu leisten war. Wir haben jede Sekunde durchgespielt. Unter den Voraussetzungen, unter denen ich angetreten bin, habe ich mir nichts vorzuwerfen. Die Kollateralschäden haben nichts mit meiner Seele zu tun. Ich darf mir nicht anmaßen, Jesus zu spielen, der die Schuld der Welt auf sich nimmt. Die Albträume und Schweißausbrüche sind vorüber. Die blinden Flecke in der Erinnerung sind blankgeputzt. Ich bin wieder voll dienst- und lebensverwendungsfähig. Ich darf mich im Spiegel ansehen, ohne mich zu schämen. Und wenn ich, jenseits all dessen, was justiziabel ist, der Meinung bin, ich hätte eine Schuld, dann ist es jedenfalls keine, die vor einen irdischen Richter gehört ...

Er zündete sich eine Zigarette an, reichte Hélène eine und trank sein Bier aus. Hélène rief dem vorbeieilenden Kellner zu: Encore deux demis, s'ju plaît! Der nickte und wiederholte im Weitergehen: Deux demis pour Madame.

Meine Kinder wiedersehen will ich trotzdem nicht. Ich fürchte den Anblick unschuldiger Kinder nach wie vor. Ich habe Angst, dass sie tot umfallen, wenn ich sie anschaue, anspreche oder anfasse. Und es geht ihnen ja auch gut.

Ich bin sicher, das wird sich irgendwann geben, sagte Hélène.

Er nickte, dachte nach. Nein, alles ist, von solchen Vernarbungen und Versteifungen abgesehen, gut. Aber ich gestehe Ihnen, Hélène, ich hege zum ersten Mal einen Groll gegen meine Armee, gegen mein Land. Verstehen Sie, gewiss, ich habe alles richtig gemacht, und was ich falsch gemacht habe, liegt nicht in meiner Verantwortung. In meiner Verantwortung liegt nur, dass ich überhaupt dabei gewesen bin. Wäre ich nicht, wären wir nicht dagewesen, wäre nichts von alledem passiert. Es wäre anderes passiert. Schlimmeres vielleicht, wer weiß das. Aber dieser Groll, der kommt daher, dass ich fünfzehn Jahre lang die Verantwortung für mein Denken und Handeln in die Hände der Armee und des Staates gelegt habe. Und nun habe lernen müssen, dass ich nicht auch die Konsequenzen, die sich daraus ergeben, abwälzen kann. Die bleiben bei mir. Das, was ich getan habe, das, was ich gesehen habe, das lässt sich nicht abgeben und zurückgeben und weiterreichen. Das will keiner, dafür ist kein Abnehmer vorgesehen. Damit muss ich weiterleben.

Der Kellner brachte die eiskalten und beschlagenen Biergläser und schob den Kassenbon unter den roten Plastikuntersetzer für das Trinkgeld. Cote nahm einen tiefen Schluck.

Ein wenig, gestehe ich, fühle ich mich getäuscht und enttäuscht, und ich weiß, dass ich es so wie bisher nicht mehr halten kann. Ich will keine Gesetze daraus ableiten. Es ist etwas ganz Persönliches. Was ich für richtig und wichtig halte, für gerecht und gut, ist eines, aber ich fürchte, ich bin nicht mehr in der Lage und willens, die Konsequenzen, die sich daraus ergeben, ganz allein mit mir abmachen und in meiner Seele tragen zu müssen.

Er nickte, den Blick auf das Bierglas gerichtet, seinen Worten hinterher.

Danke für vorhin, sagte Hélène. Sie hatten mich schon weggezerrt, bevor ich noch Angst bekommen konnte.

Ich habe zu danken, dass ich Ihnen wenigstens auch einmal behilflich sein konnte nach allem, was Sie für mich getan haben. Außerdem war das ja gar nichts.

Sie sahen einander an, rauchend, Bier trinkend.

Habe ich Ihnen eigentlich jemals erzählt, dass ich dann doch noch ins Paradies gekommen bin?, fragte der Amerikaner. Dass ich den Garten Eden betreten habe?

Hélène verneinte.

Und wissen Sie, Hélène, sagte er und schüttelte ungläubig den Kopf, es war wirklich das Paradies! Ich werde das nie vergessen. Auch das werde ich nie vergessen.

Es war vier Tage nach dem Waffenstillstand. Zwei Tage nach dem Gemetzel von Rumailah. Aus irgendeinem Grund wurde ich zu der Abordnung bestellt, die in die Marschen fuhr, um mit einigen der dortigen Sheiks zu reden. Wir waren nur zu fünft.

Es war keine zusammenhängende Erinnerung. Es waren Einzelbilder und bewegte Bildfolgen, jedes hatte sich als konzentriertes Licht in die Fotoemulsion seines Gedächtnisses gebrannt.

Die Einbäume, die Mashufs, die die Stabsoffiziere transportieren, von einem tuckernden Außenbordmotor angetrieben, entschwinden schnell und, kleine Rauchwölkchen ausstoßend, um eine von hohem Ried bewachsene Uferböschung herum. Sein Mashuf, schwarz, mit dem hochgezogenen, schnabelartigen Bug, der an eine venezianische Gondel denken lässt, rudert ein alter, schwarzgekleideter Ma'dan per Stechpaddel lautlos über das Wasser, das den Himmel spiegelt. Er muss an die persische Mythe denken, der Himmel sei ein riesiger, blauer Saphir, in den die Erde eingeschossen ist, oder die Erde ruhe auf einem Saphir, dessen Leuchten der Himmel seine Farbe verdankt. Vielleicht ist dann dieser See, dieses Wasser, ein kleiner Opal oder ein Aquamarin. Das bräunliche Riedgras, mannshoch auf Inselchen, am

Ufer, rauscht, das ist das einzige Geräusch. Das klare Wasser ist voller großer, silberner Fische, zum Greifen nah, es ist wie ein Traum oder wie in den wunderbaren Fischzügen der Märchen aus *Tausendundeiner Nacht*. Nein, das Rauschen des Rieds ist nicht das einzige Geräusch, darin, darein verschlungen, das Zirpen, Keckern, Röhren, Tschilpen, Krähen und Glucksen Abertausender Vögel. Über der sich wiegenden Schraffur des Schilfs ziehen zwei Krauskopfpelikane in charakteristischem Flug, dalmatische Pelikane, sie wassern in aufsprühendem Tröpfchengefunkel. Langsam gleitet der Einbaum, dessen Bootsmann im Heck unsichtbar hinter ihm sitzt und eine leise, heisere Melodie summt, voran durch die unberührte Marschenlandschaft. Am Ufer steht ein Knabe mit einem zugespitzten hölzernen Speer und blickt konzentriert auf den Wasserspiegel, unter dem sich die silbernen Fische tummeln. Am Horizont, zur Wüste hin, verblasst das lichte Blau des Himmels in rosigen und gelben Schichten zu weißer Farblosigkeit.

Wie sagt man?, fragte Cote. A sanctuary. Ein Refugium? Eine Freistatt? Die Ma'dan stammen ja angeblich in direkter Linie von den Sumerern ab und leben seit fünftausend Jahren ungestört in den Marschen, mehr oder weniger wie damals. Aber in diesen fünftausend Jahren waren die Marschen eben immer auch Flucht- und Rückzugsort für alle Menschen der Region, die verfolgt wurden, Araber, Perser, Beduinen, Fremde, und für die Tiere, die Vögel vor allem. Es ist eine der größten Überwinterungsstätten für Zugvögel auf der ganzen Welt. Ob Mensch oder Tier, hierher haben sie sich geflüchtet, hier waren sie in Sicherheit vor dem Wahnsinn der Welt…

Plötzlich, hinter einer Biegung, breitet sich vor seinen Augen die schwimmende Stadt aus. Dutzende kleine Inselchen im Binsenmeer, und auf jeder eine oder mehrere der tunnelförmigen Riedhütten, manche größer, manche kleiner, aber alle perfekt gerundete Tonnengewölbe. Menschen, Wasserbüffel, auf den Dächern Pelikane. Der erste Eindruck: ein Hafen voller Dschunken, voller Hausboote, wie in Hongkong. Nein, eher ist es ein kleines Venedig aus Schilf. Nein, es ist etwas ganz anderes, nie Gesehenes. Der von zwei Flüssen umspielte Garten Eden als ein Atoll aus Röhricht-Inseln. Kein himmlisches Jerusalem, sondern ein schwimmendes, keine fliegende Insel Laputa, sondern eine im Delta der Kanäle und Flussläufe am Ursprung der Welt geborgene Insel Lasanta. Friedvoll, eine kleine Enklave, aus der Zeit gerettet, vor dem Sündenfall bewahrt.

Vor einer der Hütten steht, regungslos und wie aus poliertem schwarzem Marmor gemeißelt, ein gigantisches, bedrohliches Urwelttier, ein riesiger Wasserbüffel, die wie eine Narrenkappe oder eine versteinerte Zopfperücke geformten hellen Hörner zu beiden Seiten in gewaltigen Haken vom Schädel abstehend. Von Zeit zu Zeit durchläuft ein Zittern das schwarze Fell der Flanken von vorn nach hinten, als erwache eine Statue an ihrer Peripherie zum Leben, und verscheucht die Mücken und Fliegen. Auf dem Rücken des Urtiers, das sein aufgeworfenes, feuchtes Maul in den Wind hebt, als es ihn an Land gehen sieht, liegt schlummernd oder dösend, lang hingestreckt, ein kleines Mädchen in einem kobaltblauen Wickelkleid, das lange schwarze Haar fällt über den Nacken des Tiers, ein Bein des Mädchens hängt träge an seiner Flanke herunter, von Zeit zu Zeit beschirmt es mit einer Hand die Augen und blinzelt ins Licht. Sanft wie ein Lamm lässt der Büffel sich von dem Kind als Sänfte, als Chaiselongue benutzen.

Die anderen waren natürlich schon in der großen Mudhif, dem Repräsentationshaus des Sheiks, sagte der Amerikaner. Ein riesiger Tunnel aus Riedmatten, die über Schilfbündel gespannt sind, eine perfekt regelmäßige und sauber konstruierte gelbe Höhle, fast zwanzig Meter tief. In der Mitte über der Feuerstelle wurde Kaffee gebraut, die Herren saßen auf Teppichen und Brokatkissen, und ein großes Feuer aus Weidenästen brannte. An den Wänden kleine, bunte Lampen, und der hintere Ausgang verschwamm in einem Licht wie geschmolzenes Gold oder aus den Waben tropfender Honig. Sie waren schon in medias res, als ich eintrat, der ganze Besuch diente ja dazu herauszufinden, ob und wie weit man die Schiiten dazu motivieren und mobilisieren könne, sich gegen Saddam zu erheben. Der Sheik, ein alter Mann mit Gesichtsfalten, die wie mit dem Schnitzmesser in weiches Holz gezogen waren, und einem weißen Kopftuch mit schwarzem Rautenmuster, hob seinen Arm und deutete nach Norden. Dann mit dem anderen weitausholend auf meine Stabsoffiziere: Now you go Bagdad, kill the great Satan Saddam. Er hatte eine heisere Stimme, und nach den paar Brocken Englisch redete er auf Arabisch weiter, und der Übersetzer erklärte, Saddam sei ein Ungläubiger und gehöre deshalb mitsamt seinen Helfern umgebracht. Ich gestehe, ich habe nur halb zugehört, ich wollte raus und mir noch länger die Gegend ansehen. Hinterher bekamen wir Labne zu essen, eine Art Joghurt aus Büffelmilch, und als ich darum bat, wurde mir ein Junge gerufen, der mich in seinem Sajah, einem kleinen Einbaum, durch die Marschen ruderte. Ich wollte Vögel sehen.

Da ist die Frau von der Hütte, umstanden von kleinen Mädchen, alle tragen sie jettschwarze Kleider. Die Frau hockt an einem vorsintflutlichen Webstuhl, der aussieht wie ein großes, liegendes Saiteninstrument, die archaische, mit bunten Saiten bespannte Laute eines Riesen.

Da ist das lautlose Gleiten durch die Kanäle, vorüber an mannshohem Schilf, das sich in der Brise wiegt und sich dann auftut wie ein Vorhang auf die Kulisse des Sees. Da schwimmen Tausende Marmelenten und Krickenten. Pelikane, das weiße Gefieder rosig gegen die sinkende Sonne, flattern schwerfällig aus dem Ried. Da sind die Schreie von Fischadlern, hoch oben im Blau über dem Wasser kreisend. Spitzschnäblige Kormorane schießen wie schwarze Pfeile ins Wasser und tauchen aus den Ringen, die sie selbst erzeugt haben, empor, einen silbernen Fisch quer im Schnabel. Kleine Rieddrosslinge sitzen wie Tautropfen im Schilf und singen. Da sind die Brachvögel mit ihren wunderbar schmalen, abwärtsgebogenen Sichelschnäbeln, die über die kleinen Inselchen stolzieren und den Schnabel in den feuchten Boden bohren.

In einer flachen Bucht, bedeckt vom welken Laub kleiner Wasserlilien, stehen zwei Büffel bis zum Bauch im Wasser und kauen friedlich die Lilienblätter. Und dann ist da, viel zu früh, der Sonnenuntergang hinter den Riedinseln, die bis ans Ende der Welt reichen. Hoch oben am Himmel weiße Zirrus-Schleier, vom Wind ausgefranst, mit einer Bordüre, die von Schwarz bis zu flammendem

Gold changiert, dann zur Farbe alten Elfenbeins verblasst, das alles vor einem Hintergrund aus Zinnoberrot und Orange, Violett, Mauve und fahlstem Grün. Von allen Seiten, als sei es der Atem der Marschen, schallt das sonore Gequake von Fröschen, ein pulsierender Klang, so intensiv und gleichmäßig, dass er bald gar nicht mehr wahrzunehmen ist.

Vom Dorf her bellt ein Hund, und ein Büffel muht in schmerzlich heller Fanfare, die an das Geschrei eines Kamels erinnert. Und dann, eine Hand im perlmuttfarbenen Wasser bei den herumschießenden Quecksilberkugeln der Fische, dann sieht er sie: fünf Wasserbüffel, besser gesagt nur die in den Nacken gereckten Köpfe von fünf Wasserbüffeln und ihre Schultern, die Widderhörner zu beiden Seiten des Kopfes, die Mäuler mit den atmenden, sich rhythmisch blähenden und zusammenziehenden Nüstern, schwimmen, aufgereiht wie schwarze Perlen an einer Schnur, in gerader Linie dicht hintereinander her, keine drei Meter an ihrem Einbaum vorüber.

Sie haben etwas Eifriges, Zielstrebiges und ungeheuer Zartes und Verletzliches – vielleicht rührt dieser Eindruck von ihren ein wenig steif in die Atemluft gereckten Nasen und ihrer geraden Bahn her. Nichts scheint sie vom Wege abbringen zu können. Sie sind rührend wie folgsame Kinder. Ihr warmes Schnaufen ist deutlich zu hören – der kostbare Klang des Lebens.

Und wirklich nickte der Junge im Heck, als er sich zu ihm umgedreht und beglückt auf die fünf Tiere gedeutet hatte, und wies mit dem Arm zum Dorf hinüber. Yes, swim home, sagte er. Sie schwimmen nach Hause. Und dieses Wort und der Anblick der mächtigen Büffel, die vertrauensvoll und seelenruhig heim strebten, hatten ihm die Tränen in die Augen getrieben.

Verzeihen Sie, ich wollte nicht lauschen, sprach sie ihr weißbärtiger Tischnachbar an, aber mir scheint, ich habe Sie von den Marschen im Südirak sprechen hören...

Cote nickte.

Ich weiß nicht, wann Sie dort waren, aber ich war vor zwei Monaten dort, verzeihen Sie, Verhaeghe, ich arbeite für die WHO, ich habe so ein Elend in meinem Leben noch nicht gesehen, Saddam lässt die gesamten Marschen trockenlegen, aus purer Rache, er baut Dämme, er leitet die Ölquellen in den Hammarsee, er bringt die Leute um! Nach meinen Informationen sind jetzt schon mehr als zehntausend Ma'dan tot oder in Lagern, hunderttausend sind gezwungen fortzugehen, weil ihre Lebensgrundlagen zerstört werden, jeden Tag ein Stück mehr. Das ist eine fünftausend Jahre alte Kulturlandschaft, und in zehn Jahren wird nichts davon übrig sein, nichts mehr!

Hélène und Cote sahen den Mann an, und seine Begleiterin legte die Hand auf seinen Unterarm, aber er ließ sich nicht beruhigen.

Es ist jetzt schon die größte ökologische Katastrophe des Jahrhunderts, sagte der Mann. *Dahin* müsste die UNO eine Armee schicken! Noch heute, um das Allerschlimmste zu verhüten. Und ich würde mitgehen! Und schießen würde ich auch!, rief er. Und dann, als müsse er sich selbst zur Ordnung rufen: Und wer ist schuld daran? Die verdammten Amis! Die verdammten Amerikaner, die 1991 die Ma'dan aufgewiegelt haben, gegen Saddam zu rebellieren, und sie dann schmählich im Stich gelassen haben!

Cote sagte nichts, aber Hélène erwiderte: Nun, mir scheint, wenn Saddam Hussein die Marschen trockenlegen lässt und die Menschen tötet und die Umwelt verseucht, dann ist es doch wohl zunächst einmal die Schuld Saddams!

Der WHO-Mann winkte müde ab. Wir wollen nicht darüber streiten, wessen Schuld es ist. Verzeihen Sie meine Aufwallung. Aber es schreit zum Himmel.

Und dann sagte er es noch einmal, alle drei nacheinander anblickend, verzweifelt und hilflos: Es schreit zum Himmel!

Alle schwiegen bedrückt. Um die Wogen zu glätten, wandte Hélène sich an die Frau: Sind Sie hier auch wegen des Streiks gestrandet?

Die nahm den Ball dankbar auf. Oh ja. Unser Taxifahrer hat uns hinter der Gare Saint-Lazare ausgesetzt, weil kein Weiterkommen mehr war. Wir wollen eigentlich heute Abend noch bis Vincennes kommen.

Wir gehen erst einmal irgendwo Abend essen, sagte der Mann. Und dann haben wir vorhin gehört, dass die Bateaux-Mouches angeblich einen Fährdienst eingerichtet haben, einen Notdienst mit ihren Ausflugsschiffen zwischen Maison de la Radio und Bercy. Da werden wir's dann noch mal versuchen …

Am Nebentisch drehte sich ein schwarzer Fahrradkurier zu ihnen um, schluckte im Nicken hastig seinen Bissen hinunter und sagte dann mit würgender Stimme: Das stimmt. Die Bateaux-Mouches machen Fährverkehr. Hin und her. Ich bin vorhin am Anleger Alma vorbeigekommen. Was für eine Schau. Menschenmassen. Aber immerhin …

Hélène rief den Kellner, um zu zahlen, und sagte zu Cote: Dann wissen wir ja, wohin wir gehen müssen.

In die schmale Rue La Boétie fiel der Schnee, und die Autos steckten im Stau, aber es waren nicht viele Leute unterwegs. Das änderte sich, als sie am massigen Säulenportal der einem griechischen Tempel nachempfundenen Kirche Saint-Philippe-du-Roule vorüberkamen und in die Rue de Courcelles einbogen, Richtung Champs-Elysées. Der Menschenstrom hier schwoll an zu einer dichten Masse, die sich wie bei einer Großdemonstration in engen Reihen hintereinander vorwärtswälzte, vorbei an stehenden, verkeilten, hupenden Autos, und, je näher sie der großen Magistrale kam, bald die ganze Straßenbreite beanspruchte.

Wie eine immense Ebene nach der Durchquerung einer Schlucht öffnete sich dann am Rond Point der weite Horizont der Champs-Elysées. Die roten und gelben Lichtschlangen ringelten sich um den Kreisverkehr, wanden sich parallel die Prachtstraße hinauf, verloren sich auf halber Höhe im rosigen, violetten Nebel, zur anderen Seite, nach Osten, desgleichen. Unter dem Getöse zweier Polizeihubschrauber, deren Suchscheinwerfer den Schneeregen beleuchteten und Fassaden, Straße und Gehwege in gespenstischem Licht aufflackern ließen wie das Schattenspiel eines Großbrandes, schien es, als habe nach einer Naturkatastrophe oder einem Angriff die Bevölkerung der ganzen Stadt, obdachlos geworden, sich auf den Exodus begeben, einen Exodus ohne Führer und Ziel. Menschenströme überschwemmten die Trottoirs und Alleen. Überall redeten, diskutierten, stritten Leute, erhitzten sich, der Ausnahmezustand lockerte ihre Zungen, brach das Glacis auf, das ein jeder zu normalen Zeiten unsichtbar um sich trägt und das kein Fremder mit Worten, Blicken oder Gesten je zu durchbrechen wagt.

Aus gehetzten Stadtmonaden, dachte Hélène, wird im Notfall wieder eine Population von Menschen, die sich organisieren, strukturieren, sozialisieren muss.

Fünf Verkehrspolizisten, die es aufgegeben hatten, den Verkehr zu regeln, der nicht mehr zu regeln war, der sich nicht mehr rührte, standen unter einer Ampel, die auf Dauerblinklicht geschaltet war, unterhielten sich angelegentlich und ignorierten stur die beiden Autofahrer, die zwanzig Meter weiter aneinandergeraten waren.

Fahrradfahrer segelten aufrecht zwischen den Autos hindurch wie Rennyachten zwischen Riffen. Auf den äußersten Zweigen der Platanen blieb der Schnee liegen und verwandelte sie, sobald die Lichtkegel der Helikopter sie streiften, in funkelnde Kristallüster. Der tiefhängende Himmel changierte zwischen Violett und Aschegrau, die Trottoirs waren mittlerweile von einer hellbraunen Schneematschschicht bedeckt, auf der eine Dame in Pumps mit Ledersohlen ausrutschte. Sie fiel direkt hinter Hélène und Cote hart auf den Asphalt und schrie dann mit schriller Stimme, ihre Handtasche, nachdem sie sich wieder aufgerappelt und abgeklopft hatte, vor Wut noch einmal zu Boden feuernd: Merde alors! J'en ai marre, mais marre!

Das ganze Spektakel hatte etwas Archaisches, etwas von steinzeitlicher Völkerwanderung auf der Flucht vor Eis und Vulkanausbrüchen, und solche Zeiten, dachte

Hélène, waren immer nicht nur Zeiten von Furcht, Anspannung und Auseinandersetzung gewesen, sondern auch von Improvisation, Neuentdeckungen, Mut, Freundschaft und Solidarität. Und während sie jetzt, vor oder hinter dem Amerikaner, die Prachtstraße zwischen Stoßstangen und Stoßstangen zur Avenue Montaigne hin überquerte, hatte Hélène das Gefühl, in diesem Getriebenwerden und Sich-Durchschlagen mit allen dazugehörigen Ängsten und unerwarteten Gelegenheiten ihren Platz zu haben, dazuzugehören. Sie sah den Amerikaner an, der seinen Tunnelblick verloren hatte und fähig war, zugleich auf seinen Weg zu achten und die Umgebung wahrzunehmen. Seine weit geöffneten Augen schienen die absurde Szenerie in großen Zügen einzuatmen.

Wie geht es Ihnen?, fragte Hélène.

Besser als seit Langem, sagte er dann auch. Ich habe das Gefühl, ich bin auf einmal wieder Herr über meinen Körper. Ich erinnere mich, wie viel Spaß es früher gemacht hat, Samstagabend in die Stadt zu gehen. Ein bisschen mulmig und zugleich erwartungsfroh. Ja, so ungefähr fühle ich mich: wie als ich siebzehn war und downtown ging.

In Worcester, Massachusetts!, sagte Hélène.

In Worcester, Massachusetts!, bestätigte Cote und grinste.

Die meisten Luxusgeschäfte der Avenue Montaigne hatten aus Angst vor Plünderungen geschlossen und die Fallgitter heruntergelassen. Hinter den Vorhängen der großen, unter schirmförmigen roten Markisen liegenden Bogenfenster des Plaza Athénée sahen die Hotelgäste neugierig und ängstlich heraus auf den Menschenstrom, der sich auf Gehwegen und Straße in Richtung Seine wälzte. Der livrierte Portier unter der geschwungenen, gläsernen und zinkgerippten Art-déco-Muschel, die den Eingang überdachte, machte ein Gesicht, als fürchte er, aus diesem bunt gescheckten Demonstrationszug plötzlich Menschen ausbrechen zu sehen, die ihn überrennen würden, um ein Nachtquartier zu verlangen.

Nur eine der großen Couturier-Boutiquen war geöffnet, die von Saint-Laurent, und an der niedrigen Buchsbaumrabatte, die den Vorplatz des Geschäfts vom Trottoir trennte, stand ein zierlicher Mann mit einem messerscharfen Schnurrbärtchen, ein Angestellter des Modehauses, und bot den Passanten gutgelaunt Petits Fours von einem Silbertablett an. Von irgendwoher aus der Menschenmenge schrie ein Witzbold: Vive la révolution!, und der zierliche Modeverkäufer, der sich offenbar angesprochen fühlte, rief zurück: Joyeuses Pâques! Der Amerikaner musste lachen. Dann waren sie an der Seine, und auf der Alma-Brücke, einem Engpass, wurde das Gedränge so groß, dass Cote und Hélène sich unwillkürlich bei der Hand nahmen, um nicht getrennt zu werden. Sie gingen dicht am Geländer, tief unter ihnen floss der Fluss, schwarz wie flüssiger Teer, dicke Flocken fielen an den Kandelabern vorüber und auf den Kopf und das steinerne Cape des Zouaven, dessen Füße die Wellen der hochfließenden Seine leckten.

Der Nebel, der sich über den Fluss senkte und alle Horizonte der großen Totale verschwinden ließ, hob auch alle Gewissheiten über Distanzen und Größenverhältnisse auf. Es konnte sich ein ganzer Kosmos ausdehnen in der grauen wabernden Leere, es konnte auch sein, dass das Inselchen von Sichtbarkeit alles war, was geblieben war von der Welt. Grünlich-silbern phosphoreszierende Dunkelheit und eine Schraffur aus weißen Horizontalen und schwarzen Vertikalen. Es war Abend geworden. Der Schneeregen fiel aus der Nebelwand, der Wind über dem Fluss peitschte ihn hin und her.

Am Anleger der Bateaux-Mouches staute sich eine ständig wachsende Menschenmenge vor den hölzernen Bootsstegen, dann kanalisiert von einem mäandernden Labyrinth aus Eisengeländern, mit denen normalerweise bei Demonstrationen und Paraden und Radrennen die Straßenränder abgesperrt werden und das die Schlange der Wartenden ordnen sollte, bis hin zu der Straße, die an der Kaimauer entlangführte. Es mochten dreitausend Menschen sein, vielleicht mehr, und jeder verstärkte mit den weißen Wölkchen, die er bei jedem Ausatmen oder Satz ausstieß, den Nebel über der Stadt. Anzugträger mit Aktenkoffern traten fröstelnd von einem Fuß auf den andern, einige hatten ein Mobiltelefon am Ohr und sprachen hektisch darauf ein. Neben Hélène stand eine Frau in einem halblangen Rock mit schwarzer Lycrastrumpfhose darunter. Die Absätze ihrer von weißen Schneerändern verunzierten Schuhe versanken im Matsch. Um die Schulter trug sie eines jener ausgebeulten Täschchen, die eigentlich nur für ein Portemonnaie und einen Lippenstift gedacht sind und Tag für Tag mit dicken Terminkalendern, Aktenordnern und Zeitschriften vollgepfropft werden. Hélène und Cote redeten nicht viel. Sie schauten. Es gab so viel zu schauen, dass man vergaß zu warten. Auf ein Schiff, das Hélène nach Hause bringen würde, während der Amerikaner zurück zur Botschaft ginge.

Nach einiger Zeit, die die Menschen in Notsituationen brauchen, um die Zumutung zu überwinden, in einer ahnungs- und hilflosen Menge zu stecken, entspannen sich erste Wortwechsel und Unterhaltungen zwischen den fremden Schicksalsgenossen. Woher, wohin? Und der Streik? Achselzucken, Lächeln. Man muss sie verstehen. Ja, und wer versteht uns? Unsereins ist immer der Gelackmeierte. Widersprüchliche Informationsströme flossen kreuz und quer durch die Wartenden: Das nächste Schiff kommt von Seine-abwärts und fährt Seine-aufwärts. Nein, umgekehrt. Man wird ja sehen, woher es kommt, und dementsprechend an Bord gehen. Nein, denn sie fahren eine Schleife hier, sie können also von rechts kommen und auch wieder nach rechts fahren. Ein Skandal, dass man hier nichts erfährt! Keine Organisation, typisch! Und die Polizei? Wo ist die Polizei, wenn man sie mal bräuchte?

Ein einsamer Polizist, der für Ruhe und Ordnung sorgen sollte und dessen Gesichtsausdruck zu fragen schien, was er wohl unternehmen könnte, falls dreitausend Menschen sich gegen Ruhe und Ordnung entschieden, fühlte sich angesprochen und blickte seine Stiefelkappen an. Der Gummiknüppel an seinem Gürtel baumelte auf eine möglichst wenig herausfordernde Weise.

Die Enge machte warm und gesprächig. Die ersten lauten Lacher waren zu hören. Maghrebinische und schwarze improvisierende Händler hatten rasch den neuen Markt gerochen. Ein schlaksiger Schwarzer mit grünen Wollhandschuhen, der ein Kohlenbecken bis auf den Anleger geschoben hatte, bot den Frierenden laut rufend heiße Maronen an. Zwei Halbwüchsige schoben sich mit Thermoskannen voll heißem Tee durch die Masse. Hélène erstand zwei Becher Pfefferminztee, und Cote kletterte über eines der Absperrgitter, um ihnen eine Portion Maronen zu kaufen, die in einer aus dem gestrigen *Figaro* gefalteten Tüte steckten.

Dann, laut dröhnend und von überall und nirgends zugleich kommend, aus dem weißen Dunst, aus dem Fluss, aus der Erde steigend, das lang gehaltene Signal eines Nebelhorns, nach wenigen Sekunden wiederholt. Aller Augen gingen auf den Fluss, alle Gespräche verstummten, die Menge dehnte und kontrahierte sich wie ein schlagender Herzmuskel.

Und dann begann der Nebel zu leuchten, und Tausende vom Schneeregen mit einem milchigen Hof umrahmte Lichter erschienen. Eines der großen, über hundert Meter langen Ausflugsschiffe glitt aus der Düsternis, kam längsseits des Anlegers und dockte mit einem gewaltigen, grollenden Rückwärtsschub der Motoren, der das Wasser am Heck aufquirlte, an, dass der Anleger ächzte.

Die Gangways wurden herangerollt, ein Strom von Hunderten von Fahrgästen kam aus der gleißenden Helligkeit des Schiffsinnern. Währenddessen mussten die anderen weiter warten, direkt vor sich die glitzernde, vibrierende Jukebox der riesigen Notfähre. Bercy!, brüllte der Bootsmann an der Gangway schließlich mehrmals. Dieses Schiff fährt Richtung Bercy, und die Information wurde durch die Menge weitergegeben.

Als die Schlange sich in Bewegung setzte, sahen Hélène und der Amerikaner einander an und umarmten sich wortlos. Hélène drückte ihr Gesicht gegen den nassen Mantelkragen Cotes. Der steckte seine Nase tief in Hélènes Haar. So standen sie da, bis der Abstand zu den Vorderleuten zu groß wurde und ein Mann hinter ihnen in der Schlange murrte: He, morgen ist auch noch ein Tag!

Hélène folgte den anderen an Bord, drehte sich immer wieder um und winkte, bis sie die Gangway hinauf und im Schiff war. Auch er winkte die ganze Zeit und kletterte dann über die Barriere, um aus der Warteschlange zu kommen. Er sah sie nicht mehr, aber sie sah ihn, nachdem sie einen Sitzplatz am Fenster gefunden und die Scheibe mit dem Ärmel freigewischt hatte. Er stand in der Menge, sein Blick ging an den Fenstern entlang hin und her, und er aß Maronen aus der Tüte.

Dann musste Hélène einer gehbehinderten alten Dame helfen, sich neben sie zu setzen, während sie ihr die schwere Einkaufstasche hielt. Als sie wieder aus dem Fenster sah, war der Amerikaner in der Menge verschwunden.

*

Kommen wir noch einmal auf jenen Moment zurück, als der sterbende Marcello Mastroianni durch unseren Gesichtskreis schlurfte und unsere Aufmerksamkeit einige Sekunden lang bannte, meine, Hélènes und die des Amerikaners, sodass wir in unseren Bewegungen innehielten und für kurze Zeit ein Standbild, ein Stilleben wurden. Ich vor dem Empfangstresen, Hélène an der Ecke des Korridors, vom Aufzug kommend, der Amerikaner im Schatten der Gedenktafel für die Starr Foundation mit der Stutzuhr.

Es war vielleicht für Hélène und mich ein erschütternderer Augenblick als für den Amerikaner, hatten wir doch viele seiner Filme gemeinsam gesehen, die neueren, Michalkows *Yeux Noirs,* Angelopoulos' *Apiculteur,* Fellinis *Ginger und Fred* und *Intervista* oder Scolas *Splendor,* im Kino, die älteren im Fernsehen, vor allem Scolas *Giornata Particolare.* Ob Mastroianni auch für Amerikaner eine so mythische Gestalt ist wie für uns Europäer, weiß ich nicht, glaube es aber nicht.

Und so hörte ich denn auch in diesen wenigen Sekunden, so klar und deutlich, als käme es vom Band und würde über Lautsprecher in die Krankenhauslobby gespielt, Anita Ekbergs Marcello! durch den Raum hallen, ihm hinterher, der es nicht hörte und im Korridor verschwand, ohne sich umzublicken. Ich sah ihn, als

sei eine weiße Leinwand von der Decke gelassen worden, während seine sterbliche Hülle im Bademantel so
quälend langsam vorüberging, in der Fontana di Trevi,
wie seine Hände zitternd das Allerheiligste, die Luft um
Anita Ekbergs Körper, liebkosen und die beiden dreißig
Jahre später, sie dick und vergnügt wie eine der Mammas
aus *Amarcord,* er ein alter, schwer gewordener Clown in
seiner Mandrake-Verkleidung; ich sah ihn auf dem Dach,
wie er der in einem geblümten Schürzenkleid steckenden
Sophia Loren half, die Wäsche aufzuhängen, während
unten in der Straße Mussolinis Schwarzhemden vorbei-
defilierten; und ich sah ihn, grauhaarig und gedrungen
auf einer leeren Theaterbühne in der griechischen Provinz liegen über einer nackten, jungen Tramperin.

Nicht nur war es ganz und gar unglaublich und empörend, dass dieser Unsterbliche am Sterben war, dass die
Krankheit ihn bereits so weit abgehobelt hatte, dass er
leicht und schmal genug war für die Holzkiste, die am
Ende des Korridors auf ihn wartete, die absurde Erscheinung änderte auch definitiv mein Verhältnis zum amerikanischen Hospital, das ich seit jenem Tag nie wieder
betreten habe: Es war doch kein Ort der Wunder und der
Heilung, sondern ein Ort des Endes, der Niederlage.

Nach dem Augenblick der Erstarrung begann die
Welt sich wieder zu bewegen, Hélène kam mit schnellen Schritten auf mich zu und blieb vor mir stehen, ihr
Gesicht verschlossen, ihre Züge fast hart und feindselig,
sagte ihr: Thomas, ich kann nicht mehr, zu mir und ging
dann, ohne sich umzudrehen, zur Tür hinaus, während
ich reglos stehen blieb und weiter auf den leeren Raum
starrte, in dem ich noch kurz zuvor Mastroianni gesehen

hatte. Ich nahm aus den Augenwinkeln wahr, dass sich der Amerikaner von der gegenüberliegenden Wand löste und an mir vorbei eilig zur Tür hinausging. Es war das einzige Mal, dass ich diesen Menschen, über den ich so viel gehört hatte, gesehen habe und er mich. Er war größer und kräftiger und jünger als ich.

Dennoch verspürte ich keine Sekunde lang den Impuls, ihm oder ihnen hinterherzulaufen. Mein Gefühl, auch wenn es sich damals in jenen Momenten nicht klar genug darstellte, um es so zu formulieren, war, zu meinem eigenen Erstaunen nicht: Du kannst sie ohnehin nicht verlieren, sondern: Du kannst sie ohnehin nicht loswerden.

Vor allem stand ich immer noch viel zu sehr im Banne von Mastroiannis Erscheinung. Man hatte ja gelesen, dass er zur finalen Behandlung im amerikanischen Hospital sei, hatte im Fernsehen auch Bilder gesehen von seiner Frau und von Catherine Deneuve und Chiara Mastroianni, wie sie auf Besuch kamen und unter dem glänzenden Aluminiumschriftzug im Eingang verschwanden. Dennoch: ihn selbst zu sehen! Und zugleich auch wieder nicht, denn zu verfremdet war bereits das Gesicht, zu unwürdig der Bademantel, zu abstoßend die schuppigen, wunden Schienbeine und die geschwollenen Füße in den Adiletten, zu erschütternd der schlurfende, unsichere Gang des kranken, alten Mannes.

Ja, man kann sagen, dass mich in diesem Moment diese Sterblichkeit und diese Niederlage mehr faszinierten als der konkrete, mir nahestehende Mensch in Fleisch und Blut, meine Frau, die mir soeben unmissverständlich und abschließend klargemacht hatte, dass wir nie eine

Familie mit Kind sein würden, dass unsere Geschichte auf ewig nur der Torso einer Familiengeschichte sein würde, ein aufgelassener Steinbruch, in dem Dutzende behauener und zugeschnittener Steine stehen bleiben und langsam zerfallen, aus denen nie ein Haus gebaut werden wird.

Und ich muss wohl unbewusst oder halb bewusst Mastroianni und Hélène zusammengebracht haben als Opfer dieses Krankenhauses und instinktiv versucht haben, mich aus dieser fatalen Verstrickung zu lösen, ihr zu entkommen. Ich empfand eine panische Angst davor, dass die finalen Urteile, die über beide gesprochen waren, auch auf mich übergreifen, mich miteinbeziehen, für mich gelten würden.

Gedacht habe ich in diesen wenigen Sekunden aber gewiss anderes. Gedacht habe ich: Hélène braucht jetzt ihre Ruhe, die muss jetzt mal eine Stunde alleine sein. Auch ihr Ton hatte, schien mir, darauf hingedeutet, dass sie in Frieden gelassen zu werden wünschte. Und dann dachte ich noch: Hoffentlich geht der Amerikaner ihr nicht auf die Nerven. Denn dass er zur Tür hinausgestürzt war, um ihr hinterherzugehen, um sie einzuholen, das war mir schon klar. Es störte mich aber nicht. Nachher wird sie zu Hause sein, dachte ich, vielleicht sogar schon vor mir. Und so war es dann ja auch.

Es entbehrt nicht einer gewissen Ironie, dass es meine Übersetzung der Gedichte von Elizabeth Bishop war, die die beiden miteinander ins Gespräch brachte. Ich weiß noch, welch lächerliche Mühe mich die Übertragung des titelgebenden Gedichts meiner Sammlung, *One Art*, gekostet hat, eines ihrer späten Gedichte. Denn dessen erste Zeile: *The art of losing isn't hard to master,* also wörtlich übersetzt: Die Kunst zu verlieren ist nicht schwer zu lernen oder zu beherrschen oder zu meistern, muss sich ja mit der letzten reimen, mit dem Wort disaster. Und was ist ein Desaster? Eine Katastrophe, ein Verhängnis, ein Unglück, ein Unheil? Jedenfalls nichts, was sich so einfach auf beherrschen, meistern oder lernen reimen würde, noch auf Kunst oder Verlieren oder Verlust. Ich glaube, ich habe Monate abends nach der Arbeit und an den Wochenenden damit verbracht, eine Lösung für dieses Problem zu finden, zunehmend verdrossen, weil ich am Originalrhythmus eines Gedichts eigentlich so wenig wie möglich ändern will und jede grobe Umstellung mir als eine Vergewaltigung des Ursprungstextes erscheint. Hélène hat damals viel Gefluche und viel zerrissenes Papier ertragen, aber mir auch durch Zuhören und Vorschläge viel geholfen, sie spricht ja ein hervorragendes Englisch.

Erst als ich mich vom Gedanken verabschiedete, disaster zu übersetzen, kam ich zu einer Lösung. Unnötig zu betonen, dass ich nie wirklich glücklich mit ihr geworden bin, aber da das schöne Halbleinenbändchen, das schließlich bei einem noblen kleinen Verlag in Berlin erschien, ja zweisprachig ist und jeder, der kann, auch den Originaltext lesen kann, habe ich mich mit ihr abgefunden.

Die erste Strophe lautet:

Die Schule des Verlusts durchläufst behende.
So vielen Dinge scheint die Absicht eigen
verlorn zu gehen. Ihr Verlust ist nicht das Ende.

Und die letzte (die einzige vierzeilige):

Dich zu verlieren selbst (dein Lachen, deine Hände
die ich liebe): Ich lüge nicht, ich kann es zeigen.
Die Schule des Verlusts durchläufst du recht behende.
Mag es auch aussehn wie (schreibs hin!) wie das Ende.

Ich kann übrigens nur darüber spekulieren, warum Hélène damals dem Amerikaner nicht sagte, ihr Mann habe diese Gedichte übersetzt. Aber es reizte mich nicht zur Eifersucht.

Es war ein weiter Weg von meiner Genugtuung darüber, als Hélène 1991 mit dem Arbeiten aufhörte, dass sie gewisse, mir missliebige Männer nicht mehr sehen würde, dass ich sozusagen mehr Kontrolle über ihren Umgang haben würde, über meinen Stolz darauf, dass meine Frau, dieser gute Mensch, sich um einen armen Kranken kümmern wollte, bis zu dieser Reaktion gelassener Toleranz, die von Gleichgültigkeit kaum mehr zu unterscheiden war.

Angefangen hat es, glaube ich, auch wenn das die Sache vielleicht zu sehr vereinfacht, in dem kleinen fensterlosen Kämmerchen im vierten Stock des amerikanischen Hospitals, dessen abschließbare Tür genau dort lag, wo der helle und komfortable Wartebereich der Fivète auf den kurzen Korridor zum Labor stieß.

Eine Neonröhre an der Decke leuchtete den Raum in jedem Winkel aus, die Wände waren mit einer weißen Textiltapete für Feuchträume bedeckt, nur rund um das kleine Waschbecken schützten Kacheln sie. Der Linoleumboden hatte das gleiche Muster aus Grau mit rosa Linien wie draußen. Auf einem Rolltisch lagen die Utensilien und Zeitschriften. Sonst gab es nur einen mit schwarzem Kunstleder gepolsterten Stuhl aus Stahlrohren. In dieses Kämmerchen wurden die Männer gerufen, während die Ärzte bei ihren Frauen die Follikelpunktion durchführten.

Diese Gänge vom Sessel im Warteraum zur Tür des Kämmerchens und zurück fanden in absoluter, tadelloser Diskretion statt. Jedermann wusste, was dort hinter der Tür geschah, aber nie habe ich erlebt, dass jemand aufblickte, Mann oder Frau, um den Menschen zu mustern, der dran war, oder sich dies und das vorzustellen. Es war, als gingen all die Männer nur eben zur Toilette oder zum Händewaschen.

Ein Zettel an der Wand neben dem Spiegel listete minutiös die Reihenfolge der auszuführenden Handlungen auf. Es begann mit dem Waschen der Hände und des Glieds mittels einer Flüssigseife aus einem Spender, der links vom Waschbecken hing. Danach mussten Hände und Eichel mit einer rosafarbenen Desinfektionslösung eingerieben werden, die Dakin hieß und deren Spender rechts vom Wasserhahn hing. Danach durfte man außer sich selbst nichts mehr berühren, was recht unlogisch war, da für die Überbrückung der folgenden Sekunden oder Minuten doch die Zeitschriften gedacht waren, die man durchblättern sollte und die, durch viele Hände gegangen, gewiss nicht keimfrei waren. Auch der nächste Punkt war in jenem unnachahmlichen Kanzleifranzösisch formuliert, das allen offiziellen Mitteilungen und Verlautbarungen eine Art höherer Würde verleihen soll: »Schreiten Sie sodann zur Entnahme des Ejakulats mittels Masturbation.« Dazu stand ein auf dem Tischchen neben den Zeitschriften liegender, eingeschweißter Plastikkolben zur Verfügung, der von null bis zehn Milliliter skaliert war und sich nach oben hin trichterförmig weitete. Er konnte hinterher mit einem ebenfalls transparenten Deckel verschlossen werden, aber dass man den Deckel auch rechtzeitig vorher abnehmen musste, stand nirgends, und ich achtete peinlich genau darauf ab dem zweiten Mal (noch vor dem Dakin), da ich beim ersten Mal übersehen hatte, dass er sich noch auf dem Kolben befand, als ich kam. Hinterher drückte man ein kleines selbstklebendes Etikett, auf das man seinen Namen geschrieben hatte, auf den Kolben.

Ich erinnere mich noch genau an die Titelzeile des mittleren ausklappbaren Pin-ups in der Ausgabe des *Hustler,* dessen speckige Seiten ich beim ersten Mal mit spitzen Fingern öffnete: »Boning a porn slut.« Ich erinnere mich daran, weil der Ton dieser Zeile und die dazugehörigen Bilder und die Pornomagazine überhaupt so gut die Diskrepanz symbolisierten, die es hier zu überwinden galt: einerseits nämlich per Fernbefruchtung die eigene Ehefrau zu schwängern, dies aber andererseits mit dem Gedanken zu tun, die himbeerrosigen, haarlosen, mit Hilfe ihrer eigenen Finger geweiteten Öffnungen einer Blondine mit aufgespritzten Lippen und weißlackierten, eckig geschnittenen Nägeln zu penetrieren, oder wenn nicht mit dem Gedanken, dann doch ihren Körper vor Augen.

Es fand jedenfalls in dieser Kammer eine systematische Abkoppelung der Lust von dem einzigen Objekt statt, dem sie gelten konnte und durfte. Die weiteren

Male, die ich mich in ihr einzuschließen hatte, blätterte ich zwar nicht mehr die Sexzeitschriften durch, sondern rief Bilder vor mein inneres Auge, aber die Situation machte, dass es weniger und weniger oft und bald gar nicht mehr Bilder meiner Frau waren, mit denen ich mich zu erregen versuchte, sondern zunächst ein Reigen früherer Geliebter oder Frauen, die ich nicht bekommen hatte, und später immer unrealistischere oder abseitigere Konstellationen, in denen zumindest Gesichter und reale Menschen bald keine Rolle mehr spielten.

Ich habe mich im Nachhinein gefragt, ob es nicht vernünftig und heilsam gewesen wäre, die Punktion und die Spermienabgabe zeitlich zu entzerren, um die Paare auf fünf Minuten gemeinsam in die Kammer zu lassen – aber das wäre vielleicht auch in Frankreich als skandalös empfunden worden. Ich fragte mich auch, warum ich eigentlich kein Foto Hélènes – durchaus ein aufreizendes – mit in die Kammer genommen habe. Wir haben nie, auch nicht scherzhaft, diese paar Minuten thematisiert. Tatsache ist, dass es mir wahrscheinlich pietätlos vorgekommen wäre, dort mit einem Bild von ihr zu masturbieren, ein wenig so, als nähme man die Fotografie seiner Frau ins Bordell mit.

Man wird in einer solchen Situation wie der jahrelangen IVF abergläubisch, sucht nach Zeichen, die günstiges Gelingen versprechen, gelobt – wem gegenüber? – Besserung bei Erfüllung des Wunsches, schließt Pakte mit sich selbst, wartet auf und betet um Wunder – je länger, desto intensiver.

Aber auch ein negativer Aberglaube nistete sich irgendwann in meinen Gedanken ein: nämlich der, dass – allen scherzhaften Bemerkungen über mein »Rennsperma« zum Trotz – ein Ejakulat, das nicht das Bild Hélènes aus mir getrieben hatte, auch nicht dazu taugen konnte, sie zu befruchten, und wenn, dann – aber weiter wollte ich nicht denken.

Auch zu Hause im täglichen Leben fand eine schleichende Wandlung statt, die nicht nur der üblichen Beruhigung oder Abkühlung des erotischen Lebens bei Paaren, die schon lange zusammen sind, geschuldet war. In kurzen Worten könnte man vielleicht sagen, dass die Körper, die immer die erste Brücke sind, über die zwei Menschen zusammenfinden (und oft auch die letzte, auf der sie einander noch begegnen), uns nicht mehr zueinander führten, sondern die Grenze zwischen uns markierten, die wir nicht mehr überschritten. Während ansonsten, scheint mir, Zuneigung, Freundschaft, Vertrauen wuchsen, wurde Hélènes Körper, das heißt aber auch ihre ganze Körperlichkeit, zunehmend zu einem Problem für mich, war nichts Selbstverständliches mehr, sondern ein Thema, und zwar ein heikles Thema.

Anfangs bildete ich mir ein, die täglichen Spritzen, die ich in ihr Gesäß trieb, seien im weitesten Sinne erotisch zu verstehen, vielleicht auch weil ich ihren Hintern, in dessen Muskel ich die Nadel zu versenken hatte, vorher und nachher streichelte, küsste und lobte, später versuchte ich zu glauben, dass medizinische Notwendigkeit und Zärtlichkeit irgendwie zusammengingen, noch später, dass die Spritzen eine Art Symbol einer höheren Form der Zärtlichkeit, des Körperkontakts, der Liebe wären.

Ich war stolz darauf, dass die Injektionen mir so gut gelangen. Ich musste mit der Nadel die Flüssigkeit der einen Ampulle absaugen und im Pulver der anderen (beide Ampullen lagerten bis zu diesem Zeitpunkt im Kühlschrank) auflösen, dann schütteln, bis wiederum ein klarer Extrakt zustande kam. Dann zog ich die Spritze auf, stellte durch leichtes Klopfen sicher, dass sich alle Luftbläschen aufgelöst hatten, drückte sie so weit hoch, bis sich an der Spitze der Hohlnadel der Kopf eines Tropfens zeigte, hielt sie dann in Positur, versetzte der Stelle des Gesäßes, auf die ich zielte, einen Klaps und stach mit einer schnellen, geraden Bewegung die Nadel bis zum Anschlag in ihren Muskel, in den sie eindrang wie in Butter. Es war immer ein zugleich befriedigendes und leicht grauenerregendes Gefühl zu sehen und zu spüren, wie tief man in einen Körper eindringen konnte, ohne Verletzungen und Schmerzen zu verursachen. Es gelang mir fast immer, die Sache schmerzfrei zu bewerkstelligen, keine Blutgefäße zu treffen, Hämatome und nachfolgende Probleme beim Sitzen zu vermeiden. Am Ende einer IVF war Hélènes schöner Hintern dann von den kleinen roten Pünktchen der Einstiche übersät wie von Flohbissen und nichts anderes mehr für mich als der Teil ihres Körpers, an dem ich zum Erfolg unserer Bemühungen beitragen konnte.

Ich war stolz darauf, dies so professionell zu beherrschen, denn ansonsten gab es für mich empörend wenig zu tun. Ich war ganz auf Hélène und Le Goff angewiesen, und nichts blieb mir, als die Hoffnung und die Moral aufrechtzuerhalten, für Hélènes Wohlbefinden zu sorgen und ihr Mut zuzusprechen, immer wieder Mut, Glaube, Hoffnung. Das wurde von Mal zu Mal schwieriger, vor allem nach dem Tod ihrer Großmutter. Und manchmal hatte ich Zweifel an ihrem unbedingten Willen und Glauben, ärgerte ich mich über eine gewisse Tendenz zur Melancholie und zum Fatalismus, die ich an ihr wahrzunehmen glaubte, und reagierte ungeduldig und schroff.

Ich hatte immer in der Überzeugung gelebt, dass ich die Dinge, die ich wirklich wollte, auch irgendwann bekommen würde, ganz gleich wie schwierig es sich gestalten oder wie lange es dauern mochte. Jetzt ertappte ich mich bei dem absurden Gedanken: Wenn ich dies hier allein zu verantworten hätte, dann würde es schon funktionieren.

Alles hatte leicht begonnen mit dem Wunsch, die Fülle des Glücks nun noch ganz zu runden, leicht und naiv und entspannt, und hatte sich unter der Hand zum einzigen Plan, zum einzigen Ziel entwickelt, zu einem Gottesurteil, das über Wert oder Unwert unserer Liebe entschied. Hélène war von meiner Geliebten zu meiner Patientin geworden, und ich ächzte unter der vermeintlichen und angenommenen Last, als Atlas die immer schwerer werdende Weltkugel unseres Glücks tragen zu müssen.

Nach diesem Herbst 1996 rollte unsere Ehe, die kein Ziel mehr hatte, vorwärtsgetrieben vom Schwung der Gewohnheiten, noch ein gutes Jahr lang weiter wie zuvor, bis wir im März 1998 von wohlhabenden Freunden auf ein langes Wochenende in ihr Chalet in Chamonix eingeladen wurden. Hélène fährt gar nicht Ski, sie wollte sich mit Spaziergängen im sonnigen Tal begnügen. Ich hatte seit einem Skiurlaub mit einem Freund mehr als zehn Jahre zuvor nicht mehr auf Brettern gestanden, aber als ich meine Leihskier auf dem

Idiotenhügel ausprobierte, stellte ich beglückt fest, dass ich nichts verlernt hatte, ja dass ich, als hätten meine Träume vom Skifahren meine Fähigkeiten im Schlafe verbessert, sicherer fuhr als je zuvor, auch wenn es nur für die blauen Pisten reichte.

Dann saß ich im Sessellift, gleißendes Weiß überall um mich herum und intensives, wolkenloses Blau über mir, selbst durch die Sonnenbrille nur mit zusammengekniffenen Augen zu ertragen. Schnee und Luft dufteten, in meinem Rücken erhob sich bläulich schimmernd das Massiv des Montblanc, wurde die Stadt unter mir kleiner und geriet schließlich außer Sicht. Ich glitt höher und höher, und aufgrund einer Kuppe, die überwunden werden musste, kam es mir so vor, als schwebte ich, als segelte ich vogelleicht direkt hinauf in diesen immensen blauen Himmel, immer weiter, immer höher, immer leichter, immer freier.

Es war ein so jauchzendes Erlebnis von Freiheit und Ungebundenheit, wie ich es in meinem ganzen Leben kein zweites Mal empfunden habe. Der Fahrtwind streichelte mein Gesicht, ich befand mich zwischen Himmel und Schnee, zwischen zwei vollkommenen Reinheiten, und völlig überwältigt verstand ich, dass dieser Freiheitsrausch nicht notwendigerweise auf diese Sekunden und Minuten im Lift oder auf der Piste beschränkt bleiben musste. Es war keine Enklave der Freiheit, sondern ein Tor, durch das ich fuhr. Unbedrängt, unvermindert, im Vollbesitz meiner Fähigkeiten. Die Zukunft war mir geschenkt.

Und so ist es denn auch nicht weiter verwunderlich, dass ich auf der ersten längeren Geschäftsreise, die ich nach diesem kurzen Urlaub nach Deutschland unternahm, zum Sitz des Instituts – aber muss ich das alles wirklich erzählen?

Die Schuldgefühle waren erdrückend danach und wurden auch nicht dadurch gemildert, dass ich mich durch eine großzügige finanzielle Unterstützung, die Hélène helfen sollte, auf die eigenen Füße zu kommen, von ihnen freizukaufen suchte.

Briefe von ihr, in denen zum Beispiel stand: »Ich empfinde keinerlei Wut auf dich und brüte auch keinen Hass, zu dergleichen bin ich gar nicht fähig, nur mit der Zeit (und wie Ferré sagt: *Mit der Zeit, da hört die Liebe auf*) zürne ich dir etwas für die immense Vergeudung unseres gemeinsamen Lebens, die dein Ego angerichtet hat. Momentan ist das Leitmotiv meines Lebens: *Ich hab ein glühend Messer in meiner Brust! O weh! Das schneid't so tief...*«, solche Briefe erschütterten mich zutiefst, jenseits der Anflüge eitler Genugtuung, die ich auch empfand, so geliebt worden zu sein (als hätte ich das nicht auch vorher schon gewusst). Ich empfand Schuld, ihr Leben zerstört zu haben, und ich sah nicht, wie es jemals wieder funktionieren sollte ohne mich.

Sie beschämte mich. Ich unterschätzte sie. Ich unterschätzte Hélènes Lebenswillen und ihre hartnäckige Natur. Sie machte den Führerschein, zog mit ihren Katzen in eine neue Wohnung in der Butte aux Cailles im 13. Arrondissement und hatte nach einem Jahr sogar einen Job gefunden, als Dokumentalistin, später Redakteurin einer Wohnzeitschrift. Sie fand auch, wie, weiß ich nicht, vielleicht über die Zeitschrift, den einen oder anderen Wohlhabenden, der sie als Einrichtungsberaterin arbeiten ließ, schwarz, versteht sich, wie es alle Wohlhabenden tun.

Die Trennung verlief trotz all des Leids freundschaftlich, wie man sagt. Es fiel kein böses Wort. Wir blieben in Kontakt, telefonisch und brieflich. Ich fragte sie, ob sie den Amerikaner noch einmal getroffen habe, und sie sagte Ja.

Zu Anfang gab es keine Notwendigkeit für eine Scheidung. Als sie schließlich doch nötig wurde und wir eine Scheidung in gegenseitigem Einvernehmen beantragten, zogen sich die administrativen Vorbereitungen in die Länge. Der Schriftwechsel zwischen Frankreich und Deutschland dauerte, Urkunden mussten übersetzt, beglaubigt und eingeschrieben verschickt werden, obwohl unsere gemeinsame Anwältin, eine neue Bekannte Hélènes, versuchte, uns alles so einfach wie möglich zu gestalten.

So war es dann Oktober 2000, als die Verhandlung im Palais de Justice auf der Île de la Cité endlich stattfand. Ich betrat den Justizpalast zum ersten Mal und machte mir die Freude, mich ihm vom Quai des Orfèvres, von Maigrets Quai des Orfèvres, aus zu nähern. Ich war alleine gereist, wollte auch nur eine Nacht bleiben und am nächsten Vormittag gleich zurück nach Hause fliegen. Ich hatte ein Hotel auf der Île Saint-Louis gebucht.

Nach der Zeremonie setzten wir uns in ein Café auf der Place Dauphine und verstauten unsere Dokumente, sie in ihre Tasche, ich in meinen Rucksack.

Du rauchst immer noch?, fragte ich.

Ja, sagte sie, und ich wartete auf ein schnippisches Warum auch nicht?. Stattdessen bemerkte sie mit ironischem Lächeln: Du nicht mehr.

Ich zuckte entschuldigend die Achseln. Sie hatte mich zum Abendessen zu sich nach Hause eingeladen, und wir gingen zu Fuß über die Île Saint-Louis, wo ich meinen Rucksack im Hotel abstellte, bis zur Haltestelle Pont Marie und fuhren von dort bis zur Place d'Italie.

Auf dem Weg zur Butte aux Cailles sagte ich: Diese Ecke der Stadt haben wir nie richtig erkundet. Warum eigentlich nicht? Hier ist es auch schön. Ich glaube, ich gehe nachher zu Fuß zurück zum Hotel. Welchen Weg soll ich da nehmen, was meinst du?

Am kürzesten ist es den Boulevard de l'Hôpital runter bis Austerlitz und dann die Seine entlang, aber schöner, wenn du dir die Zeit nehmen willst, ist es, du gehst die Avenue des Gobelins hinunter und dann die Rue Monge weiter oder –.

Ab der Rue Monge kenne ich mich wieder aus. Da kann ich auch über den Berg rüber und komme unten direkt bei Notre-Dame raus.

Sie nickte.

Ihre Wohnung zu betreten war seltsam für mich. Es war eine kleine Zweizimmerwohnung mit einer Küche, groß genug, darin zu essen. Einiges erkannte ich wieder, anderes war mir fremd und neu. Die Katzen schienen mich nicht wiederzuerkennen. Ich hatte das Gefühl, dass die Überbleibsel unseres gemeinsamen Lebens sich langsam auflösten und verschwanden, aber selbst das, was mir vertraut war, wirkte fremd in neuen Zusammenstellungen, von deren Zustandekommen ich nichts mehr wusste. Im Schlafzimmer hing noch Léonor Finis Katze über dem Bett, im Wohnzimmer stand noch das Eichenbüfett, das ihre Großmutter ihr zum dreißigsten Geburtstag geschenkt hatte, darauf die Miniaturteekännchen, die ich von meinen Reisen nach Deutschland mitgebracht hatte. Aber vor allem die Stoffe, die Überwürfe, Kissen, Tagesdecken und Vorhänge waren neu. Auch manche Bilder. Auch die Fotos im Flur, die in den Spiegel gesteckt waren. Wir hatten nie Fotos in den Spiegel gesteckt.

Zum Abendessen machte sie mir, weil sie wusste, dass ich das Gericht mochte, Endives au jambon, also Chicorée in Schinken gehüllt und überbacken. Ich deckte den Tisch, ich hatte Mühe, Teller und Besteck zu finden. Währenddessen unterhielten wir uns über die Arbeit. Sie legte Léo Ferré auf, frühe Lieder mit viel Akkordeon in der Begleitung. Das war der innigste, aber vielleicht auch schwierigste Moment des Abends. Auch bei einem Paar, das sich getrennt hat, selbst wenn es sich hasserfüllt getrennt hat, bleibt so ein gemeinsamer, ideeller Besitz in Form von Musik oder auch Orten, der nur ihm gehört und immer ihm gehören wird, auch wenn die beiden schon Jahre oder Jahrzehnte auseinander sind. Blaubartzimmer der Erinnerung, die der spätere Partner besser ungeöffnet lässt, er wird sie nie zu den seinen machen können. Ich war froh, als Hélène etwas anderes auflegte.

Wie geht es deinem Amerikaner?, fragte ich.

Gut, sagte sie.

Hast du ihn öfter gesehen?, fragte ich.

Ja, sagte sie.

Ist er hier in Paris?, fragte ich.

Nein, sagte sie. Aber ich habe gestern einen Brief von ihm bekommen. Sie deutete auf das Büfett.

Kann ich sehen?, fragte ich vorsichtig.

Sie nickte. Steht nichts Geheimnisvolles drin.

Sie nahm das erste Blatt des Briefes vom Büfett, reichte es mir, und ich begann zu lesen.

Fort Riley, KS, 2. Oktober 2000

Liebe Hélène,

nun sind es schon zwei Monate, dass ich wieder hier bin. Ich mache Schreibtischarbeit und versuche, so oft wie möglich raus in die Natur zu kommen. Das sind hier die Flint Hills. Ein wenig wie die Gorges du Corong in Guerlédan. Aber es kann natürlich nie dasselbe sein ...

Ich unterbrach die Lektüre. Was sind die Gorges du Corong?, fragte ich.

Eine Heidelandschaft mit einer Schlucht und einem Wildbach in der Zentralbretagne, sagte Hélène.

Ich nickte und las weiter.

... eine Stelle als Englischlehrer an einem katholischen Collège oder Lycée in Frankreich zu kriegen, wird überhaupt kein Problem. Ein Job als Maître de Conférences an einer Provinz-Uni würde sich sehr viel schwieriger gestalten, und ich fürchte, dafür habe ich die letzten zwanzig Jahre auch nicht genug getan. Von heute an gerechnet, ist es übrigens auf den Tag genau noch ein Jahr, bis meine zwanzigjährige Dienstzeit bei vollen Pensions- und Rentenansprüchen zu Ende ist, und das werde ich auch noch absitzen können.

Natürlich sind sie alle hinter mir her, noch ein paar Jahre dranzuhängen, um dann vielleicht als General in Pension gehen zu können, mein Vater, die Kollegen, einige Vorgesetzte, die mir Hoffnungen machen. Aber ich habe abgewinkt. Dieser Teil meines Lebens ist Ende September nächsten Jahres endgültig vorüber. Und ich wüsste nichts auf der Welt, was mich von diesem Entschluss abbringen könnte. Denn alles, was ich will

Hier endete das Blatt, das sie mir gegeben hatte. Ich faltete es zusammen und legte es wieder aufs Büfett zu dem zweiten. Gegen zehn Uhr abends verabschiedete ich mich und ging zurück ins Hotel. Ich ging die Rue Bobillot bis zur Place d'Italie, von dort die Avenue des Gobelins hinunter, die Rue Mouffetard hinauf und von der Place Contrescarpe über die Rue Descartes und die Rue de la Montagne Sainte-Geneviève, den Boulevard Saint-Germain kreuzend, wieder hinunter zur Seine. Paris zeigte mir die nächtliche Variante des freundlich-oberflächlichen Gesichts, mit dem es Touristen empfängt.

Ich bin nicht wieder in die Stadt zurückgekehrt.

*

*   *

Mein herzlicher Dank für Beratung und Hilfe geht an Col. David L. Allwine, Prof. David Dollenmayer, Prof. Gerald Hüther, Prof. Assaad Khairallah, Col. Thomas Schaidhammer, Prof. Erhard Schütz, Col. Anthony Sebo, Dr. Andreas Tandler-Schneider und Dr. Dirk Wedekind.